本书为圆明园管理处资助项目

清代圆明园御制诗文集

第一辑

四

何瑜//编著

中国大百科全书出版社

目录

长春园

熙春园

绮春园

春熙院

附录

玉玲珑馆

玉玲珑馆，位于狮子林以南，是一处四面环湖的风景园。建于乾隆十二年（1747），二十九年（1764）前后，复有增添。该景区宫门五间，内悬“玉玲珑馆”匾。主殿七楹，内悬“正谊明道”匾。后殿九间，外悬“林光澹碧”，内额“游心于淡”。主殿西院，北为“撷景室”，南为“蹈和堂”，堂西南临湖为四方“朝晖亭”。主殿东院，前有五楹“鹤安斋”，后有重檐四方亭，名曰“狎鸥”。亭前为回廊院，东廊有三间骑廊殿宇，名“随安室”，西廊有花房一间，名“恒春圃”，内额“天水相与永”。鹤安斋西侧有水法，东侧有“澹然书屋”，屋后为鱼池，池东临湖即“芥舟”。匾额皆乾隆帝御书。

乾隆朝

乾隆二十年

玉玲珑馆

湖石三四峰，湘筠五六个。
月下诡状狞，风前清影簸。
诗浑白浊吟，画是倪迂作。
发兴在宣毫，澄怀当笋座。
而我每少闲，隔月才一过。

湖石：即太湖石。园林叠山中最常见的一种石料，因产于太湖，故称。
湘筠：即“湘竹”“湘妃竹”，斑竹的别称。筠，指竹子的青皮，借指竹子。
倪迂：倪瓒，元代画家、诗人。
宣毫：宣州笔的省称，亦即紫毫笔，因产地安徽宣城（古称宣州）而得名。

乾隆二十五年

鹤安斋

朴室水之裔，嘉树为其屏。
方蓬岂必楼，心疑即斯境。

幽禽翩然翔，彳亍步顾影。

斋前性所安，露下韵愈警。

我来惟片时，难值静以永。

明月与清风，合付胎仙领。

方蓬：方壶、蓬莱，传说中的海上仙山。

幽禽：鸣声幽雅的禽鸟。此指仙鹤。

胎仙：鹤的别称。古代鹤有仙禽之称，又相传胎生，故名。

乾隆二十六年

戏题狎鸥亭

临水孤亭名狎鸥，烟波无尽任飞浮。

一时寓意斯可耳，尚欲招延小隐流。

乾隆二十九年

戏题鹤安斋

园林率养鹤，以其调弗俗。

素羽与朗音，足清人耳目。

不无资稻粱，斯有所拘束。

闲庭松石佳，鹤安名我屋。

其然岂其然，胎仙意如恧。

稻粱：稻和粱，谷物的总称。

恧：惭愧。

狎鸥亭

御苑曾无矰缴求，野鸥喜静每来投。

忘机意趣胥应有，高蹈非希隐者流。

矰缴：系有丝绳、弋射飞鸟的短箭。常用以比喻暗害人的阴谋手段。

忘机：即所谓“鸥鸟忘机”，比喻纯朴的人无所猜忌的真诚相处，多用于描写超脱尘俗、倾心山水的隐逸生活。

高蹈：隐居、隐士。三国魏 钟会《檄蜀文》：“诚能深鉴成败，邈然高蹈，投迹微子之踪。”

题玉玲珑馆

绿琼绕砌戛玲珑，真玉应劳追琢工。

光透一轮宁碍月，声敲六律雅宜风。

桃诗还为思韩愈，笛赋何须咏马融。

静对恰如参半偈，是无色色不空空。

六律：古代十二律中的阳律、阴律各有六，分别称“律”“吕”，六律分别为黄钟、太蔟、姑洗、蕤宾、夷则、无射。

半偈：偈，为梵语音译，意为重颂或偈颂。佛经在用长文叙述后，往往又用韵文（偈）概括。据《涅槃经·圣行品》载，释迦牟尼成佛前为听后“半偈”而舍身，即“生灭灭已，寂灭为乐”。

鹤安斋放鹤，再叠避暑山庄放鹤亭韵

壬午创放鹤，自此每推挍。

静宜例避暑，业已从其好[①]。

御园亦蓄鹤，隔林偶闻叫。
翦羽常怀苦，充腹且谋乐。
意虽不肯住，焉能巢父掉。
因命概放之，往事胥堪效。
既无絷体虞，仍有清音报。
林监乃窃叹，官粟何由调。
胎仙饱与饥，彼固弗能告。
是谓免禽食[②]，而实减人稻[③]。
鹤安信鹤安，大遂凌霞操。

① 去岁，驻香山静宜园，曾视避暑山庄例放鹤，并叠旧韵作诗纪事。

② 用孟子意。

③ 饲鹤者或窃馈，今放之，则不支鹤粮，无由窃矣，故戏及之。

壬午：即乾隆二十七年（1762）。

巢父：传说为唐尧时隐士，在树上筑巢而居，时人称之为巢父。后为咏隐居高士的典故。

官粟：官府的谷物。

蹈和堂

元气化工氲，醇风万物欣。
王褒讲德论，曹植事神文。
静挹筦倪趣，闲披翰墨芬。
四情皆中节，不敏愿尊闻。

化工：自然的造化者，或自然形成的工巧。

氲：即氤氲。指湿热飘荡的云气，或烟云弥漫的样子。

王褒：字子渊。北周文学家，琅琊临沂（今属山东）人。曾为梁宫廷诗人，擅长宫体诗。

曹植：字子建。三国时著名文学家，曹丕同母弟，封陈王，死后谥“思”，世称陈思王。

翰墨：即笔和墨，借指文章书画等。

四情句：语出《礼记·中庸》：“喜怒哀乐之未发谓之中，发而皆中节谓之和。”

乾隆三十年

题蹈和堂

座有古芸披，甄陶左右宜。
履贞兼纳顺，率礼复敦诗。
省岁调元气，祈年协四时。
与民同保合，念释总于兹。

甄陶：本意为制造陶器的工具，后喻指对人的陶冶和造就。

保和：谓保持心志和顺，身体安适。唐 韩愈《顺宗实录三》：“居惟保和，动必循道。”

茂悦书屋

万物悦南讹，书堂茂对和。
雨沾晴亦好，昼永暇因多。
为想黍禾勃，即看花木罗。
熏风拂缃帙，乐趣此无过。

南讹：亦作“南为”，喻指夏时耕作及劝农等事。

缃帙：古人多用浅黄色丝帛包书，因以为书卷的代称。

题撷景室

四时风月各殊观，一室吟凭兴未阑。
十笏漫嫌得无几，较于方寸特为宽。

十笏：唐人所著《法苑珠林》载以笏量宅基，只有十笏，号称方丈之室。后多用以形容小面积的建筑物。

乾隆三十一年

恒春圃

温室暖且洁，花窖奚称数。
四时皆有花，因号恒春圃。
护风那飘零，延曦镇和煦。
宛转植药栏，然疑即梅坞。
燃蕴底更藉，芳菲信常睹。
登台吾夙愿，元善资相辅。
独忆信臣言，因之意忸怩。

药栏：芍药之栏，泛指花栏。唐 杜甫《宾至》诗：“不嫌野外无供给，乘兴还来看药栏。”

信臣：泛称忠诚可靠之臣。

习静室

讵必在山中，轩窗内外空。
原非忘物我，即此契鸿濛。

无欲自臻妙，有为亦处冲。

寂然观理趣，心境早相融。

鸿濛：旧指宇宙形成以前的混沌状态。

题玉玲珑馆

假山堆作玉玲珑，群玉中间有路通。

不效未央夸间璧，尚惭大禹是卑宫。

碧璈声出竹敲砌，古鉴光呈月隐栊。

翰墨林非资博雅，时因粥粥省吾躬。

未央：即未央宫，是西汉时的大朝正宫。后常用“未央”指代宫殿。

大禹卑宫：语出《论语》。子曰：“（禹）卑宫室，而尽力乎沟洫。”后喻指帝王的清廉俭朴。

璈：古乐器名。

粥粥：敬慎恭肃貌。《汉书·礼乐志》：“粥粥音送，细齐人情。”颜师古注：“晋灼曰：粥粥，敬惧貌也。”

撷景室

花香鸟语总成诗，秋月春风那费思。

仁者见仁智者智，一庭撷景有如斯。

再题玉玲珑馆

竹石此间佳，而皆宜雪物。

今朝问景来，积素犹蓊郁。

磊磊与虚笼，猗猗与轻拂。

通体一玲珑，怡神在穆沕。

试问孙兴公，于何觅充诎。

积素：喻积雪。

磊磊：形容山石众多。

猗猗：形容美盛的样子。

穆沕：即沕穆，微妙意。《史记·屈原贾生列传》：“沕穆无穷兮，胡可胜言。”

孙兴公：东晋文学家孙绰，字兴公。青年时隐居会稽，以文才著称，喜作玄言诗。

充诎：亦作“充倔”，得意忘形貌。《礼记·儒行》：“儒有不陨获于贫贱，不充诎于富贵。”

澹然书屋

方塘无半亩，其上有书斋。

练影凭窗是，鉴光入座皆。

冻融清彻目，波漾碧澄怀。

掩映含丝柳，春情日以佳。

澹然书屋

半亩银塘漾碧涟，书斋十笏石栏边。

凭窗鉴影休嫌小，亦足因心印澹然。

芥舟

杯水无殊覆坳堂，堂如舟亦芥堪方。

蒙庄原谓胶舟者，安识须弥个里藏。

坳堂：堂上的低洼处。《庄子·逍遥游》："覆杯水于坳堂之上，则芥为之舟。"

安识须弥句：须弥，古代印度传说中的大山。佛家语，微小的芥子能容纳巨大的须弥山。比喻小中有大，巨细均可相容。

恒春圃作歌

布置花台与竹虆，一室之中宛琼圃。
号曰恒春岂谩称，其故略可触类语。
春之为春发群芳，众名不可更仆数。
池荷乃值夏方春，菊之春以秋为序。
山茶蜡梅春于冬，夫岂不然岂浪许。
是则恒春义若斯，而我更有会心所。
乾之四德元为首，气贯始终总包举。
体仁奉若养盎然，育物对时勤相辅。

触类：接触相类事物。

更仆数：即"更仆难数"，语出《礼记·儒行》。更谓换；仆原指傧相，后指仆人；数作说。意谓换了几个仆人，宾主要说的话还没说完。后多形容事物繁多，数不胜数。

乾之四德：指《易》之乾卦，元、亨、利、贞。

澹然书屋

书屋低临碧沼边，近看天水相澄鲜。
宁惟恬净挹襟袖，吾意因之亦澹然。

乾隆三十二年

恒春圃

白屋如花圃，恒春果是春。
四时芳岂谢，一室景常新。
不冻池浮水，致遥篱缚筠。
信诚工点缀，对乃愧生频。

白屋：茅屋，因无色彩装饰，故名。

玉玲珑馆

绿水回环中有居，坐来悦可适几余。
松间飒飒风含爽，竹际泠泠月入虚。
纵目恰宜遇寥朗，托怀又喜得清舒。
优沾时雨逢秋霁，为此欣予亦惕予。

泠泠：形容声音清脆、悠扬。
寥朗：空阔明朗。

乾隆三十三年

澹然书屋口号

方塘半亩犹然欠，澹趣凭来览有余。
此意问谁能会得，画波几个小金鱼。

恒春圃

一房却称圃，四季可恒春。
常揽座前景，那输户外新。
蜂来妒窗角，鱼戏出盆唇。
比似樊须学，吾宁用稼人。

樊须：即樊迟，春秋时儒者，字子迟，孔丘弟子。《论语》载樊须曾向孔子“问稼”“问圃”，孔丘答以“吾不如老农”“吾不如老圃”。并责备他“小人哉，樊须也”。

撷景室

物意花情景正都，适逢也为立斯须。
付他虚室纳恒有，笑我空言莫若无。

斯须：须臾，片刻，一会儿。

蹈和堂

履贞济徽懿，率礼守安详。
永念儿宽对，非循支父方。
殷勤树禽语，自在砌花芳。
协序惟旸雨，消闲有缥缃。

履贞：履卦是《易经》六十四卦之第十卦。象曰：“夬履贞厉，位正当也。”意为刚毅果断，小心行动，提防危险。

徽懿：美好。

缥缃：缥即淡青色的帛，缃指浅黄色的帛。古时常用以作书囊或书衣，后为书卷的代称。

澹然书屋口号

小斋临小池，偶来辄暂住。
亦有天水光，岂无沧洲趣。
画家咫尺论万里，告彼应凭此间悟。

沧洲趣：沧洲，滨水的地方，代指隐士的居处。沧洲趣，指隐居生活的闲适情趣。

乾隆三十四年

恒春圃

一室堪称圃，四时常看花。
不嫌为下策[①]，况复值东华。
馥郁含韶律，飘姚散彩霞。
还嗤殷七七，幻术号仙家。

① 冬春盆卉，率以火熏。

飘姚：飘荡，飞扬。

殷七七：唐代道士，名天祥，自称七七。有异术，传说他能使花不按时节开放。

蹈和堂

载阳春色满皇州，万物都欣生意油。
子建文中更思义，履贞原是不同流[①]。

① 曹子建文，蹈和履贞。

载阳：始阳，开始暖和起来，形容早春气候由寒变暖。《诗经·七月》：“春日载阳，有鸣仓庚。”

皇州：都城的别称。

乾隆三十五年

鹤安斋

鹤虽放去，而亦时来，触景会心，因以成什。

夙有胎仙伴，无过缀景看。
非关稻粱省，欲使翥翔欢。
仍此空庭下，由他碧宇宽。
开笼放去者，真觉性相安。

翥翔：翥，鸟向上飞；翔，盘旋飞翔。

恒春圃

缦转竹篱斜，因之延步赊。
四时皆得趣，无日不看花。
避去风难妒，照来月有华。
体元值春俶，与物荷庥嘉。

俶：开始。

庥：庇荫，保护。

澹然书屋戏题

把笔还停一笑旋，恐妨书屋后言传。

每来辄复有题咏，识得心中未澹然。

澹然书屋即目

对水既澹然，对冰亦澹然。

水冰二而一，吾犹致疑焉。

当其为冰时，是冰非水湲。

当其为水时，是水非冰坚。

而冰不离水，水岂非冰缘。

空色及大小，视此无殊诠。

是故足澄怀，即目因成篇。

空色：即“色空”，佛教术语。无形叫做空，有形叫做色，所谓“色即是空，空即是色”。

芥舟

冻合池冰近砌坳，置舟杯芥总须胶。

何如悟取华严旨，极大须弥个里包。

冻合：冻遍，冻满，形容冷得厉害。

华严：佛教语。天台宗所说“五时”教之一，指释迦牟尼成道之初在菩提树下所说的大乘无上法门。因其高深，解悟者少。

芥舟

水中亭子小而幽，喻物名之曰芥舟，

舟已非舟芥岂芥，两忘离即幻随流。

乾隆三十六年

恒春圃

始和万物被韶华，即景恒春特地嘉。
四壁有诗皆似画，一年无日不看花。
庭前未雨常含润，户外虽风那用遮。
设使女夷当问道，魏夫人住此为家。

女夷：中国古代传说中的花神。

魏夫人：即魏华存，晋代任城人，女道士，上清派第一代太师，中国道教尊奉的四大女神之一。传说其死后被西王母派众仙接引升天。《月令广义 · 岁令一》载“女夷为花神，乃魏夫人之弟子”。

芥舟

杯水坳堂芥作舟，问谁能以此乘浮。
今来冰凝芥亦胶，可复于杯相傲不。

澹然书屋

阶基临方池，几席近止水。
澹然名固称，最称惟冰矣。
中无藻荇横，上鲜波澜起。
澄非外所资，澈若直到底。
彼门如市人，焉得谬托此。

市人：集市或城中街道上的人。

蹈和堂

中节和之谓，人心天意同。
外施为达道，内蕴本虚公。
抚序气舒叠，乘时物向融。
羲经称茂育，其责在吾躬。

羲经：《易经》。相传伏羲始作八卦，故名“羲经”。

澹然书屋

阶砌临渌水，窗牖糊玻璃。
坐可数鱼游，俯堪撷藻蕤。
一尘所弗到，三霄常朗披。
淆之浊何有，澄之清则宜。
澹然只如然，夫岂可议思。

一尘：一粒微尘，比喻细微的事物。
三霄：高空。

芥舟

溪上小亭号芥舟，名因象得象何由。
须弥尚且无余纳，大海不妨如是游。

乾隆三十七年

恒春圃

何处识春工，圃恒十笏中。
无多栽莳费，不断麝兰风。
生意四时具，韶光一室融。
养培方寸地，亦欲此相同。

春工：春季造化万物之工。
麝兰：麝香与兰花。

澹然书屋

铺池冰鉴澹如何，别解得于此偶过。
一节似犹傲乎水，因风那免作微波。

澹然书屋

小小两间屋，溶溶十笏池。
亦堪俯明影，宁不引澄思。
治乱关心虑，农桑廑念期。
频来方寸切，那有澹然时。

溶溶：形容河水流动的样子。

乾隆三十八年

恒春圃

贮圃原非广，当春每一过。
步斯踰十笏，目岂必千科。
随分芳菲撷，触怀长短哦。
题笺新接旧，不息视韶和。

韶和：雅正谐和。

芥舟

冰沍小池不作澜，一时异想得凭栏。
设如置芥舟还胶，欲笑南华转语难。

南华：指庄子，名周。战国中期著名思想家、文学家，是道家学派主要代表人物之一。唐玄宗时，诏封其为“南华真人”。

澹然书屋

曲廊转通屋，入屋窗临池。
池冰明若镜，便风弗动漪。
澹然诚澹然，惟静照乃宜。
往来苟憧憧，朋将从尔思。

往来句：语出《易》咸卦九四，“贞吉，悔亡；憧憧往来，朋从尔思”。贞，正固，指真诚待人。悔亡，无怨无悔。憧憧往来，往来不定，频繁交往。从，随着、相应的意思。

乾隆四十年

题鹤安斋

放鹤从来屡咏诗[①]，鹤安复不免拈辞。
任他长羽无拘束，即是好生有顺宜。
时亦庭前呈舞态，欣于松畔具仙姿。
惟余一节难调处，苑吏禽粮怨减支。

① 屡作放鹤诗，向皆书沏此斋中。

乾隆四十二年

鹤安斋戏题

昔原赋之粮，即而放于野。
赋粮拘束兮，放野逍遥也。
非缘省粮为，乃图鹤安者。
继因去渐多，栖松或致寡。
铩羽仍饲之，园吏喜跃治。
饲鹤即饲人，鹤瘦欲言哑。

铩羽句：铩，摧残，伤害。园吏为了帝后观赏，往往将仙鹤翅膀剪断，以防其高飞远走。

乾隆四十六年

恒春圃

屋中缚竹篱，点缀为学圃。
植花而非蔬，较樊犹小许。
四时足芳菲，恒春称名与。
虽云藉薰燃，亦赖青韶鼓。
即景得当前，安能默无语。

青韶：春天。

芥舟

坳堂杯水芥为舟，曲沼孤亭似舫浮。
借喻因之还借问，须弥亦纳几回不。

乾隆四十七年

戏题鹤安斋

始作鹤安斋，谓宜适其性。
既不翦羽翼，亦省稻粱供。
侵寻数十载，翼长去无剩。
青松朋若失，白鸥鸣鲜应。
斋安鹤未安，名实似庭径。

既而静思之，胎仙本清净。
戛然返青田，得所夫何病。
鹤安斋亦安，辞多此为咏。

乾隆四十八年

恒春圃

一年无日不看花，昨近有诗易其语[①]。
照之言虽涉风流，却宜用此恒春圃。
元为善长又为仁，一气由来贯四序。
谓之恒春岂不然，拂面条风正含煦。

① 去岁，于避暑山庄见张照书联句云："四面有山皆入画，一年无日不看花。"不知谁所作，然大都流连光景之词。因为易之曰："四海有民皆视予，一年无日不看书。"起句易四字，对句只易一字，较为切己，因并足成七律一首。

条风：东风。

乾隆五十年

鹤安斋有咏

借问鹤之安，应在山林杳。
亭台及湖石，胎仙岂所晓。
有如王仲宣，信美故土藐。
因命弗翦翮，任其翱云表。

初去转翔仍，既久弗来了。

快哉得其安，漫议庭禽少。

王仲宣：即王粲，东汉末文学家，建安七子之一。与曹植齐名，称为“曹王”。

信美：王粲客居荆州时思念故土，所作《登楼赋》有“虽信美而非吾土兮，曾何足以少留”之句，后因以用作羁旅思乡之典。

芥舟

贮水坳堂大较瓯，小亭却拟芥之舟。

小非实也大亦幻，杨叶止啼似此不。

杨叶止啼：语出佛门，意为若有小儿啼，则与杨树之黄叶以止啼。譬佛之方便也。

乾隆五十一年

恒春圃

屋中篱落如花圃，名曰恒春亦成语。

戴暠[①]以及陆龟蒙[②]，同然先得前旌树。

申鉴[③]又言存以吾，不能不与万物旅[④]。

恒春之义实在兹，何必嫣红姹紫睹。

① 月重轮行。

② 幽居赋。

③《申鉴》五卷，汉荀悦著。

④《申鉴·俗嫌篇》云：夫物不能为春，故候天春而生；人则不然，存吾春而已矣。

陆龟蒙：唐朝文学家，字鲁望，自号“江湖散人”。其与皮日休齐名，并称“皮陆”。

乾隆五十三年

恒春圃

屋中略结构，篱落花台绕。
名曰恒春圃，恒春意堪讨。
四时具芳菲，一径殊窈窕。
艳乃无伤俗，纤亦弗邻巧。
漫云咫尺间，春意容来少。
譬之方寸心，万物备以了。
仁见谓仁该，智见谓智好。
常养十分春，夫岂嫌其小。

乾隆五十四年

题蹈和堂

春景虽未鬯，春光斯已和。
气融梅萼放，风嫩柳丝拖。
育物心无逸，对时兴有哦。
履仁应会此，非礼合祛他。

鬯：通“畅”。

乾隆五十六年

撷景室有咏

春景自当前，撷则随人意。
仁者见谓仁，知者见谓知。
仁知夫岂殊，其取乃各致。
谁能会本源，可与言文义。

鹤安斋戏题

昔罢翦鹤翎，翱翔任其性。
既而减鹤粮，园役以为病[①]。
乃悟鹤安役弗安，昔诗得半非全称[②]。
大都一利有一弊，吾将通此于施政。

① 自壬午年创放鹤之例，鹤既得遂其性，而罢支鹤粮，虽云不蹈孟子禽食之讥，然园丁自此无由侵克余粮，未免失其利缘矣。

② 利于鹤，乃弗利于园役，是以戊申诗有“一利有一弊，两得鲜兼全”之句。

乾隆五十八年

恒春圃

曲折疏篱有路通，却迟柳绿与花红。
于何识得恒春意，善长乾元方寸中。

狎鸥亭口号

选额无妨新与奇，狎鸥举目见于斯。
自惟不是高闲侣，心有心无亦合思。

乾隆五十九年

蹈和堂口号

书堂颜额取中庸，达道应知中节从。
今日韶光虽未罄，十分春意满于胸[①]。

① 用明 陈宪章“意中长满十分春”句意。

乾隆六十年

撷景室

稚节傲韶方蕴意，红情绿象未宜言。
空空室号撷景者，冶冶昌昌性早存。

昌昌：繁多貌，纵情貌。

嘉庆朝

嘉庆三年

蹈和堂

天地细缊鼓太和，静中颐养自研磨。
观文游艺怀方畅，蹈矩循规路不讹。
霁月澄泓印水洁，光风披拂送云过。
集虚无我悬明镜，顺应物来得概多。

细缊：亦称“氤氲”。古代指天地阴阳二气交互作用的状态。《易·系辞下》：“天地细缊，万物化醇；男女构精，万物化生。”

集虚：即《庄子》“唯道集虚。虚者，心斋也”。虚，心境空明的状态。

嘉庆六年

澹然书屋

心如止水时澄澈，洞鉴群情处澹然。
波月镜花能不染，识空一切慧光悬。

恒春圃

常养天和德日新，胸襟涵养自恒春。
大君普润生民庆，敷泽无涯体至仁。

大君：天子。《易·师》：“大君有命，开国承家。”

嘉庆七年

玉玲珑馆敬依皇考原韵

庭前叠石致玲珑，略彴相连别馆通。
崇朴敬承继大宝，晏安时戒处深宫。
传心常仰诗题壁，克俭宁教玉琢栊。
肯构寸忱祈赐佑，戢戎和众厘予躬。

略彴：小木桥。
栊：窗。亦借指房舍。

嘉庆九年

蹈和堂吟

天地和则岁时协，政治和斯庶姓安。
致中万物普化育，达道直进消艰难。
世俗多趋邪僻径，反失荡平王路宽。
行险徼幸忘三畏，居易俟命守四端。
不为新奇可喜事，念切勤敬昕夕殚。
一人智力未周遍，求贤分任资百官①。

① 政治均平，致斯世于休和之宇，人君之至愿也。欲副此愿，尤以用人为要。古圣帝王，莫不汲汲于求贤自辅者，此耳。而知人则哲，惟帝其难之，知其难而不能谢其难之责，则惟有昕夕敬勤，修之于己。予之所厚望者，或有以相副乎？

邪僻：亦作“邪辟”，意谓乖谬不正，或指品行不端的人。

三畏：意即君子有三畏，畏天命、畏大人、畏圣人之言。

四端：《孟子·公孙丑上》谓“恻隐之心，仁之端也；羞恶之心，义之端也；辞让之心，礼之端也；是非之心，智之端也”。端即起点、萌芽。

嘉庆十二年

玉玲珑馆

清溪右转径玲珑，弭棹寻幽文馆通。
竹坞禽栖枝上下，荷池鱼戏叶西东。
闲阶寂静敷疏荫，广厦虚明纳远风。
到此顿忘伏暑候，市廛狭隘悯难同。

弭棹：停船。

映清斋

映清斋，位于玉玲珑馆之南，为一处水景园，建于乾隆三十一年（1766）。主殿“映清斋”扇式书斋九楹，三面临池，左右为弓形游廊，亦面水。斋南侧为池上朝东敞厅三间，外悬“月香水影”匾。敞厅西南有楼，南向，上下各五楹，外悬“晴望楼”匾，登高可望园外。楼西别院，有“益思堂”，堂东侧即“陶嘉书屋”，堂后别院为“豁如室”，室后有临池重檐四方亭，名曰“昭旷”。匾额皆乾隆帝御书。

乾隆朝

乾隆三十一年

晴望楼

登楼必有望，要在合其宜。

雨泽初沾后，晴光欲散时。

山容翠螺染，水态碧漪披。

设若苏髯腹，知无拾级期。

苏髯：宋朝大诗人苏轼。相传苏轼美髯多须，世人称其苏髯或髯苏。

益思堂

架插芸编供绎抽，每于开卷沃优游。

繄予别有会心处，却为名言缅武侯。

芸编：亦称“芸帙”，书的别称。古人藏书多用芸香驱蠹虫，所以称书籍为“芸编”。

映清斋

宛转回廊圆中规，纱疏面面俯临池。

春风淡荡吹澜候，秋月高寒入影时。

澄际堪因悟心性，照来恰复见须眉。

如斯无尽藏佳处，久坐何曾刻漏移。

须眉：胡子和眉毛。古时男子以胡须眉毛稠秀为美，故以为男子的代称。

刻漏：即漏刻、漏壶、漏等。古代一种计时器。

豁如室

山抱林环处，精庐曰豁如。

通幽神与遇，生白室之虚。

无到不延趣，有闲还读书。

于斯合藏密，系传岂欺予。

精庐：亦称“精舍”。学舍，讲读之所。亦多指佛寺、佛舍。

生白：即“虚室生白”，道家用语。“虚室”即空室，指心灵，“白”指道。言心灵空虚，则能悟道。

昭旷亭

四柱虚亭不设棂，天容寥廓水清泠。

适然俯仰得佳会，回绝寻常色与形。

陶嘉书屋

户外恒延景，胸中常养春。

陶镕仰化育，摅写亦清新。

涉港思观海，祛漓欲返淳。

静观还有契，物物趣天真。

晴望楼

秋月恰宜晴，登楼信畅情。
碧天云尽敛，绿地稼将成。
露气盈玶润，风凉拂面生。
皓曦如有约，檐角正悬清。

映清斋

回廊半浸水，水气入斋凉。
互映色空际，含清上下光。
契神于缥渺，得景即苍茫。
物色与人意，相将报白藏。

白藏：秋天的别称。所谓春为青阳、夏为朱明、秋为白藏、冬为玄英。

乾隆三十二年

陶嘉书屋

漫嫌桃李迟清咏，自有诗书伴静遨。
会得乾元资始意，几多淑景个中陶。

豁如室

既有近墙围，亦复远山护。
何以示豁如，请得言其故。

于密有退藏，放则六合布。

静固非内寂，动讵任外骛。

明道定性书，可作羲经注。

豁如：开阔，旷达。

于密句：退而隐藏于深密之处，原指《周易》的道理含藏不露，能潜化万物。后亦指人退隐深藏，不为世用。

六合：通常指东、南、西、北、上、下六个方位，亦称“六极”。

羲经：《周易》的别称。相传伏羲始作八卦，故名。

益思堂

最欣旭影窗前朗，岂必花光户外罗。

随分抽书皆可绎，个中偏觉益思多。

陶嘉书屋

闻说人心贵有养，匪云欲速曰冲融。

亦如春气嘉品物，原在甄陶酝酿中。

冲融：清虚融通。

品物：万物。

甄陶：本意为制造陶器的工具，后以此比喻对人的陶冶和造就。此处指大自然的运作。

晴望楼

迩常沾渥雨，更喜雨随晴。

岂待高楼望，真宜沃土耕。

继斯时若贶，又可屡绥赓。

伫俟西成近，越殷颙企情。

贶：赠，赐。

绥赓：绥，安抚、安定；赓，连续、继续。

西成：源自《尚书·尧典》“寅饯纳日，平秩西成”，孔安国传曰“秋，西方，万物成”。后用以喻秋季农作物丰收之典实。

颙：仰盼。柳永《八声甘州》词：“想佳人妆楼颙望。”

映清斋

弓样游廊月样窗，一时清趣果无双。

即声即色契真净，犹觉多言者个摐。

乾隆三十三年

豁如室

目谋欲豁如，辟门缅重华。

胸次欲豁如，包荒弗遗遐。

书室义两具，内虚外不遮。

而况以无心，妙理迥莫加。

小坐玩深趣，宁止纳景嘉。

包荒：包容荒秽，指度量宽宏。《周易·泰》谓“包荒，用冯河，不遐遗”。

映清斋

骤雨打池荷，荷珠纷落水。
荷清水亦清，映心澄且泚。
入画宛欲活，得句浑忘绮。
澹怀合洞明，静观彻表里。
何须远求仙，蓬壶只尺咫。

蓬壶：即蓬莱。古代传说中的海中仙山。

晴望楼

快雨还欣遇快晴，登楼骋望惬遥情。
黍高稻下都芃绿，荞麦初看趁伏耕。

伏耕：夏季伏天用犁耕翻土壤的作业，多见于我国北方以冬小麦为主的一年一熟地区。

乾隆三十四年

豁如室

邃不嫌深廓不虚，来凭棐几辄观书。
大公顺应前贤语，拟欲吾心亦豁如。

益思堂观书

嘉树绕堂襟，书堂静以深。

披芸堪味道，契理拟知音。
日进斯无退，古遥藉可寻。
名言忆诸葛[1]，别有沃予心。

① 集众思，广众益，诸葛亮与群下教语。

益思堂

园屋不彤除，松窗却绮疏。
尚华真厌彼，敦朴实从予。
信可消几暇，况因值雨余。
问谁堪益思，应莫过诗书。

乾隆三十五年

豁如室

书室向虚明，豁如真副名。
开门艺祖意，霁月宋儒情。
窗影梅横馥，阶阳草竖萌。
一时吟五字，心与物皆清。

艺祖：历代太祖之通称，语源于《尚书》“归格于艺祖”。或谓有文德之祖。

豁如室

书室题楣曰豁如，内虚外虚内外虚。
廓然大公物顺应，似此名言足起予。

豁如室

轩窗疏朗喜薰披，花露盈盈香满墀。
悦目赏心宁在此，大公顺应絜于斯。

晴望楼

雨既优沾宜是晴，高楼纵目惬予情。
禾风黍露摇晶朗，嘉与三农望阜成。

益思堂

能益人心思，端惟诗与书。
是宜寻餍饫，未可负居诸。
乐以四时永，趣当一卷舒。
佳哉董季直，曾说有三余。

餍饫：形容食品极为丰盛，引申为博览群书。

董季直：即董遇，字季直。从其学者云“苦渴无日（指苦于没有时间）”，董遇言“当以三余”，即指“冬者岁之余，夜者日之余，阴雨者时之余也”。

乾隆三十六年

映清斋

回廊通溪斋，新水绿相映。
无风波不兴，解冰气犹清。

喜宽凫已下，就深鱼未泳[1]。

清览总生机，智即大圆镜。

① 水寒，鱼必就深处为暖。

清：凉。《礼记 · 曲礼上》："凡为人子之礼，冬温而夏清。"

大圆镜：即大圆镜智，五智之一。意谓能显现世界万象如大圆镜，故称。

晴望楼

望雨时畏晴，斯楼恒弗登。

雨足实喜晴，斯楼乃一凭。

远甸皆黍田，近园多稻塍。

高下均芃绿，霁光翠剡凝。

如斯祝两月，有收庶可征。

奢望今何敢，惟日殷冰兢。

冰兢：《诗 · 小雅》"战战兢兢，如履薄冰"，后以"冰兢"表示恐惧、谨慎之意。兢，亦作"竞"。

益思堂

动静资交养，夫谁能免思。

存诚斯近道，应物在无私。

林翠环遥嶂，花芳递曲墀。

兹非真益我，启沃伫延之。

豁如室

一室虚明号豁如，披云适可遣几余。

大公顺应真提要，程子言之定性书。

程子：对宋代理学家程颢、程颐的尊称。

映清斋

弓样廊通镜样斋，虚明内外一如皆。

暑非陶郁爽堪挹，水不波澜静与谐。

鱼跃何尝离藻浦，鸢飞每亦下云涯。

多时望雨愁方释，近复望晴略系怀。

乾隆三十七年

陶嘉书屋

书屋非华屋，清遨亦偶遨。

几间招石友，户外听松涛。

信可傲三岛，何须问六鳌。

春嘉消息露，天地有甄陶。

石友：砚的拟人化代称。因砚为石制，是读书人文房四宝之一，故称。

三岛：传说中的蓬莱、方丈、瀛洲三座海上仙山，亦泛指仙境。

六鳌：古代神话中负载神山的六只大龟。也以“六鳌”形容海上胜景。

益思堂

盆梅初弗藉东风，映座枝头三两红。

恰似青韶方燠沐，益人思在不言中。

燠沐：温暖湿润。

豁如室

面前罗假山，山上植真树。

树叶未生时，近远毕呈露。

豁如兹称名，纵目无遮顾。

目遮犹易祛，心遮实难除。

何以使弗遮，无私大公付。

晴望楼口号

前朝微雪先微雨，今日忽阴时忽晴。

偶上高楼聊纵望，并无佳绪只怦怦。

映清斋

回廊弯似弓，斋阁据当中。

三面全临水，八窗迴俯空。

近遥相一合，上下影相同。

心境于何觅，光光映镜铜。

益思堂

心思谁则无，亦欲求所益。
益实非一端，善恶各殊迹。
益德斯为善，益私恶难革。
设曰何以利，损下更成厄。
絜矩率箴规，讵宁漫颜额。

箴规：劝诫规谏。汉 王符《潜夫论·明闇》："过在于不纳卿士之箴规。"

晴望楼即目

迩来时雨复时晴，纵望高楼庆慰生。
不独黄图调烛玉，大都赤县协符贞。
苗芃禾黍耘将遍，穗饱麦辫熟逮成。
一种又牵心弗怿，西川犹未奏销兵。

黄图：即《三辅黄图》，记述了汉代三辅宫观等建筑。后以"黄图"喻指京城。

烛玉：古人称四时调和为"玉烛"。

赤县：赤县神州的略称，指中国。

西川句：指清军围剿川西土司大金川之役。

映清斋

书斋映水清，水清亦来映。
光光两相射，究以孰为镜。
辨见八还中，征心七处竟。

鸢鱼付不知，云飞而川泳。

辨见八还：即八还辨见，佛教用语，谓八种变化相，各自还其本所因由处。辨，分别之义；见，能见之性。具体为：明还日轮、暗还黑月、通还户牖、壅还墙宇、缘还分别、顽虚还空、郁衬还尘、清明还霁。

征心七处：即七处征心。《楞严经》载，即执心在内、执心在外、执在潜根、执在暗内、执随所合处、执在中间、执无著。最后佛言：“觉知分别心性，既不在内，亦不在外，不在中间，俱无所在，一切无著，名之为心。”

乾隆三十八年

豁如室有会

史迁称汉高，豁如有大度。
用能成帝业，宁在勤细故。
此在开创可，守成多政务。
细大莫不谨，乃弗致舛误。
先后却异施，豁如合先具。
先本而后末，庶免流苛妒。
即境偶会心，自箴因句赋。

史迁：汉代司马迁继其父司马谈为太史令，掌修史，著《史记》，世称史迁。

细大：细指细小的事情，大指大事情。

乾隆四十一年

晴望楼口号

既雨人心即向晴，高楼纵目惬遥情。
村村场圃堆新麦，持穗都期饼饵成。

饼饵：汉代对米、面制成食物之称呼，亦泛指饼类食物。

豁如室

何室弗四壁，此独曰豁如。
廓然顺应物，闻诸复性书。
心地苟充诎，逼塞徒逃虚。
坦坦泯芥蒂，落落无方隅。
谁能忘篑倪，试与观古初。

复性书：唐代思想家、文学家李翱著，分上中下三篇。主张崇儒排佛，提倡人们言行应以儒家“中道”为标准。

逃虚：逃避世俗，寻求清静无欲的境界。

芥蒂：本意指细小的梗塞物，比喻心里的嫌隙或不快。

益思堂

额檐义各别，率以励身修。
会意番番异，题吟每每留。
兹来已仲夏，重到拟深秋。
试问益何思，喜晴望麦收。

映清斋

弓样回廊扇样斋，溶溶池水绿侵阶。
凭轩不必五弦抚，一曲薰风早入怀。

薰风：和暖的南风。语出《史记·乐书》“昔者舜作五弦之琴，以歌南风”。诗曰：“南风之薰兮，可以解吾民之愠兮。”意为温和的风，可以消除心中的烦恼。

乾隆四十七年

映清斋

三面渌波清，几扇蜃窗映。
映清清映乎，宾主殊难定。
仰观鸢之印，俯察鱼之泳。
上下一化机，游目归澄性。
设喻藻鉴材，其施唯顺应。

蜃窗：蜃指大蛤蜊。比喻用大蛤壳磨薄后镶嵌在窗子上，通光透明。

藻鉴：品藻与鉴别。引申为担任品评鉴别人才的职务。

豁如室

书室无长物，豁如觉其宽。
予心欲如之，戛戛觉其难。
大公顺应物，豁如方得言。
然斯犹可勉，而更有致艰。

祈岁冀屡丰，用人求尽贤。

切切存旰宵，安得舒心田。

弗舒非豁如，对室恒愧旃。

心田：佛教用语，即心。谓心藏善恶种子，随缘滋长，如田地生长五谷荑稗，故称。

乾隆五十年

豁如室

室盖取其温，曲折避风轻。

而此室独敞，豁如故得名。

因思名与实，何曾有定衡。

但绎题额义，足以怡神情。

廓然而大公，虚受弗满盈。

内圣外王学，胥宜勉力行。

内圣外王：内圣，指内在道德修养臻于至善；外王，指经世济民、实现外在事功。

映清斋

回廊接溪斋，溪水清映座。

讵止容膝窄，亦匪连拳大。

面面设虚窗，波光目前过。

目清心亦清，书史伴幽课。

容膝：形容居室的狭小，仅能容下两膝。

乾隆五十一年

益思堂口号

思出于中岂由外，然而交养亦相资。
憩堂试问得何益，插架芸编率可披。

乾隆五十二年

豁如室口号

一室空空号豁如，四时佳景纳无余。
小游适以瞻檐额，触目会心足警予。

乾隆五十四年

题映清斋

溪斋近水名映清，映清之义不一足。
心欲其清克己方，政欲其清察吏属。
时欲其清安民要，边欲其清柔远笃。
映者观也敢弗思，大观在上羲经读。

乾隆五十七年

豁如室

书室得曲折，如何云豁如。
可知豁在心，其境本绪余。
内者外之基，本末应识诸。
大公顺应物，程言足起予。

绪余：本意指抽丝后留在蚕茧上的残丝，后借指事物之残余或主体之外所剩余者。

乾隆五十八年

题益思堂

思存心以内，讵由物之外。
斯堂曰益思，似藉景所会。
试想耳目食，心官必有赖。
然而贵乎正，克己要为最。
柳绿与花红，小哉耽则害。
设必取相资，架束诗书在。

照旷亭有会

旷斯临水不遮山，上下天光揽结间。
对以近仍会以远，廓然方寸照区寰。

揽结：采摘编结，或谓收取。
区寰：境域，天下。

乾隆六十年

映清斋

巧样斋方纨扇成，风披冰映两胥清。
坐来别有会心处，顺应无私在屏萦。

嘉庆朝

嘉庆二年

映清斋

水阁山亭相映带，天高风急景弥清。
翩翻枫叶明霞缀，葱郁松林爽籁鸣。
西岭云澄过远雁，南窗旭暖对寒英。
几闲偶览新诗藁，仍盼捷音即日呈。

寒英：冬天开的花，亦代指梅花。

嘉庆三年

映清斋

山色波光相映带，书斋朴素最清幽。
林间鸟送音徐啭，阶下泉盈韵细流。
绿蘸琉璃百顷漾，碧垂杨柳万丝浮。
暂时小住放舟去，几暇重来作禊游。

禊游：即古代三月三日的修禊活动，以祈福消灾。

映清斋

近水清光映，书斋俯碧澜。
柳浓接遥渚，竹密绕回栏。
候验黍禾盛，心萦宇宙宽。
水云迭消长，拟作镜中观。

映清斋

山色波光映带清，高秋晴景副斋名。
飕飗崖角金风爽，灼烁林端皎日晶。
潦减碧溪登岸近，霜添红叶趁霞明。
贫家正届于茅候，遍庆今年万宝成。

飕飗：形容风声或风雨声。

金风：即秋风。古代季节变化常用阴阳五行来解释，秋属金，故称秋风为金风。

灼烁：形容鲜明貌、光彩貌。

于茅：语出《国风·豳风·七月》："昼尔于茅，宵尔索绹。亟其乘屋，其始播百谷。"意为白天割茅草，夜晚打绳子，赶紧修盖房屋。

嘉庆七年

映清斋

近水景清佳，书斋相掩映。
坐印碧琉璃，文鳞任游泳。
云影漾波光，无风浪花净。
岸柳已铺阴，汀荷欲擎柄。
抚时泽未敷，疾苦怜兆姓。
国本在民安，要义希往圣。

文鳞：此处指鱼。

嘉庆八年

映清斋

临水书斋敞，含光波漾清。
花深藏戏蝶，柳密隐新莺。
过雨前溪涨，开云远岫明。
春阳敷丽景，发育罔群生。

益思堂

典学尊闻古籍披，禹汤文武帝王师。
敕几勤政殚心力，细绎芸编可益思。

嘉庆九年

映清斋

前渚停舟问佳境，缓登石砌转方塘。
水光清接林光澹，扇式房连弓式廊。
沸鼎茶声徐浥露，绕帘篆影静留香。
世途躁热奚能达，涤尽荷烦渐爽凉。

嘉庆十年

映清斋

山影波光相映清，凉飔徐透拂檐楹。
静观生意敷平野，炎暑全除爽气盈。

密林布荫纳新凉，昼景迟迟日正长。
煮茗敲诗遣清兴，北溪解缆泛轻航。

嘉庆十一年

映清斋

临水虚斋纳景清，天光波影映空明。
窗中林黛重帘接，槛外花香一室盈。
遥睇层霄焕霞彩，静聆密樾送禽声。
达观动植含生意，化育随时各发荣。

密樾：浓密的树荫。樾，道旁林荫树。

嘉庆十二年

映清斋

扇式斋连璧式廊，临溪虚牖境清凉。
波光荡漾浮平渚，林影扶疏荫午塘。
荷送远香汀外接，蝉流逸响叶间藏。
静消炎暑延新爽，佳景娱心四韵偿。

四韵：亦称四韵诗，由四韵八句构成，故称。代指五言、七言律诗。

嘉庆十五年

益思堂

佐治惟经史，研摩足益思。

嘉言典谟备，良法简编垂。
有本守终始，无源漫措施。
寸衷勉希圣，紬绎固根基。

希圣：效法圣人，仰慕圣人。
紬绎：整理出头绪。

豁如室

一人智力御臣民，主敬存诚念止仁。
坦荡天怀除意见，豁如洞达治平均。

如　园

如园，位于长春园东南隅，园墙东南即熙春园，有过街楼相通。该景系仿江宁（南京）瞻园明代中山王徐达之西园，乾隆三十二年（1767）建成。乾隆帝赞曰：此景虽仿，但却“胜于”瞻园。园中主要景观有“新赏室”“观云榭”“含芳书屋”“挹泉榭”“敦素堂”“静虚斋”“明漪楼”“深宁堂”“合翠轩”“写镜亭”等。嘉庆十六年（1811），该园大修，并御制《重修如园记》，详述各景观之方位，除“新赏室”外，皆易新额。嘉庆帝曾咏《如园》十景，即“锦縠洲”“观丰榭”“待月台”“屑珠沜”“转翠桥”“镜香池”“披青磴”“称松岩”“贮云窝”“平安经”。

乾隆朝

乾隆三十三年

含芳书屋

曲转回廊接，精庐此处堪。
于焉乐洒洒，岂必诩耽耽。
即静有余趣，契真可息谈。
正如春酝酿，生意万芳含。

洒洒：四散的样子。形容文辞连绵不绝。唐 钱珝《客舍寓怀》诗：“洒洒滩声晚霁时，客亭风袖半披垂。”

耽耽：威严地注视。亦形容贪婪地注视。

新赏室

新赏宁因玩景名，鲁论训学语尤精。
设于草绿花红会，未是吟风弄月情。

鲁论：汉代今文本《论语》之一，相传系鲁人所传，故名。篇次和今本《论语》同。

挹泉榭

导泉有高下，故致声清泠。
为渠有曲折，故致波潺湲。
小榭构其上，娱观还畅听。
淙淙作复止，沄沄流亦渟。
动静含妙机，挹之惬性灵。

潺湲：细小的水流。
淙淙：形容水流的声音。
沄沄：形容水流的样子。

含芳书屋

借问芳意阿谁含，宁外人心方寸里。
而人适来书屋中，是即书屋含芳矣。
足悟一本贯万殊，讵在嫣红与姹紫。
如云六艺有余润，亦可因之究厥旨。

六艺：指六种技能，即礼、乐、射、御、书、数。

敦素堂四咏

素月

又是新年初度盈，徘徊素质照东楹。
银花火树那增丽，古往今来不改明。
赋爱谢庄能指要[①]，诗传李白善研精[②]。
碧天碾过无留迹，谁得形容通体清。

① 谢庄《月赋》："素月流天。"

② 李白诗："渌水净素月。"

银花火树：银花，灯光雪亮；火树，树上挂满灯彩。形容张灯结彩或大放焰火时的灿烂夜景。

谢庄：南朝宋文学家，字希逸，陈郡阳夏人。

素冰

小小方塘不是湖，平平恰喜素冰铺。
一时漫论消兮结，万物呈来有若无。
便尔丹青色难著，可怜鱼鸟望成孤。
书堂虚朗疑何似，特似临阶置玉壶。

素琴

不教司设尚珍华，素荐乌琴雅称嘉。
古器何须寻绿绮，断纹也似缀黄麻。
成音自引松风入，和曲惟闻瀑水斜。
失学未曾解操缦，有弦笑亦类陶家。

司设：隋炀帝所置宫廷女官，二十四司之一，从六品，属尚寝居，掌床帏铺设洒扫之事。

绿绮：古琴名，后用作琴之通称。

操缦：操弄杂乐。《礼记》载："学，不学操缦，不能安弦。"

陶家：晋文学家、诗人陶渊明。

素鹤

松下翙翙素羽翩，禽中谁更许称仙。
以无粱稻无笼槛，得任飞栖任食眠。
瘦矣方堪入画格，逸哉何不可诗传。

溪斋四事成佳契，返朴吾犹慊未然。

㦏：同“翼”。

静虚斋

得静贵含虚，集虚在主静。
互发亦交资，如镜光相影。
于颜则四勿，于曾则三省。
无为而有为，讵曰空寂境。

四勿：即“颜子之四勿”。《论语》颜渊问仁，子曰：“非礼勿视，非礼勿听，非礼勿言，非礼勿动。”

三省：孔子之弟子曾子名言：“吾日三省吾身，为人谋而不忠乎？与朋友交而不信乎？传不习乎？”

新赏室

物色风光淑且闿，南枝底藉绕檐巡。
居然吾亦欣新赏，为廑当春隅向人。

隅向人：即“向隅而泣”。隅，角落，比喻孤独失意或得不到机会而失望。

敦素堂

尚絅恶文著，恬心养素先。
那称无长物，可以味遗编。
树色入帘静，波光映座鲜。
因之悟摛句，亦岂在华妍。

尚絅：源自《诗·卫风·硕人》篇："衣锦尚絅，恶其文之著也。"衣指穿，锦谓彩色之绸衣，尚絅谓加上一件单层之罩衫，文指花纹图案，著指显著、过分。意谓嫌恶那衣服色彩过分艳丽。

遗编：前人遗世之著作或指散佚典籍。

摛句：即摛章绘句的缩写。形容以华丽的辞章写作诗文。

题深宁堂

迳曲兴非浅，堂安居得宜。

有书义堪玩，弗画景供披。

偃仰遑耽逸，徘徊繄永思。

深宁愿九寓，讵取一身怡。

偃仰：游乐，安居，形容生活悠然自得。《诗·小雅·北山》："或栖迟偃仰，或王事鞅掌。"

繄：是。

九寓：即九宇。此指天下。

明漪楼

飞阁临无地，方塘印有天。

翻光闪檐梠，落照彻沦涟。

风月随时趣，鸢鱼契道诠。

南昌如可拟，作记愿前贤。

观云榭

敞榭额观云，观云意各异。

每当望雨时，云散愁开霁。

设复苦霖际，云聚忧霪积。
云之聚散本无心，观者愁多喜艰致。
云乎云乎，岂能宜雨而雨，宜旸而旸，聚散如人意。
丰隆若有言，所愿忌太遂。

霪积：连绵不断的雨。

丰隆：古代神话中的雷神。后多作雷的代称。

深宁堂

翦凿阶基期中矩，栖迟室宇号深宁。
讵吾一己求安逸，愿彼群生畅毒亭。

栖迟：游玩休憩。《后汉书·张衡传》：“淹栖迟以恣欲兮，耀灵忽其西藏。”（耀灵，指太阳）

毒亭：即亭毒。语出《老子》：“长之育之，亭之毒之，养之覆之。”高亨正诂：“亭当读为成，毒当读为熟，皆音同通用。”后引申为养育，化育。

合翠轩

新叶行将发故枝，和风暖律日昌怡。
轴帘最好凭楹望，正是高轩合翠时。

轴帘：即卷帘。

题敦素堂

朴斫书堂碧沼滨，澄波素影面前陈。
故知绘事常为后，亦曰淳风在所循。

情性由来耽澹泊，文章岂必藉涟沦。
如云水监即民监，我却惭为倡化人。

民监：以民众意愿为鉴戒。《尚书·酒诰》载："古人有言曰：人无于水监，当于民监。"监同"鉴"。

静虚斋

精舍假山上，悠然静且虚。
会心惟洒洒，延景亦如如。
不必更称画，时还可读书。
绿筠栽几个，其趣似同予。

洒洒：恭敬貌。
如如：形容络绎不绝。

写镜亭

铜犹待旃摩，玻璃待锡贴[1]。
惟水则不然，有照非他藉。
波澄那更兴，物来随所接。
讵设妍媸见，真觉性情惬。
以弗写写之，虚亭了无涉。

① 西洋玻璃镜，必以水银和锡贴背面，然后能照物。

旃：同"毡"。
妍媸：表示美和丑。妍，指美丽；媸，指相貌丑陋。

新赏室

弥月未经到，夏光又异春。
花红何处去，树绿满庭匀。
不解琴樽趣，惟耽书史因。
圣经从幼读，奚有在新民。

弥月：整月。宋 苏轼《喜雨亭记》：“既而弥月不雨，民方以为忧。”
新民：革除旧习，教民向善。

挹泉榭

阶临流水澹然披，容是文章声是诗。
久坐何妨挹芳润，句成辄复步前移。

静虚斋

虚室峭蒨间，既深斯致静。
阶前草递芳，窗外竹摇影。
棐几置博山，馥馥净香领。
清思于以生，尘念于以屏。
子西得同然，时哉日方永。

峭蒨：高耸挺立的山。
博山：香炉名，形状似海中博山，因名。

题静虚斋

怪石罗曲径，新笋发翠枝。

散步欲小憩，书斋此恰宜。
适可素几凭，于焉古帙披。
迩日炽炎熇，个中如不知。
心静自然凉，白傅岂我欺。

白傅：即白居易的代称。白晚年曾官太子少傅，故称。清 袁枚《续诗品·灭迹》：“白傅改诗，不留一字。”

合翠轩

柯迴与枝柢，一时绿尽齐。
是谁张广幕，正尔羃横题。
晓露承来润，晚禽归欲迷。
雍喈岂可望，空此对萋萋。

雍喈：雍雍喈喈的省称，指鸟和鸿的叫声。
萋萋：形容草长得茂盛的样子。

观云榭口号

数片空中甫布阴，几回仰望复低吟。
试询敞榭观云意，今日惟殷大作霖。

明漪楼

层楼近碧池，阶戺漾明漪。
自具文章旨，相资淡荡思。
双双下凫子，个个跃鱼儿。

俯仰皆天趣，还从镜里披。

深宁堂

赤日高悬暑不禁，扇挥白汗尚如淋。
心神忽尔宁何故，乃悟书堂静且深。

白汗：大汗、虚汗。

观云榭

一片云来霪快雨，一片云去成快晴。
快雨沃沾禾黍润，快晴朗暴禾黍荣。
凭榭观云幸若此，不似望雨望晴之际。
观云都觉愁无比，何修而遇益恭己。

乾隆三十四年

新赏室

书室假山峭蒨间，新年赏景暂偷闲。
彩檠薰卉非娱志，民瘼关心未解颜。

民瘼：百姓的病痛、疾苦。

敦素堂

阶基临曲沼，朴斫构书轩。

冰鉴先呈映，波纨漫待翻。
即看通体洁，那藉绮言烦。
素固人应尚，况予司化源。

司化：掌管教化的官员。

明漪楼

曲池冰冻未生波，借问明漪意若何。
无极濂溪著图说，互为根究静居多。

静虚斋

松涛听是静，竹籁奏因虚。
即境恰成趣，于心得所如。
窗开还纳画，几净可摊书。
却不常临此，临惟清暇余。

挹泉榭

活泉阶下似流云，而更声饶琴瑟闻。
恰喜一编书在手，洒然相映挹清芬。

题观云榭

观云有素志，较量为农田。
那共闲舒卷，恒因托惕乾。

自知艰乐后，敢忘励忧先。

寄语盈廷者，无劳糺缦篇。

惕乾：语出《周易·乾》：“君子终日乾乾，夕惕若厉，无咎。”形容勤奋谨慎，一点不疏忽懈怠。

糺缦篇：语出《卿云歌》：“卿云烂兮，糺缦缦兮。”糺，同纠，聚集。缦缦，舒卷，弥漫。此为舜帝与大臣相和之歌，描写了帝舜与大臣们欢乐和谐的情景。

敦素堂

阶砌临澄水，虚明表里如。

映心无蒂芥，寓目有鸢鱼。

细雨过松坞，新波落竹渠。

依然是藻缋，后素实敦余。

蒂芥：亦即“芥蒂”。本指细小的梗塞物，后比喻心里的不满或不快。

藻缋：亦作“藻绘”，错杂华丽的色彩。亦指文辞、文采。

后素：即绘事后素。比喻有良好的质地，才能锦上添花。语出《论语·八佾》。

乾隆三十五年

含芳书屋

初韶时节发青阳，乘气临芳语众芳。

一往何须太酣放，由来含者趣偏长。

青阳：即春天。《尔雅·释天》：“春为青阳。”郭璞注：“气青而温阳。”

挹泉榭

冰池无波澜，石泉弗冻凝。
爱此常披练，胜彼平铺镜。
小榭构其上，偶来惬吟凭。
动中静恒存，去而来递应。
讵惟供畅目，实曰足怡性。

敦素堂

朴素由来志所敦，循名未免恧文轩。
即看彩胜华灯缀，岂是语云行顾言。

彩胜：即旛胜。唐宋风俗，每逢立春日，剪纸或绸作旛戴在头上或系在花下，以庆祝春日来临。

题深宁堂

庭松傲冬绿，阶草向阳青。
又是对韶淑，于焉惬性灵。
怡情逢辄戒，得句写还停。
民隐心常念，深思所以宁。

韵淑：即韶光淑气。指春天的美好景象。

民隐：民间的疾苦。

写镜亭偶会

大小及妍媸，一一写镜前。
而镜弗设见，因物呈其然。
心胡不同斯，以有我在焉。
谁信能忘我，与之言道诠。

明漪楼

重楼俯琳沼，石基近水裔。
鸢鱼玩几上，波澜挹窗际。
兹来冻未消，前趣姑且置。
动静互为根，春工况已试。
微风冰镜表，觉有明漪意。

春工：春季造化万物之工。唐 张碧《游春引》："万汇俱含造化恩，见我春工无私理。"

明漪：明净的涟漪。

明漪楼

春孟呈冰鉴，清流有所思。
依然斯曲沼，倏尔作明漪。
鱼跃意如喜，鹭翔影自窥。
壁间吟旧句，曾未几多时。

写镜亭

明镜本无心，物来照随写。
媸彼自为媸，冶彼自为冶。
以镜喻乎水，盖有相同也。
体固虚益虚，影乃假中假。
临亭适然思，托兴于何者。

合翠轩口号

忆得春初小憩迟，书轩未到又经时。
今朝倚槛偶凭望，翠合新林迅若斯。

挹泉榭

导流出石峡，作榭名挹泉。
或曰斯假为，其真又奚然。
日照香炉峰，三千尺飞悬。
于此何同异，拟问李青莲。

李青莲：唐代诗人李白。李白中年时自号青莲居士，故称。

含芳书屋

入夏饯春候，绿云红雨时。
画图难貌矣，蜂蝶更撩之。
繁景固如是，流阴肯暂迟。

含芳谁则擅，书屋以无为。

流阴：光阴流逝。

如园

南北临衢各筑垣，过来复道便如园。
有泉有竹清幽致，曰室曰斋淳朴敦。
境写中山遥古迹[①]，石移西岭近云根。
迩方小得心怀畅，景对南薰略可论。

① 江宁藩司署中瞻园，即明中山王徐达西园之旧，是园规制略仿之。

复道：亦称“阁道”，架空于建筑物之间的连接体，两侧无墙，供人分层而行。此指连接长春园与熙春园之间的阁道。

敦素堂

散步进如园，书堂敞网轩。
偶然观四咏[①]，岂必在千言。
树色皆含润，蝉声不碍喧。
阶前一池水，素色亦相敦。

① 曾为敦素堂四咏，书粘壁间。

挹泉榭

墙外平湖铺若镜，引流曲折到阶前。
设非快雨新波涨，应笑空来此挹泉。

静虚斋

惟虚静以生，惟静虚斯受。
四时无不宜，而最宜夏候。
佳荫铺空庭，清风入疏牖。
五明底藉挥，三庚颇可守。
白傅略知律，往往出吟口。

五明：即五明扇。原是仪仗中的一种掌扇。亦指团扇，或泛指扇。
三庚：指农历中划定三伏天开始的标准，“夏至三庚便入伏”。

乾隆三十六年

题敦素堂

冰池近砌前，俯仰玉壶天。
一例月澄魄，何须风漾涟。
远村鸣竹爆，万姓庆华年。
亦有纱灯缀，顾名觉恧然。

玉壶：月亮。
纱灯：照明用具，灯笼的一种。以竹篾制成框架，外糊纱布，中点蜡烛，多为富宅使用。

新赏室

砌暖润融冻，窗虚朗受曦。
阳春欣有脚，天地奉无私。

庭勒欲舒叶，盆烘将放蕤。
从新赏景物，却复始于斯。

阳春句：典出五代后周王仁裕《开元天宝遗事》。唐代宰相宋璟，爱民恤物，时人赞其“有脚阳春”。喻所至之处，如阳春煦物，后用此典褒扬官吏的德政。

含芳书屋

石径威纡朴室探，宁须大厦诩耽耽。
徘徊略识个中趣，不在发扬在畜含。

威纡：形容蜿蜒曲折的样子。
畜：通“蓄”，积聚，储藏。《淮南子·要略》：“畜积殷富。”

挹泉榭

引流自墙外，曲折到阶前。
叠石因成瀑，不丝亦唤弦。
声依清入听，色涤俗都蠲。
挹彼潦非洞，注兹心润田。

洞：《说文》：“洞，沧也。”广雅释诂曰：“洞，寒也。”

写镜亭

亭前一片水，渫然含镜光。
故名写镜亭，其义可参详。
物本镜中写，写镜疑反常。

然非心映之，镜欲照无方。

写镜实因心，正心圣经章。

正心：儒家的修养方法。《礼记·大学》：“欲修其身者，先正其心；欲正其心者，先诚其意。”

圣：《说文解字》谓“通”也。

如园

复道行空界苑垣，过来石径即如园。

东偏总以弗恒到，创境讶成那忘言。

偷度春光夏仍季，却看瀑布水犹翻。

徘徊未免因生愧，何事若亭复若轩。

题敦素堂

池上三间屋，因之敦素名。

目恒无外诱，心亦与同清。

鱼乐壶中跃，荷香镜里生。

纳凉坐片刻，竹簌拂桃笙。

桃笙：桃枝竹编的竹席。

乾隆三十七年

题敦素堂

轩槛俯冰池，一般镜影披。

心无波澜想，春在地天知。
岂必华灯灿，恒欣芸帙宜。
既云敦素好，吟赏又奚为。

新赏室

替通气渐融，和蔼春将盎。
几务有余闲，凭揽探机象。
柳烟柔带金，草芽茁刺壤。
万物乐生意，闇闇供新赏。
吾民或失所，可不怵然想。

闇闇：香气盛貌、浓烈。

深宁堂

开镜俯流水，展屏背假山。
读诗求性乐，玩易勉邪闲。
元夕昨方过，万几此值閒。
深宁愿寰宇，讵止一堂间。

写镜亭口号

冰镜较于水镜殊，弗流荡此镇平铺。
德操设遇孔平仲[①]，定觉庞公品藻输。

① 团团冰镜，孔平仲语。

冰镜：冰平如镜，故云。或谓以冰为镜，比喻能洞察事理。

水镜：明澈如水之映物，故称。比喻人的明鉴。

孔平仲：北宋诗人，字义甫，一作毅父，新喻（今江西新余县）人。其长于史学，工文词，富于词藻，与其兄文仲、武仲俱有文名，时号“三孔”。

庞公：即庞德公，也称庞居士。汉末襄阳人，隐居岘山之南，曾拒绝刘表延请。后常以喻指隐居不仕的高士。

品藻：品评，鉴定。

回如园题敦素堂

回舆咫尺即如园，喜有书堂池上存。
冻解平铺新水碧，波摇返照旅楹翻。
辞窗树影阴犹惜，欹案芸编古尚论。
融冱虽看形色异，诚然于素总相敦。

旅楹：众多的楹柱。

欹案：谓披览。

冱：冰冻，冻结。张衡《思玄赋》：“清泉冱而不流。”

静虚斋

温暾旭影护明窗，放蕊盆梅馥古桩。
领妙无过虚且静，憧憧到此亦应降。

暾：初升的太阳。

明漪楼即景

犹思前月一凭临，冰镜呈来波影沈。
亦自皎然堪悦目，所嫌凝若鲜开襟。

心澄何必不波好，景谧偏宜有象寻。
恰似收将诗趣在，分明今日待摅吟。

沈：旧同“沉”。

挹泉榭

高流引墙外，出峡便如泉。
乳窦明知假，珠帘宛看悬。
回回萦榭畔，落落历窗前。
一切惟名象，挹斯契幻然。

乳窦：即泉眼，泉自穴出，清冽似乳，故称。

合翠轩

夏叶既吐齐，四邻合一绿。
甘霔复时洒，菁葱总如沐。
已自连槐榆，漫惜混松竹。
云轩揽翁蒙，林关辟簇簌。
莫拟青琐观，斯堂实非玉。

霔：同“澍”。
簇簌：簇，小竹丛生；簌，茂密貌。
青琐：装饰皇宫门窗的青色连环花纹。亦借指宫廷。

乾隆三十八年

敦素堂

恒思淳贵返，颇以朴为怀。
但此悬华檠，宁云称雅斋。
烟堤远罨牖，冰渚近侵阶。
敦素所包广，诗多赋亦乖。

华檠：宫灯。
敦素：敦厚素雅。

新赏室

静室额新赏，今来赏果新。
隔年吟旧句，增岁阅初春。
北砌芜将发，南枝花已匀。
翻书得汉诏，廑念在吾民。

题敦素堂

东园适观麦，复道过楼门。
往返非清跸，栖迟有朴轩。
一池常映目，五字未忘言。
讵只于摛藻，诸凡企素敦。

东园：此指熙春园，因在长春园之东，故称。
清跸：旧时谓帝王出行，清除道路，禁止行人。

静虚斋

静则物弗染，虚则物弗著。
弗著复弗染，乃得适性乐。
物固匪外性，染著斯因恶。
得性以应物，物岂非性托。
主静动不乖，致虚明乃作。
无为而有为，殊异尚寂寞。

挹泉榭有会

本是平流墙外湖，一分高下势全殊。
吾因絜矩用人道，器使量材视此夫。

器使：量材使用，犹言重用。

写镜亭

圆池如镜不旃磨，亭岂山阴一例过。
展步非关坐临帖，何来唼藻一双鹅。

旃磨：旃，同“毡”。古时用青铜铸成的铜镜，须用玄粉和白旃磨擦才能光洁明亮，供人使用。

唼：同“唼”。鱼、水鸟等呷食。《楚辞·九辩》：“凫燕皆唼夫粱藻兮。”

题明漪楼

楼临池水漾明漪，一晌凭栏契静思。
晃日叠金散犹好，滟风披练细方宜。

盈科进海归无竞，照物呈形付不知。

题句设非关镜己，屡拈月露亦奚为。

盈科进海：盈科，水充满坑坎。语出《孟子》：“源泉混混，不舍昼夜。盈科而后进，放乎四海。”意为涓涓溪流奔腾入海，中间有很多坎坷，每个坑洼都要填满，直至流向大海。

深宁堂

洁治书堂深且宁，沈酣义府得仪型。

设供词藻图研练，玩物何能益性灵。

沈酣：沈同“沉”，比喻深沉地处于某种境界中。

义府：义理之府藏。常指《诗》《书》而言。《左传·僖公二十七年》：“《诗》《书》，义之府也。”

仪型：做楷模，做典范。

研练：研究练习。

观云榭

林叶拟绿云，疏轩构于是。

因之额观云，观云弗啻此。

愁霖观云惧，望雨观云喜。

今春足甘膏，麦实禾嶷嶷。

宜旸将半月，继霱其时矣。

伫立望英英，在彼不在尔。

嶷嶷：形容茂盛之貌。《诗·小雅·甫田》：“黍稷嶷嶷。”

英英：美好的样子。

乾隆三十九年

敦素堂

溪堂临沼上，沼面尚凝冰。
宛是玉壶在，依然藻鉴凭。
翻书欣目朗，即境得心澄。
更契卜商会，言诗可以兴。

藻鉴：品评和鉴别人才，同“藻镜”。藻为品藻、挑选，鉴谓镜也，引申为明察。

卜商：即子夏。春秋末期晋国人，孔门弟子，家贫好学，以擅长文学著称。曾提出“学而优则仕”。

含芳书屋

漫嫌红紫勒花光，衮衮春来意已忙。
书屋却欣善名副，青韶未罄正含芳。

衮衮：连续不断，众多。

青韶：春天。

深宁堂

廊转虚堂接，既深斯得宁。
梅盆识春白，苔砌向阳青。
彝鼎无俗韵，图书余古馨。
因思奠寰宇，讵独在轩庭。

彝鼎：泛指古代祭祀用的鼎、尊等礼器。宋 欧阳修《相州昼锦堂记》：“其丰功盛烈，所以铭彝鼎而被弦歌者，乃邦家之光，非闾里之荣也。”

新赏室

一室颜新赏，三春方孟临。
盼来有柳眼，识得在梅心。
即此消还息，便成古与今。
弃闲领佳会，五字掞清吟。

掞：舒展，铺张。

乾隆四十年

如园

岂不园中咫尺近，自春徂夏未经临。
了知砌卉过红雨，且喜庭柯羃绿阴。
步处假山势展画，引来活水韵调琴。
如斯美景多虚掷，却笑其初结构心。

题敦素堂

阁道过游还过来，溪堂敦素憩徘徊。
四章题句似之矣[1]，一晌怡情有是哉。
藻绘可因知礼后，沉藏于以验恢台。
方池滃沱曾无著，不示物形鉴影开。

① 向曾赋素月、素冰、素琴、素鹤，为敦素堂四咏。

恢台：广大貌，繁盛貌。《楚辞·九辩》：“收恢台之孟夏兮，然欿傺而沉臧。”

澹沱：荡漾貌。金 元好问《渡湍水》诗：“秋江澹沱如素练，沙浦空明引暮云。”

挹泉榭口号

高水原从墙外引，挹泉假藉与名新。
偶然思义辴然笑，即便真泉底是真。

辴：笑的样子，辴然而笑。

含芳书屋

韶华倏已过，恢炱旋来临。
生意无终穷，足见天地心。
嘉木羃葱茏，杂卉绽侵寻。
蜂含桃李谢，蝶入葵榴深。
书屋与之同，含芳今匪今。
我实偶然至，安得谓知音。

静虚斋

书斋静且虚，虚静趣何如。
踪释动无扰，私祛受有余。
讵惟名羡彼，端合义箴予。
即看庭前景，谧明亦笑诸。

踈释：踈，同“躁”。没有烦恼，心平气和。

端合：应当，应该。

乾隆四十一年

敦素堂

底爱溪堂好，溪堂趣可论。
心凝形欲释，目击道犹存。
藻绘兹无尚，图书必有源。
春冰一片素，其意亦相敦。

深宁堂

人身中最深，宜莫过于心。
养以宁为要，防为私所侵。
危微诫须佩，理欲界应斟。
朅尔观堂额，惕然凛座箴。

危微：即宋明以来儒家道统的核心“危微精一”。亦即《尚书·大禹谟》“人心惟危，道心惟微，惟精惟一，允执厥中”的省称。

含芳书屋

柳条袅袅黄先绿，梅朵盈盈白带红。
借问含芳者谁是，人心物意总春工。

如园

如园本是肖江南，今日江南肖实堪。
绿柳红桃含润泽，明亭暗窦致差参。
背风竹色当前翠，藉石波光彻底蓝。
复道行空过咫尺，熙春[①]隔岁一寻探。

① 园名，在如园南，只隔重墙，置复道过之，今岁犹初到也。

暗窦：窦，孔洞、暗孔。一般在桥板两端做板与函台连点。

题敦素堂

驰驿为游记夙辞，熙春往返未逾时。
却欣朴屋宜躬憩，况有清池当面披。
潇洒琴书惬素尚，艳妍灯烛过华期。
敦斯亦只自怡悦，不易言哉风俗移。

明漪楼

溪楼疑构水晶宫，骋望凭栏上下空。
动影一般含窈窕，浸山宁让杜词工。

挹泉榭

平流引墙外，落峡便成瀑。
虽藉人工为，天然趣颇足。
虚榭据峡上，挹清可蠲俗。

盈耳声其金，谋目色其玉。
久假即疑真，兴在武夷曲。

敦素堂见莲花始开

过由复道复过来，咫尺如园小憩陪。
暗付春光与花谢，底知夏景见莲开。
淡妆雅韵诚宜素，外直中通不染埃。
那藉徐熙称绘事，可从敦处玩真材。

徐熙：五代南唐画家，擅画江湖间汀花水鸟，虫鱼蔬果。与五代后蜀黄荃并称“黄徐”，史有“黄家富贵，徐熙野逸”之评。

挹泉榭

榭俯引流水，渠疏墙外边。
非泉乃曰挹，有若假藉然。
既复思其通，何水而非泉。
远近纵有别，盈科无异焉。
坐以是之取，有本究精诠。

写镜亭

一亭如虚舟，澄波映其下。
写镜因得名，可凭不可把。
物来而顺应，妍媸随照者。
惟弗设成见，所以为公也。

偶临忽有思，镜复谁为写。

合翠轩

新叶两三见吐曾，春徂荏苒夏临仍。

谁知往返跸途里，翠合翻怜得尔能。

乾隆四十二年

新赏室

草萌生意犹含冻，梅护芳心已识和。

又是今年新赏处，室惟顺应不知他。

乾隆四十六年

含芳书屋

书屋额含芳，四时芳在屋。

斯言已放芳，而屋含以足。

兹来芳未放，生意物含蓄。

含芳之正义，书屋同其淑。

盖放斯有穷，含乃无穷福。

先王茂对时，羲经明著育。

先王句：语出《易·无妄》："先王茂对时育万物。"高亨注："茂读为懋，勉也，努力也。"意为先王施仁布泽，努力养育万物，造福天下。

如园

借问如园何所如，金陵徐邸肖为诸[①]。
昨春游赏景犹是，胜国兴亡事已虚。
岸柳梳风黄渐染，盆梅烘日白将疏。
流阴不住原常住，去岁今年岂异初。

① 如园肖江宁瞻园为之，本明代徐达邸第。

胜国：指已亡之国为今国所胜，故称胜国。后代指前朝。

题敦素堂

溪堂近冰沼，素意对堪多。
一例镜相照，而饶水不波。
心神澄以静，书史暇仍磨。
云暇或虚语，经年才一过。

深宁堂口号

松篁径曲因致远，窗几趣闲耐可停。
堂额味余非谓此，民生国计愿深宁。

乾隆四十七年

敦素堂

书堂敦素称，素色正含冰。

设以还淳喻，惟应从俭能。
太平斯日久，黻饰以时增。
心识良言当，行之愧未能[1]。

① 返朴还淳，实为政要务。然江河不得不日流，而日下风俗亦不得不日流而日侈，况太平累洽之时，人物繁滋乎此，保泰持盈之所以难。每思刘天成之言，为之惕然。

黻饰：黻，古代礼服上青黑相间的花纹。此处泛指华美的服饰、装饰等。

合翠轩

春气始将和，春光尚云稚。
冻枝渐柔苏，吐叶实则未。
书轩观题额，乃名曰合翠。
却似弗相副，而实无害义。
会有菁葱时，何必急此际。

新赏室

今春今日室，是赏又从新。
墙外熏黄带[1]，阶前向绿茵。
化工观酝酿，易理验元仁。
论语少曾习，愿为温故人。

① 李贺诗：“柳缀长缥带。”

温故：温故而知新。

乾隆四十八年

如园

一如莫不如，园门西向开。
有水亦清泠，有山亦崔嵬。
罨窗者是柳，植盆者是梅。
色色形形中，如是无言该。
所以释迦老，得号曰如来。

题敦素堂

溪堂一片素光铺，恰合冰心在玉壶。
返朴还淳曾著句，躬行试问可能无。

冰心：唐代诗人王昌龄《芙蓉楼送辛渐》诗：“一片冰心在玉壶。”比喻人的高洁正直。

题深宁堂

诘屈石蹊深乃致，蹊深得堂宁以久。
几卷芸香常插架，数朵梅芬亦植缶。
境既如是心岂殊，尘襟洗尽忘外诱。
悚然自谓此失言，万民深计诚宁否。

诘屈：即“崎岖”，形容山路盘回纡曲貌。
尘襟：世俗的胸襟。

含芳书屋

偶临书屋号含芳，细玩其辞意允长。
一泄无遗何足取，曰惟有蓄乃称良。
草芽花纽侵寻意，嫩日轻风淡沱光。
正是初韶真实景，春园分付慢昌昌。

淡沱：同“淡沲”，形容春光明净。

乾隆五十年

敦素堂

旭在明窗冰在池，额颜两字有余思。
可知返朴还淳意，每在临堂梯几时。

梯几：梯，倚靠；几，矮腿的案桌。

合翠轩

夏轩名合翠，而我来斯春。
御柳方欲稊，遥哉绿叶新。
其实尚艰责，其名那易循。
会有合之时，流阴讵逡巡。

逡巡：徘徊不进，滞留。

新赏室

梅心柳眼一时新，隔岁韶光待主人[①]。
江浙风情亦何异，漫言孤负昨年春。

① 去岁，因南巡，新春未至御园。

孤负：谓徒然错过。

乾隆五十一年

含芳书屋

乘阳气合御园居，稚春芳意犹需如。
行时庆节岂无暇，书屋间还读我书。
读书要在味乎道，餍饫讵为工辞藻。
韶光分付且须含，一发无余亦何好。

题敦素堂

溪俯素为冰，称名实相应。
不波通体静，到底映心澄。
既揽泐楣额，微嫌悬栋灯[①]。
敦之化民俗，久道愧何曾。

① 上元前，园亭例缀华灯，既华则非素矣。

如园

如园本以肖江南[①]，淑景金陵近可探。
甲第依然说徐达，梵宗云是号瞿昙[②]。
可知空色非二谛，慢忆豫游驻六骖。
静室无言坐调御，前三三即后三三。

① 金陵瞻园，本明徐达故宅。此园即肖其制为之，因以名如。

② 如来者，瞿昙号也。

空色：空即是色。语出佛教《心经》，“色即是空，空即是色，色不异空，空不异色。”这里色，指形形色色的事物；空指一切事物均在变化之中，没有恒定不变的属性。

二谛：佛教语，指真谛与俗谛。凡随顺世俗，说现象之幻有，为俗谛。凡开示佛法，说理性之真空，为真谛。二谛互相联系，为大乘佛教基本原则之一。

六骖：古制天子六骖，大夫四骖，即驾车的马匹数。

调御：调教驾御。

前三三即后三三：佛教典故，指禅人禅修的整个过程。

深宁堂

堂据深宁处，深宁用以名。
竹笼径因远[①]，苔护砌为平[②]。
更有会于已，欲胥得在氓。
然而艰致矣，怵惕敢怡情。

① 深也。

② 宁也。

怵惕：意为恐惧、警惕。

观云榭

春日观云愿云兴，夏日观云厌云滞。

云岂于人殊恩怨，春泽夏霪各殊致。

安得高闲似渊明，无心出岫逸兴寄。

复思与彼不同道，合为忧民鲜乐意。

渊明：即东晋文学家陶渊明，字元亮，又名潜。

无心出岫：岫即山峰，意指云在山峰间自由飘荡。语出陶潜《归去来辞》："云无心以出岫，鸟倦飞而知还。"

乾隆五十二年

合翠轩

千林未吐叶交枝，翠合休嫌遮莫迟。

恰似拈毫属咏际，无妨腹藁默存之。

藁：同"稿"。

新赏室

室名新赏由来久，每值孟韶辄赏新。

念此可中有不可，返初欲训作文人①。

① 近世科场为文，日趋华赡，而鲜精蕴，与经义渐远，故末句及之。

题敦素堂

溪堂坦坦俯冰池，敦素因而题额楣。
返朴民风未臻此，华灯悬屋率惭之。

乾隆五十三年

含芳书屋

御园书屋不一足，各因其致安以名。
是处名之曰含芳，细绎斯义乃至精。
试看九十昌昌者，何莫非由酝酿成。
乾元一气具四时，然亦应思由乎贞。

贞：即《经·乾卦》，“乾，元亨利贞”中之末位。“元”为春，“亨”为夏，“利”为秋，“贞”为正，引义为干事，为冬。

如园

偶为如园游，因绎如之意。
金仙曰如来，无无非我事[①]。
己心度人心，乃亦如之义。
圣门谓强恕，一字诸义备。
不欲勿施人，训雍即渊次。

① 经云：“无无亦无为”，了义而修己，治人者岂能之。

金仙：佛的称号。

题深宁堂

深处[①]宁为君道美，民安物阜政之基。
九州四海期如是，图易思艰[②]念在滋。

① 上声，借用为戒。
② 深宁之意在此。

观云榭戏题

云之映榭乃其常，人之观云却殊致。
时而望雨幸云来，时而愁霖愿云去。
云岂有意为去来，人则有心为喜忌。
喜忌之中忧乐生，容容之云本无事。

容容：烟云浮动貌。

乾隆五十四年

明漪楼

涟漪称以明，其明实无心。
故无物不照，妍媸听自临。
寄言照物者，于斯应酌斟。
苛察以为明，匪明暗乃侵。
戒己并戒人，五字聊成吟。

乾隆五十七年

如园

忆昔游建康，瞻园爱其景。
归来爰肖之，信如卷阿境。
斯岂类新丰，彼以都城整。
徒供耳目娱，吾过吾早省。
吴民爱戴情，实缱心头永。

建康：古代六朝时期的京师之地，即今南京。

卷阿：即蜿蜒曲折的山陵。

新丰：所谓“鸡犬识新丰”，新丰本秦骊邑，汉高祖按其家乡丰县改建，并迁来丰县居民，故称。表示虽在异地却如同故乡一样熟悉、欢乐。

含芳书屋

避暑山庄斋，含德奎章有①。
晰理屡成咏，亦不一义守②。
兹屋曰含芳，其意可同否。
德者人之心，芳者春之首。
含为蕴藉焉，一二二一偶。
试看稚韶融，昌昌乃居后。
衣锦贵尚䌹，其德乃无咎。

① 山庄含德斋，为皇祖御题。

② 含有二义：在治人言者，含被之谓也；在修己言者，含藏之谓也。然惟藏诸己，而不矜斯被于人者无涯。修己治人，二而一也，屡见题含德斋诗。

稚韶：此指早春的风光。

昌昌：繁多貌。唐 李商隐《春风》诗：“春风虽自好，春物太昌昌。”

絅：同“褧”。古代用细麻布做的套在外面的罩衣。

合翠轩

疏轩惟称夏初时，仰眺犹艰合翠枝。
似觉枝头如有谓，驹阴即至漫嫌迟。

驹阴：指光阴易逝。典出《庄子·外篇·知北游》：“人生天地之间，若白驹之过隙。”

乾隆五十八年

新赏室

融和虽意露，陶冶未形呈。
可识贞元运，莫非天地情。
梅心携腊馥，柳眼望春明。
小坐凭新赏，不孤斯室名。

题敦素堂

商也启言诗，素契为学始。
诗讵非绮言，在知先后已。
绮合后以华，素宜先近理。
而理要在敦，是我名堂旨。
堂前冰影呈，害不视乎此。

深宁堂得句

有石迎门峻，有篁护径玲。
来恒延步远，憩每致情停。
几对窗棂净，架披书简青。
适当万几暇，深处意同宁。

静虚斋

斋不期其虚，人自合斯静。
一二二而一，每致意为永。
檀架芸缥缃，翻阅宜何等。
濂溪太极图，因心宿所领。
知而行实难，憬然发深省。

濂溪太极图：濂溪，指北宋理学家周敦颐，世称濂溪先生。著有《太极图说》，主张阴阳五行与天人合一。

观云榭

出岫者无心，观峰者有意[①]。
以有应其无，如愿自艰致。
有必有所萦，无乃无所系。
寄语为观者，漫以目为视。

①“夏云多奇峰”，顾恺之句也。

乾隆六十年

明漪楼

层楼临坦溪，额有明漪字。
宁渠在观澜，其中具深意。
漪实动之形，明兼静之义。
明弗出乎静，纷然随物蔽。
慎在临漪人，动当虑其肆。

嘉庆朝

嘉庆元年

如园

园仿金陵制，一如莫不如。
屏山排锦幄，带水泻清渠。
石涧沿幽磴，竹篱绕静居。
回思旧游地，尘迹十年初。

金陵制：金陵，即今南京，此指明中山王徐达之西园。
锦幄：华美的帐幕，亦比喻繁花。

嘉庆二年

新赏室有会

来游隔岁探新赏，阶竹汀花若昨年。
春去堂堂人更远，心同岸柳万丝牵。

知新温故圣人云，厌故喜新世俗纷。
故步遵循能谨守，得来新赏始堪欣。

如园

小园肖何处，名胜记金陵。
竹径层层引，松门曲曲登。
方池波秀洁，文石态崚嶒。
宛转造峰顶，郊原景足凭。

嘉庆三年

冠霞阁

径转回廊竹密遮，摄衣登阁拂云霞。
堤边缕缕柳垂线，陇首青青麦吐芽。
春溥三千生庶汇，风来廿四发群葩。
凭栏极目心遥系，亟愿兵销蜀岭涯。

摄衣：整衣。

庶汇：庶类、万类。

嘉庆十二年

敦素堂

虚堂一笏广，纳爽却炎歊。
密荫笼松牖，轻飔透竹寮。
授时易凉燠，省岁愿丰饶。
敦素思勤俭，移风化薄浇。

嘉庆十七年

新正如园延清堂作

岁献新韶意总如，旧园重建有那居。
清佳旭影辉层阁，和蔼春光拓远墟。
令节顺时设灯彩，几闲悦性只诗书。
从来寓物不留物，肯负昔年修业初。

含碧楼

东望芳郊宿润含，青阳溥泽仲春覃。
柳丝柔细绿犹浅，莎毯轻匀碧欲酣。
岚黛百重凝远岭，波光千顷漾澄潭。

凭栏延瞩多生意，举趾田功次第探。

芳郊：花草丛生的郊野。

举趾：指举足而耕耘，开始从事农业活动。

田功：即农事。

芝兰室

嘉植异凡卉，蕃育乘青阳。
三秀结芝颖，九畹舒兰香。
君子纫为佩，仙侣餐其芳。
同室喜成伴，臭味相坐忘。

三秀：灵芝草的别名，灵芝一年开花三次，故称。

九畹：十二亩曰畹，九畹形容地极多。屈原《离骚》中有“滋兰九畹”之语，后世为兰花的典实。

臭味：气味。见宋 苏轼《提杨次公蕙》诗：“蕙本兰之族，依然臭味同。”

挹霞亭

东峤之巅结小亭，凭虚一览远皋青。
赤霞天半如堪挹，烂漫随风入杳冥。

杳冥：指天空、高远之处。

孟夏延清堂

堂临芳渚印漪涟，候正清和永夏延。
红药当阶绚旭影，绿杨垂岸罥晴烟。

坡平转觉小亭迴，磴仄欣看虚榭连。
摹拟瞻园如旧境，喜逢时雨润林泉。

含碧楼

层楼高倚苑墙南，极目郊原远碧含。
青漾麦蹊浥露润，绿萦柳线织烟酣。
授时长夏方开九，验候芳春已度三。
沼影澄泓北窗下，天光淡荡镜中涵。

静怡斋

事繁处以静，心境养安怡。
虚受理斯得，诚求效必随。
临民原有则，莅政本无为。
天道瞻于穆，不言运四时。

延清堂

旧室新营境不迁，高堂虚敞面晴川。
松篁雅籁窗间送，山水清晖座右延。
九仞含青石结秀，千丝蘸绿柳垂烟。
云楣题额会心远，巩固金瓯亿万年。

金瓯：比喻疆土完固，亦指国土。

芝兰室

仙芝产蓬岛，空谷发幽兰。
香细含风淡，霞凝浥露漙。
同心载采采，乐志共安安。
君子欣投好，常存如是观。

漙：形容露水多。
采采：形容茂盛、众多貌。
安安：形容温和、平静、安宁貌。

如园十景

锦縠洲

水面风来锦縠浮，池中倒影印层楼。
澄波相映曦光漾，一镜平开万象收。

观丰榭

林端虚榭苑墙平，极目郊原禾黍盈。
灏景澄鲜连远甸，畅观豫卜好西成。

待月台

山接东垣筑小台，息襟坐待暮烟开。
金波摇漾霞绡衬，渐觉冰轮海上来。

霞绡：指晚霞。绡谓丝织的薄纱。

屑珠沜

层叠引流注砌隅，雅音淅沥态萦纡。
自成妙景如天造，一勺泉分百斛珠。

转翠桥

堂北楼南路不遥，清池中束赤栏桥。
步沿蹊畔平林转，翠幙笼庭映碧霄。

镜香池

朱华翠盖满池塘，实结初秋夏绚芳。
晤对静参色空谛，花中君子镜中香。

披青磴

碧萝青藓午阴凝，沿磴寻幽缓步登。
小憩方亭欣造极，披襟挹爽早秋澄。

称松岩

数仞苍岩百尺松，清贞不改后凋容。
天涛谡谡延虚籁，摇漾檐前盖影重。

贮云窝

天地絪缊生庶汇，山钟佳气自成云。
秀灵蕴结贮岩壑，出岫为霖兆姓欣。

平安径

浮筠凝翠漾檀栾，风静烟轻粉箨攒。
有斐含芳标劲节，斯干苞茂永平安。

檀栾：形容秀美之貌，多借指竹。

粉箨：竹笋的外壳。唐 李商隐《自喜》诗："绿筠遗粉箨，红药绽香苞。"

晚秋延清堂

高秋塞苑跸初旋，燕坐书堂清景延。
灿锦丹枫绘崖畔，含芬黄菊绚阶前。
日暄层阁廊阴淡，霜落方池波影鲜。
候近小阳气和煦，所欣京邑稼逢年。

小阳：即小阳春。

含碧楼远望

绕砌黄花冷艳酣，登楼冬陌景初探。
风翻麦垄青遥漾，霜浃蔬畦碧远含。
细缕拖烟林影静，层波绚日沼辉涵。
生生不息贞元继，天道岁功神妙参。

芝兰室

仙芝焕华彩，猗兰有国香。
根从阆苑种，名自空谷彰。
三秀发逸态，九畹舒清芳。
淡雅超世相，君子欣同堂。
论心共臭味，取益妙用藏。
一室志既洽，千里馥远扬。

嘉庆十八年

延清堂

堂延韶律物华清，春盎园林万汇生。
楼映松岩旭影密，阶临冰沼镜辉莹。
兰香缓度因风细，梅艳微舒待雪荣。
验序还殷田继润，郊圻农事近新耕。

万汇：犹万物、万类。

延清堂

品汇逢春畅，泰交协吉亨。
条风初应律，甘雨溥延清。
镜影开奁细，琴音漱峡轻。
淡黄拖柳嫩，柔碧衬莎平。
烟卷遥林现，霞烘远嶂明。
御园和气洽，敛锡遍群生。

首夏延清堂

序届清和淑气充，堂延韶律景犹同。
燕窥帘角苔痕细，鱼跃池心藻影融。
杨柳丝长牵暖旭，蕙兰香静转光风。
时临长养群生遂，夏浅春深继棣通。

长养：抚育、培养。
棣通：通达、贯通。

含碧楼

石栏弭棹步池畔，欲望云容更上楼。
荫日青丝柳满陌，翻风碧浪麦盈畴。
泽稽未见群生茂，气暵难期多稼稠。
节近天中雨待降，居高远眺益增愁。

暵：干旱。

延清堂

三伏中旬暑气盈，虚堂永昼坐延清。
波间鱼影自来去，林际蝉声若送迎。
风度帘栊欣荐爽，雨滋禾黍畅观生。
近京多稼兆丰茂，大①顺②萦怀及广平。

① 名。
② 德。

嘉庆十九年

延清堂

高堂延景四时宜，春信覃敷庶汇知。
白玉平铺冰结沼，黄金渐染柳垂枝。

旭笼竹径影清透，风度梅窗香暗披。

得暇所亲惟翰墨，虽逢佳节罢游嬉。

延清堂

德凉任重凛仔肩，事定犹惊忆昨年。

犯阙乱常虽彼逆，官人失职总予愆。

守宫诛贼嘉皇子，靖祸安民感上天。

勉尽寸心复旧业，大清国祚万春延。

犯阙句：指嘉庆十八年九月十五日，天理教徒进攻紫禁城事。

嘉皇子：指嘉庆皇帝次子绵宁（即后来的道光帝）。天理教徒进攻紫禁城之时，其以鸟枪击毙入宫教徒二人。

含碧楼

韶景熙怡何暇游，趁闲遣闷偶登楼。

池波百叠增新绪，岸柳千条绾旧愁。

国事多艰民玩法，官常半懈政难修。

因循痼疾深沾染，宵旰劳心未易瘳。

瘳：原指疾病减轻，病愈。此指完善政风吏治。

延清堂

延春大地溥群生，甘泽频沾气象清。

新柳摇飏金缕细，柔莎映日碧茵轻。

浅苹贴水鱼翻影，嫩叶敷林鸟送声。

雨后韶华倍舒畅，郊原举趾试犁耕。

登含碧楼远望

淑霭舒青律，登楼望绮春。
麦含千亩润，柳染万丝匀。
崖叠朱霞灿，池开翠縠皴。
生机遍动植，农务始芳昀。

芝兰室

仙山三秀瑞云翔，空谷幽兰王者香。
静领清华餐至味，论心君子喜同堂。

含碧楼春望

聊趁片时暇，凭窗偶悦心。
麦田青已遍，柳陌碧初深。
雨泽欣全溥，福田勉自寻。
克勤格愚蠢，敬事廓君临。

延清堂

高堂开碧渚，清景八窗延。
鸟弄乔柯密，鱼游锦浪鲜。
绿杨荫汀畔，红萼丽阶前。

对育蕃昌候，虔希甘泽连。

蕃昌：蕃衍昌盛。

芝兰室

芝光绚九英，仙圃灵根厚。
兰香满华庭，一室扬芬久。
臭味本相同，联芳岂凡偶。
心识空谷贤，晤对忘言友。

空谷：空旷幽深的山谷。多指贤者隐居的地方。

芝兰室

得贤治庶事，协力定邦昌。
妙喻芝兰共，欣同政务商。
九苞舒绮朵，一干发幽芳。
静挹仙家秀，遍扬王者香。
含清绚文藻，蕴馥漾辉光。
合德资良弼，登崇满庙廊。

庙廊：先秦议事之所称庙，即后世宫殿的前殿；廊为殿四周的廊，意指帝王与大臣议政之处，亦代称朝廷。

延清堂

清秋佳日多，游咏憩卷阿。

好鸟鸣芳树，文鱼戏绮波。
翠萦四岸柳，红绽一池荷。
香远虚庭度，阴浓敞榭过。
沿桥临石磴，穿洞拂松萝。
更上南楼望，如云茂黍禾。

登含碧楼

停桡荷渚上南楼，旭朗风清届仲秋。
宜润宜暄征协序，实坚实好兆丰收。
长溪碧浪千层叠，远岭白云几片浮。
指日京畿启行跸，田功省敛度平畴。

听泉榭

叠石为山傍小亭，引来墙外细波渟。
临风高缀松钗绿，带雨低梳苔发青。
曲折侵阶声荡激，潆洄溅渚韵清泠。
息心领会流行妙，太古元音静里听。

听泉榭

室右通虚榭，流泉簷外听。
穿溪迭伏见，溅石乍清泠。
逸韵盈闲砌，澄波散远汀。
源头勿淤滞，功效自无停。

新赏室

古书时习养天真，玩味先言至理醇。

旧学毋荒勤讨论，由来温故可知新。

延清堂

清秋颢景八窗延，爽挹虚堂石沼连。

叶舞金飚林瘦削，霞辉玉宇日澄鲜。

波涵洲屿通遥渚，烟净峰峦极远天。

岁稔时和衷暂慰，河工又盼合龙坚。

嘉庆二十年

延清堂

熙怡淑景应韶年，令节初过清兴延。

古绘新诗相印证，壁灯盆卉自鲜妍。

雪花五出飘来细，冰镜一奁映处圆。

四省遍沾生品汇，欣蒙膏泽润原田。

芝兰室

芝兰喻君子，意气本相同。

瑶岛滋仙露，春庭转惠风。

幽香霏淡雅，秀态漾和融。

晤对论心永，远超桃李丛。

含碧楼

寻胜沿平渚，舒眸更上楼。
间云生北岭，积雪遍东畴。
碧始莎茵展，青才柳线抽。
望春敷远甸，农务及时修。

含碧楼春望

层楼杰出苑墙南，春满郊原碧渐含。
若有若无莎欲布，如烟如雨柳将酣。
微茫林影遮遥浦，滉漾波光接远岚。
云酿峰崖愿继泽，绿抽麦颖候初探。

新赏室

四序推迁大造仁，今年仍是去年春。
随安颐性皆清赏，漫向韶华论旧新。

大造：指天地、大自然。明 李东阳《殿试读卷东阁次都宪屠公韵》：“文章妙极寰区选，陶冶同归大造仁。”

引胜斋

竹径萧森往复回，春风拂翠压苍苔。
小斋静憩吟初就，半卷筠帘引胜来。

延清堂

群生茂育届长赢，延览芳园景象清。

远宇云开山有影，平湖风定水无声。

柳丝蘸浪蜻蜓集，花片浮汀蝼蝈鸣。

咸若含和欣物阜，授时蕃植倍持盈。

蝼蝈：《逸周书·时训》："立夏之日，蝼蝈鸣。"朱右曾校释："蝼蝈，蛙之属……其形较小，其色褐黑，好聚浅水而鸣。"

蕃植：即繁殖。

含碧楼

小桥石洞右，楼倚苑墙南。

帘静林阴接，窗虚郊景探。

青莎平甸布，碧树远村含。

禾黍初盈亩，仍祈沃泽覃。

延清堂

澄光含旭景清鲜，序入新秋爽气延。

风漾碧摇两岸柳，霞蒸红滴半池莲。

余邪潜伏虽难尽，嘉谷滋蕃幸有年。

化莠为良实予愿，心勤政治泰交宣。

泰交：语出《易·泰》："天地交，泰。"意天地之气相交，物得大通，万物丰盈。

含碧楼

寒渚泊兰舟，沿池更上楼。
枫屏红益灿，松磴碧常留。
眼界欣无碍，心田庆有秋。
大观在农务，凡景漫探求。

嘉庆二十一年

延清堂

风和日丽季春天，静憩堂中清景延。
片片浮波花散绮，依依临沼柳飞绵。
明霞远绚西山峻，锦縠平铺北渚连。
茂对园庭初夏近，更宜梅雨洒芳田。

新赏室

赏心悦目景时新，韶序周回四季匀。
天施地生总不息，斡旋元会始鸿钧。

元会：元会运世的简称。古人把世界从开始到消灭的周期叫做元，如一元复始，万象更新。

鸿钧：传说“先有鸿钧后有天”。鸿钧道人，亦称鸿钧老祖，是太上老君、元始天尊、通天教主的师傅。也传为众仙之祖。

含碧楼

郊原欣在目，楼倚苑墙南。
旭影辉平野，霞光灿远岚。
青裍莎遍展，碧浪麦遥含。
长养方司令，坡陀众绿酣。

芝兰室

猗兰幽谷早留香，阆苑仙芝绚九光。
一室扬芬耀千里，同心讨论庆明良。

明良：谓贤明的君主和忠良的臣子。诸葛亮《便宜十六策·考黜》："进用贤良，退去贪懦，明良上下，企及国理。"

延清堂作

书堂避暑坐延清，闰夏欣临庶汇荣。
黍茂禾丰及蔬果，雨滋日曝顺阴晴。
兆康有象慰予愿，莅政无苛体众情。
薄德何修弥敬慎，远人又报渡沧瀛①。

① 英吉利国，远隔重洋，输诚入贡。前据疆臣奏请，由海道径至天津，兹于月之四日，已达津淀之外洋矣。今岁年谷顺成，雨旸时若。又喜外夷纳赆，远至迩安，自省何修臻此，惟有益怀敬慎而已。

含碧楼

步度石池左，登楼望远坰。

黍禾盈亩碧，杨柳绕溪青。

蝉韵枝头送，蛩音砌下聆。

倚栏观灏景，午籁透纱棂。

远垧：遥远的郊野。《尔雅·释地》：“邑外谓之郊，郊外谓之牧，牧外谓之野，野外谓之林，林外谓之垧。”

南窗宜静憩，晴景印玻璃。

气爽送凉籁，秋澄绘薄霁。

松阴笼槛密，荷馥度阶低。

曰乂符农谚，丰登庶可徯。

霁：云开雨止。

徯：等待。

延清堂

塞苑旋镳届孟冬，京圻上稔慰三农。

堂延清籁檐飔爽，窗挹澄晖帘影重。

菊缀金英映阶淡，枫张锦幄倚岩浓。

授时勤政戒耽逸，何幸连秋乐岁逢。

塞苑：指避暑山庄。

旋镳：意为驱车返回京师。旋，返回。镳，马嚼子两端露出嘴外的部分。

芝兰室

君子来幽谷，论心臭味同。

三山浥珠露，九畹转光风。

座右国香发，窗前仙颖笼。
静探超俗韵，雅馥小春融。

含碧楼

步循石洞左，楼倚苑墙南。
林淡轻红缀，崖孤远碧含。
年登庆绥万，田稔喜余三。
凭眺初冬候，盈宁景象探。

余三：即所谓“耕九余三”，耕种九年而积余三年之粮，亦泛指粮食积储有余。

嘉庆二十二年

延清堂

和蔼韶光萃御园，清华延赏满庭轩。
波纹淡沱澄前浦，草色依稀绣野原。
嫩柳舒条尚轻细，夭桃绽蕊未纷繁。
向荣庶汇含生意，淑景熙怡品物蕃。

含碧楼

层楼平倚苑墙南，坐挹青原新碧含。
陌上莎裀铺荏苒，堤边柳线挂鬛鬖。
绿波浮渚风前漾，青岫凝霄云外探。

宿润深敷畎亩洽，农夫力穑作和甘。

鬑鬖：形容毛发等下垂的样子。此指柳条。

力穑：尽力耕作。

含碧楼

弭棹芳溪境再探，层楼杰峙苑墙南。
汀兰岸芷青初遍，陌柳蹊花绿正酣。
万汇舒荣敷夏九，群生资始在春三。
人时敬授抚区宇，保极惭无德化覃。

夏九：指以夏至为头九的第一天，每九天为一“九”，直至“九九”，是一年由较热到转凉的日子。

春三：立春后五日为一候，共三候。一候东风解冻，二候蛰虫始振，三候鱼陟负冰。叫春三。

人时敬授：即敬授人时。人时，指有关耕获的时令节气，亦指历法。意为皇帝将历法付予百姓，使其不误农时。

保极：遵守法则。

德化覃：即德化广布。覃敷，意为广布。

嘉庆二十三年

延清堂遣闷作

验候清和首夏延，书堂对景倍萦牵。
风来密幄声犹壮，日印澄奁影益鲜。
云气未生林际岫，琴音自送石间泉。
京圻连岁麦收歉，渴望醲膏种大田。

清和：谓天气清明和暖，亦是农历四月的俗称。

醲：原意为味厚的酒。此指透雨。

含碧楼远望

园林沾细雨，遣兴上层楼。
浓翠含松坂，微黄稀麦畴。
轻尘仍荡漾，渥泽待深优。
计日种禾黍，西成虑歉收。

芝兰室

二妙欣同室，讨论理义寻。
仙山蕴奇颖，空谷抱幽忱。
三秀抒神采，一华结素心。
国香真淡雅，凡卉岂能侵。

国香：《左传·宣公三年》："以兰有国香，人服媚之如是。"后称兰花为"国香"。

嘉庆二十四年

延清堂

首夏清和昼景延，方池澄澈印窗前。
冲融暖旭晴霄普，骀荡惠风玉律宣。
砌下繁英初漾锦，岸边高柳已飞绵。

心希甘泽继前润，麦稔禾生茂甫田。

骀荡：形容春天的景物使人心情舒畅。

惠风：柔和的风，比喻仁爱。

甫田：大田。《诗·齐风·甫田》："无田甫田，维莠骄骄。"孔传："甫，大也。"

芝兰室

室额思君子，同心资隽才。
国香欣淡雅，仙圃妙栽培。
三秀瑶台缬，一花幽谷开。
扬芬有根柢，桃李总舆儓。

舆儓：舆与儓是古代奴隶社会中两个低等级奴仆的称谓。后泛指地位低贱的人。此指桃李为普通花树。

含碧楼

洞傍过略彴，缓步上南楼。
嫩藓缘青溆，良苗盈绿畴。
溪波一奁澈，柳陌万丝柔。
广甸含生意，化工四序周。

广甸：此处指广阔的郊区。甸，古代指郊外的地方。

新秋延清堂

过闰秋生七月前，虚堂清景八窗延。
凉飔荐爽消余暑，皎日悬光遍大圆。

露滴荷盘珠荡漾，蝉鸣柳幄韵缠绵。
时旸顺序时巡近，多稼畅观跸路连。

大圆：指天。

荷盘：指荷叶，荷叶形圆似盘，故名。

柳幄：指浓密的柳荫，因柳丝下垂如帷幄，故称。

时巡：即帝王按时巡狩。此指嘉庆帝将要赴避暑山庄。

延清堂

秋浦扁舟泛，高堂灏景延。
明霞辉远渚，皎日耀长天。
旅雁写林外，寒蛩语砌前。
随时观代谢，所乐在逢年。

逢年：遇到丰年。

含碧楼

楼窗俯瞩苑墙南，纳稼平畴余碧含。
政在养民比户足，喜迎良月泽敷覃。

比户：比户意指家家户户。“比”指挨着、靠近。

嘉庆二十五年

延清堂

佳日书堂韶景延，花才放萼柳仍眠。

化工旋转无停歇，修业及时理亦然。

迟迟砖影度前砌，淡雅春光眼界清。
又盼甘膏生庶汇，芳郊举趾正新耕。

甘膏：甘雨，及时雨。唐 李商隐《所居永乐县久旱县宰祈祷得雨因赋》："甘膏滴滴是精诚，昼夜如丝一尺盈。"

含碧楼

暖旭辉庭院，望春上小楼。
始青协韶律，新绿满平畴。
碧毯莎原布，翠条柳陌抽。
远山村墅外，一带锦屏浮。

延清堂

天宇清和永昼延，堂临暖沼漾漪涟。
碧涵方鉴透帘影，青袅长条蘸柳烟。
欣值停风净尘壒，屡叨布泽溉原田。
心祈晴雨岁如是，协序先求德政宣。

含碧楼

池畔楼高缓步登，平原润景畅临凭。
密林筛日晴光皎，远岭笼云雨势凝。
松竹绕庭青叠叠，黍禾茂野碧层层。

授时长养群生遂，悦目怡心念庶征。

庶征：各种征候。《尚书·洪范》：“庶征，曰雨，曰旸，曰燠，曰寒，曰风。”孔传：“雨以润物，旸以乾物，燠以长物，寒以成物，风以动物。五者各以其时，所以为众验。”

含碧楼纳凉

宜旸宜雨叶农占，土润气蒸溽暑添。
北牖延凉含镜沼，南薰解愠度筠帘。
荷香远送接清雅，松荫浓铺祛赫炎。
境敞楼高纳爽籁，歊尘湫隘念茅檐。

歊尘句：歊，热气；湫隘，形容地势低洼狭小；茅檐，即茅屋。此句意惦念贫苦百姓的居住环境。

道光朝

道光三年

延清堂

林泉深邃景天然，胜彼名园炫昔年。
屋枕清池风籁静，桥通碧崦柳丝牵。
时芳恰值临阶灿，好鸟偏宜隔户传。
小憩南荣移画舫，橹摇冲破一溪烟。

南荣：房屋的南檐。荣，屋檐两头翘起的部分。金 元好问《学东坡移居》诗：“南荣坐诸郎，课诵所依于。”

帷绿轩

夏雨连番足，诗情众绿中。
一庭风飒爽，万木荫茏葱。
奇石峆岈翠，新荷浅淡红。
云容无定态，林外复濛濛。

延清堂

旷览名园万象清，夏徂秋至更怡情。
纱幮水绕无余暑，翠幄烟消正午晴。
游蝶翩翩花底见，繁蝉处处柳梢鸣。
虚堂静憩开缃帙，冲淡还须观我生。

道光四年

延清堂

停桡岸角午风和，虚室延清面绿波。
云影远涵峰影净，芳园胜概此间多。

玲珑石嶂接层楼，积翠萦青竹树幽。
日映波光千叠锦，凭栏静憩小迟留。

含碧楼午憩

暄和景象暮春初，试倚危栏眺望舒。
雨过幽蹊花似沐，风回曲岸柳堪梳。
诗成雁到情何限，茗熟烟消静有余。
珍重光阴勿虚度，可师可法壁中书。

壁中书：即所谓“孔壁遗经”“宣尼壁”，汉代从孔子旧宅墙壁中发现的藏书。借指古代典籍。

帷绿轩

系舟杨柳岸，妙境与时宜。
曲沼荷初放，危峰藓乍滋。
几番甘雨足，满径绿云披。
静坐浑忘暑，空阶午荫移。

道光五年

如园即景

春光九十正芳妍，波叠轻绡草带烟。
竹坞松关云外景，鸥汀鹭屿画中天。
楼标含碧文峰上，堂启延清曲沼边[①]。
胜境几闲宜赏憩，诗情到此每成篇。

① 含碧楼、延清堂，如园之檐额也。

春光九十：春季三个月。指春天的美好光景。南唐 陈陶《春归去》：“九十春光在何处？古人今人留不住。”

帷绿轩

卓午堪停搒，垂杨系小艭。
筼筜连曲径，菡萏映平矼。
桥转缘溪绿，泉飞漱石淙。
延薰宜静憩，点笔倚南窗。

卓午：正午。
搒：撑船。
艭：小船。
菡萏：荷花的别称。

道光六年

帷绿轩

深青浅绿若为情，茂荫还资夏雨生。
翠盖朱华朝露湿，修柯劲节淡烟平。
池分虚榭东西影，风送幽禽一两声。
问景成吟即归棹，扁舟不系柳溪横。

朱华：荷花。亦泛指红花。

道光九年

恭侍皇太后雨后泛舟至如园作

雨足芳园霁色新，同乘安济[1]永娱亲。
波光澄澈涵花坞，云影微茫罨柳津。
泉石清音常带润，亭台虚籁不生尘。
四时风景羸初夏，麦卜丰收乐事真。

① 航。

道光十年

含碧楼春望

瞳昽旭日丽层霄，霁色晴暄景倍饶。
平沼冰融生潋滟，遥峰雪积点琼瑶。
庭松含翠依奇石，岸柳萌芽傍小桥。
偶凭高楼舒远目，疏林细霭黛新描。

瞳昽：太阳初出由暗而明的光景。
琼瑶：美玉。

道光十二年

延清堂

书堂四序总延清，矧是春和物向荣。

叠石玲珑新绿茁，幽蹊润泽旧苔生。
窗临碧沼轻波活，檐拂长松古干横。
日午维舟宜小憩，烟云舒卷慢留情。

泛舟至如园侍皇太后膳

碧汉云消万象清，曈昽晓旭喜秋晴。
舟移苇岸轻飔爽，侍膳萱闱慰寸情。

萱闱：母亲代称，亦称萱堂。

烟岚雾屿静中分，午憩名园屏俗纷。
天水空澄秋色好，波涵絮影散浮云。

咸丰朝

咸丰六年

雨中泛舟至如园作

解缆流香渚，名园景重寻。
催诗荐新爽，点浪杂繁音。
好雨占三日，浓烟锁一林。
先期蒙泽渥，铭感为拈吟。

咸丰七年

延清堂恭依皇考诗韵

肃乂匀调六幕和，几余揽胜棹澄波。
一如昔日天然景，云岫风箫入咏多。

招凉北沼复南楼，石壁重重锦翠幽。
延得清飔轩且敞，八窗花气为人留。

重修如园记

昔我皇考南巡江宁，观民问俗之暇，临幸前明徐达瞻园，规仿其制于长春园东南隅隙地，建屋宇数楹，命名“如园”，取义如瞻园之意也。亭台池榭，复磴层峦，天然图画，不日而成。圣制诗云：“一如莫不如”，盖纪实也。

斯园建于乾隆三十二年，至今已四十余载。地近河壖，渐觉沮洳，风雨剥落，多有倾圮。岂可任其荒废，弗加修治乎？爰出内帑，命苑臣略加营葺，顿复旧时面目矣。

园门西向，朴素清幽，入门不数武即翠微亭，周环假山，萦青缭翠。东有方沼，跨以小石桥，流泉琮琤，入耳成韵。桥东有榭，额曰“听泉曲”，室曰“云萝山馆”。巡檐而南转，东则芝兰室，夫同心之言，其臭如兰。师友讲论，仅有裨于学问耳，若君明臣良，畴咨告诫，有益于苍生寰宇者大矣。室前溪流聚成小池，缘池岸南登虚榭，额曰“锦縠洲”。风来，水面叠为绿绮，大块文章，自然佳妙也。东则层楼高峙，八窗洞开，园中诸景，一览在目，集其大成，楣额“含碧”。南俯原田，验晴雨，占丰歉，一室千里，康田在念。楼北度板桥，大石岩雄踞一园，卓立千仞。石磴盘纡，峰回路仄，登其巅，坐清瑶榭，益觉心旷神怡矣，下有洞，可四达。东有荷池，亭亭净植，清芬徐来，如挹君子。池北则延清堂，为园之正殿，规模轩敞，栋宇崇隆，四时皆宜，消寒避暑。然身居广厦，永感慈恩，若耽于晏安，不恤蓬户瓮牖之疾苦，纵欲败度，非予颜堂曰“延清”之志矣。堂前东山，由挹霞亭至观丰榭，可望园外稻畦。南则待月台，堂西有引胜斋、撷秀亭、香林精舍、可月亭，皆得其自成之妙境，不可殚述也。北有静怡斋，南下石蹬，过溪桥又达翠微亭矣。北曰“新赏室”，南曰“搴芳书屋”，屋南幽篁数亩，挹翠浮筠。南有墙门，可达熙春园，兹不复赘。

如园诸胜，一切如旧，非别有创造、大兴工作也。斯园前如瞻园之境，后如如园之规，继自今于万斯年。斯干苞茂，予有厚望焉。

鉴　园

鉴园，居如园东北，西临长湖，东倚园墙，建于乾隆三十二年（1767），系仿扬州趣园。主殿敞宇五楹，西向临湖，外悬“鉴园”匾额。殿之北为“开益轩”，又北为五楹“漱琼斋”，斋之西北两面临水。殿之东有西向五楹“师善堂”。师善堂南为南向“芳晖楼”，楼南为“绿净榭”，榭后即大型船坞，用于停泊御用画舫。由鉴园北山，径折而东则是长春园东宫门，亦称大东门。

乾隆朝

乾隆十九年

漱琼斋

临泉搴荔帏，迸水上苔矶。
净响真宜耳，寒光欲湿衣。
鱼恬心不跃，鸟惜影忘飞。
王济曾何谓，于斯辨是非。

荔帏：用薜荔编织起来的帷幕。

苔矶：水边长满苔藓的石头。

王济：字武子，山西太原人。曹魏司空王昶之孙，晋文帝司马昭之婿。其人才华横溢，风姿英爽，娶常山公主，官至骁骑将军。

乾隆二十七年

漱琼斋

复降寻崖际，水斋坐漱琼。
何来金石响，绝胜管弦声。
不舍科盈进，有源渠自成。
底须三百丈，一例涤尘情。

乾隆三十三年

乐性斋口号

所乐犹非性所存，宣尼性近有微言。
如于声色寻娱乐，正是沿流失本源。

师善堂

溪水面前横，堂廉日俯清。
万殊参一本，物理即人情。
有照原无意，常流故不盈。
会心额师善，陈戒缅阿衡。

堂廉：厅堂两侧边。
阿衡：商代官名。引申为辅佐帝王朝政的官员，或为宰相的代称。

开益轩

荟说前曾辑日知，陈编率可作贤师。
取资有益惟淳化，过瘁何须虑宋琪。

日知：指明末清初著名思想家顾炎武所作的《日知录》。
宋琪：北宋宰相，字叔宝，幽州蓟县（今北京大兴）人。有文才，知边事。

题师善堂

力学在择师，宜师莫如善。
为之著周誓，积斯训羲典。

于从毋畏难，其乐固弗浅。
彰里吾应祇，转圜吾应勉。
顾名思义多，讵曰兹游衍。

游衍：犹推演。或谓从容自如，不受拘束。

芳晖楼对牡丹作

阳牖糊蜃母，前墀植鼠姑。
春晖真惬爱，芳意永清娱。
顿置称富贵，生怜入画图。
离骚谱群卉，独讶此名无。

阳牖句：阳牖，朝南的窗户；蜃，大蛤蜊。意为朝南的窗户上镶嵌着磨薄的大蛤蜊。

鼠姑：牡丹的别名。

顿置：放置，安放。

生怜：产生怜爱之情。

乐性斋

孟子道性善，性善斯可乐。
养之不以正，善亦恐成恶。
悦心在理义，怡情讵邱壑。
惟贵返身诚，毋致外物索。
敬业幼所识，即景述其略。

漱琼斋

澄观是空还是色，静聆非竹亦非丝。

鸣球即在溪堂侧，戛击何须更藉夔。

鸣球：谓击响玉磬。《尚书·益稷》："戛击鸣球，搏拊琴瑟。"孔传："球，玉磬。"

夔：夔是我国古代传说中的音乐家，相传为尧舜时乐官。

乐性斋口号

量雨较晴勤望岁，性予所廑在元元。

即今正复希膏泽，乐岂不佳不易言。

元元：指平民百姓。

乾隆三十五年

开益轩

日丽风和罳网轩，芸编餍饫默予存。

即斯开卷益何在，亦曰为君难一言。

网轩：装饰有网状雕刻的门窗。

题乐性斋

较晴量雨恒经岁，食旰衣宵切廑农。

性与茅檐共辛苦，以言乐则实稀逢。

茅檐：即“茨檐”，指简陋的茅舍。借指贫民百姓。

乐性斋

万物皆具性，惟人最灵矣。
近乃性斯率，远或情所使。
返远而合近，得乐性无比。
固亦匪外来，其目戒非礼。
颜斋当铭盘，永言玩厥旨。

乾隆三十六年

开益轩口号

开卷应思有益人，系辞二语切而亲。
知者见之谓之知，仁者见之谓之仁。

系辞：即《易传·系辞》或《周易·系辞》，是先秦儒家认识论与方法论之大成。

绿净榭

望林迟叶绿，真是无余净。
然绿岂终无，蓄极发必胜。
槎枒森庭前，行见翠阴映。
而予别有会，去习乃复性。

复性：宋以后儒家学说的一种观念，即通过人的修道或澄治之功，而对人的天性施加某种影响。

绿净榭口号

敞榭偏宜绿树丛，即深而净韵薰风。
斯时斯地诚宜喜，暑雨怨咨却念中。

怨咨：亦作怨訾，怨恨嗟叹。《尚书·君牙》："夏暑雨，小民惟日怨咨。"

乐性斋

命天性相近，感物情斯远。
乐性即乐天，牵情逐物损。
寻乐岂在外，孔颜示大本。
曰克己复礼，怡然志乃满。
讵云景致佳，足以供优偃。

孔颜：孔子与其弟子颜渊的并称。
偃：从匽，意为帝王退休。

乾隆三十七年

题开益轩

复道行空过去来，鉴园路便称清陪。
到轩非倦因闲憩，插架有书求益开。
松竹及梅三友譬，风雷成卦六爻推。

与时设问偕行处，切己惠心勿问哉。

益卦九五。朱注以为，上有信以惠于下，则下亦有信以惠于上，不问而元吉可知。夫惠固训仁训恩，安民则惠，惟惠之怀是也。亦训顺，亮采惠畴，惠迪吉是也。如朱注解，是上下交相惠，上仁恩下可也，下仁恩上可乎？程、王诸儒率皆隐跃其辞，而以为不问可知元吉。独吕祖谦以为，人君但诚心惠民，不须问民之感，如此然后元吉，可谓深得圣人之意。盖惠下而问，是自居其德也。自居其德，则是不孚九五君位。得位履尊，为益之主。上以信惠下，且弗问焉，下有不信以顺上之德者乎？因题是什，并申明经义于后，且用以自励也。

乾隆三十八年

绿净榭

入夏木叶齐，一绿千林净。
虚榭弗设窗，四面油幢亘。
对之有别契，离垢示戒定。
何必疑是非，如镜光相映。

油幢：用桐油涂饰过的遮蔽物，亦称油幕。因油用青绿色，或写为“碧油幢”。此处形容四面林木如同绿色的油幢。

鉴园

如园转北鉴园通，遂向溪堂坐憩躬。
且喜夏来齐叶绿，那怜春去减花红。
图书趣寄崇情表，景物奇参跬步中。
鉴已鉴人胥有事，顾名思义儆无穷。

开益轩

图将四库广搜罗[①]，一卷开还著意摩。

善者吾师恶吾戒，取之无尽益斯多。

① 近因校勘《永乐大典》，并访求遗书，敕词臣分编《四库全书》，时取其中未经见者数种，以备披览，间亦品评题句。

乾隆三十九年

乐性斋口号

性惟有善初无恶，此语尝闻乎子舆。

设使乐之弗以正，其流不可不防诸。

子舆：即曾参，孔子弟子。姓曾，名参，字子舆。

乾隆四十年

师善堂

书云主善为，易曰元善长。

人有能不能，凡善皆宜仿。

取诸人为善，重华堪景仰。

要复在克己，德量乃能广。

五言识所存，协一勉毋两。

乾隆四十一年

乐性斋

性既无不善，斯即无不乐。

情或循嗜欲，匪善斯为恶。

杂虑由是生，乐鲜忧常灼。

应知非性罪，恣情以致错。

如水之过颡，乃因乎搏跃。

复性则乐存，慎哉思所讬。

颡：额头。

鉴园

如园至鉴园，盖弗劳数武。

因各据殊胜，异名称其所。

是处水周遭，楼台镜中睹。

无尘清净界，有象琉璃宇。

偶忆文皇言，不觉意为怃。

数武：形容不远处、没有多远之意。武为量词，古代六尺为步、半步为武。

文皇：指唐太宗李世民。因其谥为“文武大圣皇帝”，故称。

乐性斋有会

性固难言之，而胥不离性。

讵只人与物，草木各有定。

无知顺其常[①]，有知具将迎[②]。
则返失厥初，是在养以正。
养正斯可乐，谓道率天命。
设徇耳目娱，情私乐招病。

① 谓草木。
② 谓人物。

乾隆四十七年

乐性斋

性相近也习相远，乐则陶然憧则纷。
寄语欲寻孔颜者，危微之际慎须分。

憧：心意不定，愚笨。

师善堂

主善以为师，善本无常主。
人能我未能，胥可资师取。
言行固当然，一艺莫非补。
愿勉无厌学，懿戒以为所。

懿戒：《大雅·抑》为《诗》中的一篇，相传为卫武公所作。其持身谨慎，年老时曾作《懿戒》以自儆。懿，通“抑”。

乾隆五十年

师善堂

伊戒明云主善师，善无常克一为之。
书堂适展羲经读，即景正当元长时。

乐性斋

乐者悦之义，性者心之统。
曰心统性情，吾谓失轻重。
天命之为性，岂为心所用。
礼义之悦心，孟云刍豢供。
是即率性方，其乐油然中。
讵其在玩物，属属而洞洞。

刍豢：牛羊犬豕之类的家畜，泛指肉类食品。刍，以草喂牲口，亦指吃草的牲口。豢，食谷的牲畜。

属属洞洞：即洞洞属属，形容恭敬谨慎的样子。《礼记·祭义》：“孝子如执玉，如奉盈，洞洞属属然。如不胜，如将失之。”

乾隆五十二年

开益轩有会

宋宗良语对宋琪，开卷都为有益时。
我只玩辞观易象，善迁改过得其师。

开卷句：宋 王辟之《渑水燕谈录·文儒》载，宋太宗日阅《御览》三卷，因事追补之。尝曰："开卷有益，朕不以为劳也。"

师善堂

一身酬万物，其理原不齐。
有能有弗能，安得兼全之。
凡人之一善，率可为我师。
矜己而卑他，终无进修时。

乾隆五十五年

芳晖楼

化工消息四时运，往者屈而来者舒。
寄语芳晖迟待可，昌昌无取不留余。

乾隆六十年

芳晖楼

候迟今岁芳犹勒，只有临堤柳渐黄。
层阁如云漫须急，春晖会揽递昌昌。

昌昌：繁多貌。唐 李商隐《春风》诗："春风虽自好，春物太昌昌。"

嘉庆朝

嘉庆元年

鉴园

鉴水灵台净，光明方寸中。
观澜诚有术，知止自能通。
印月烛圆镜，披云见太空。
勤修须内照，三省验吾躬。

灵台：指心、心灵。
圆镜：喻指圆月，亦即“圆轮”。

嘉庆三年

鉴园

鉴物先鉴我，内省克己功。
寸田养宥密，机发千里同。
韬光细磨炼，精采蕴乎中。
惟明视斯远，主敬听则聪。
屋漏苟不愧，外诱鲜蔽蒙。
其本在好问，纳诲务虚衷。
妍媸彼自照，洞彻存大公。

宥密：谓存心仁厚、宁静。

韬光：敛藏光采，比喻隐藏声名才华，不使外露。

屋漏：《诗·大雅》："相在尔室，尚不愧于屋漏"，毛传"西北隅谓之屋漏"。古代室内西北隅开有天窗，日光由此照射入室，故称屋漏。

纳诲：进献善言。

嘉庆十五年

题鉴园

旧园未拈咏，修葺新品题。
长春极东境，虚廊面清溪。
波光印林影，漪澜接碧堤。
西山滴飞翠，秀峙星汉齐。
众妙聚一室，纳景水殿低。
澄心鉴物理，静默寻端倪。

鉴园即景

芳墅涵长空，朗鉴印清景。
林虚云有光，水远波无影。
皎旭辉楼台，金碧耀藻井。
沆寥万里澄，群笏排西岭。
槛前列翠屏，延赏游目骋。
胜概本天成，高爽卷阿境。

藻井：中国传统建筑中天花板上的一种装饰。一般为圆形、方形或多边形的凹面，上有各种花纹、雕刻和彩绘。

沉寥：形容空旷的样子。

嘉庆十六年

鉴园有会

园额义深远，鉴古始治今。
艰哉御六合，恭己勉君临。
哲后事迹列，择取矢寸忱。
辨别圣狂念，殊途养素心。
存仁斯达道，立纲欲不侵。
本原守勿失，册府时探寻。

哲后：贤明的君主。

芳晖楼

放棹晴溪舣石矶，登楼览胜对芳晖。
青连远陌麦千顷，碧罨中庭松四围。
浓淡云光度林幄，冲融旭影透纱扉。
莲池书院景相印，趁暖浴波鹅鸭肥。

莲池书院：雍正十一年，由直隶总督李卫奉旨于保定创办。因建于莲花池而得名，又称“直隶书院”。

嘉庆十九年

师善堂有会

取人为善在虚衷，主善为师德日隆。

先圣心传至精粹，万殊一本理原同。

嘉庆二十三年

师善堂

善行载编简，先言可作师。

居仁守有则，由义治无为。

效法事相证，研磨志永持。

学斯知不足，修业戒稽迟。

编简：泛指书籍文献，亦指史册。

稽迟：迟延，滞留。

西洋楼

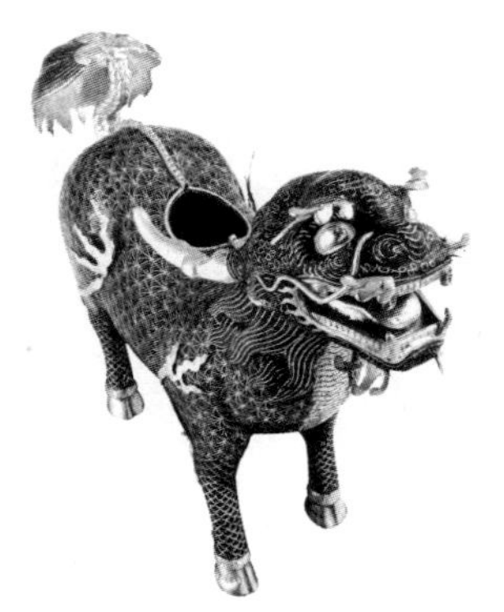

位于长春园北部，系一组仿欧式的园林建筑，俗称“西洋楼”。该景西端为“谐奇趣”，乾隆十六年建成。主楼外悬“涵清虚”匾，内挂“谐奇趣”额，皆乾隆帝御笔。中有水法大殿，东西各有弧形游廊九间，尽端为两层八角楼厅各一。楼前环抱一大型海棠式喷水池，池中有翻尾鱼，池边有铜鹅、铜鸭等造型动物，皆可喷水。楼后亦有一处小型菊花式喷水池。

谐奇趣正北为仿欧式迷宫“黄花阵”。黄花阵与谐奇趣之间有一通往东部花园的“养雀笼”，建成于乾隆二十四年（1759）。养雀笼明间为穿堂门，南北侧室内则笼养着当时哈密等首领进贡的孔雀等鸟类珍禽。

穿过养雀笼，东北侧有“方外观”，为两层西式楼，俗称“水法殿三间楼”。楼前有西式五孔束腰石平桥，跨桥西南为西式八角亭，正南为西式重檐亭五座，名曰“五竹亭”，亭北有一圆形喷水池。

方外观迤东，为“海晏堂”，俗称“水法殿十一间楼”，其与“方外观”同为乾隆二十四年建成。海晏堂由朝西正楼十一间，后工字蓄水楼及楼前诸喷泉组成，是该区内最大的一处景观园。外悬乾隆御笔“海晏堂”额。堂前左右各有弧形叠落石阶数十级，环抱楼下喷水池。池中心有圆形喷水塔，池东正中高耸一尊巨型的石雕贝壳番花。在池的两边八字高台上，分列十二只人身兽首的青铜雕像，这十二生肖可按十二时辰顺序轮流喷水，正

午时分则同时喷水，如此周而复始，俗称“水力钟”。

海晏堂迤东，为“远瀛观”，居长春园南北主线与西洋楼东西轴线的交会处。该景大水法与观水法，为乾隆二十四年建成，而北侧南向主殿，则为四十八年（1783）增建，内悬乾隆帝御笔“远瀛观”匾。这座西洋钟楼式建筑之前，有左右弧形石阶通出，环抱台前大水法，水法主建筑为巨型石龛式，前有狮子头喷水瀑布，水帘逐级而下，落入菊花式喷水池，池中心有只铜鹿，从鹿角喷出八道水柱，两侧散布十只铜狗及卷尾铜兽，均作逐鹿状，口中之水直射鹿身。大水法左右前方，各有一座十三级西式喷水塔，塔顶涌出水瀑，塔周围还各有四十四根铜管一齐喷水，极为壮观。

大水法对面，坐南朝北，则是清帝观赏大水法之处。大水法之东，是线法山，山之东为矩形河池，俗称“方湖”。湖之东岸，有七道左右对称的八字状断墙，墙面悬挂西洋景物画。亦称“线法墙”。

整个西洋楼景区，约占盛时圆明园面积的百分之二。她的建成，既是中西文化融合的产物，亦流露出乾隆皇帝，万邦来朝，八方向化的虚骄心态。

嘉庆朝

嘉庆元年

观谐奇趣水法

连延楼阁仿西洋，信是熙朝声教彰。

激水引泉流荡漾，范铜伏地制精良。

惊潮翻石千夫御，白雨跳珠万斛量。

巧擅人工思远服，版图式廓巩金汤。

熙朝：旧指盛明之世，多用来称颂当时的王朝。

白雨：暴雨的俗称，雨水空气交汇呈银白色，故称。亦称“白撞雨”。

跳珠：喻指溅起来的水珠或雨点。

万斛：极言容量之多。古代以十斗为一斛，后改为五斗。

远服：服，顺从，降服。此指王畿以外的偏远地方。

式廓：规模、范围。

金汤：“金城汤池”的省称，形容城守坚固，不易攻破。

嘉庆二年

远瀛观歌

宇宙两戒渤海环，九州罗列四大间。

西洋伊古谁得到，贡琛向化趋朝班。
彼英吉利一郡小，航海恭献天文表。
圣皇怜彼远人诚，荒服心坚物微渺。
连延崇阁仿重洋，凿沼引水机运详。
曲折灌注互荡激，三伏三见脉络藏。
不宝异物旅獒志，薄来厚往古籍识。
九袤又喜聚梯航，图开王会共球备。

两戒：国家疆域的南北界限。《新唐书·天文志一》："一行以为天下山河之象，存乎两戒……故《星传》谓北戒为胡门，南戒为越门。"

九州：古代分中国为九州，即冀、兖、青、徐、扬、荆、豫、梁、雍。亦泛指中国。

朝班：帝王主持朝议时，各级官员所处的位置、先后、左右之班次。

旅獒：《尚书》谓"惟克商，遂通道于九夷八蛮，西旅底贡厥獒"。后世用作进贡之典。

九袤：袤，古称南北的距离。此指地域辽阔的清朝。

梯航：原指梯子与航船，代指域外使臣与客商翻山越岭乘船而至。

嘉庆三年

远瀛观

引机运水石池注，溅玉喷珠万斛雄。
敬识圣皇声教广，流沙西海尽同风。

流沙西海：语出先秦古籍《山海经》："西海之内，流沙之西，有国名曰氾叶。"此借指遥远的国家。

谐奇趣

运水由楼顶，发机务审详。
周流虽尽妙，渗漏亦须防。
波浪千层叠，珠玑万斛量。
纡回伏脉远，灌注溯源长。
浩浩终归壑，涓涓始滥觞。
观澜奇趣会，至理即包藏。

涓涓：形容细水缓缓流动的样子。

远瀛观

楼式仿西洋，圣皇声教彰。
远瀛咸向化，绝域尽来王。
可识天威畅，同沾惠泽长。
大清超万古，继序凛无遑。

绝域：形容极其遥远的地方。
来王：指古代诸侯定期朝觐天子。

嘉庆七年

题远瀛观

室仿西洋式，寸心括远瀛。
仁恩全浃洽，遐迩庆升平。

驭世思图大，宅中念守成。
怀柔先立极，抚宇凛持盈。
永保丕基巩，诞敷考泽宏。
化期周渤澥，六合奉皇清。

图大：即宅中图大。语出汉 张衡《东京赋》：“彼偏居而规小，岂如宅中而图大”，宅指居，图即谋取，意指居于中心，便于控制四方。

立极：树立最高准则。亦指登帝位，秉国政。

诞敷：遍布。

渤澥：大海的别称，亦指“渤海”。

嘉庆八年

远瀛观歌

石级参差列珠树，玻璃为牖佳境布。
八窗洞开引清风，翠屏紫凤萦香雾。
一室澄观备远瀛，圣念包罗九有宏。
瞻临堂构切抚宇，凛乎驭朽弥持盈。

珠树：树的美称。

紫凤：瑞祥之鸟。

驭朽：源自“朽索驭马”，亦称“驭朽索”。《尚书》称：“予临兆民，懔乎若朽索之驭六马”，后以比喻临事虑危，时存戒惧，多用于君王治国。

持盈：保守成业。源自《老子》：“持而盈之，不如其已。”

嘉庆十九年

远瀛观

圣化敷海洋，远人会中土。
英吉利来朝，仿式建数宇。
不宝贡物奇，题额深意取。
持盈保泰衷，观此思安抚。

远瀛观有感

石牖蜃窗接，规制仿西洋。
幅员大无外，重译来梯航。
声教四表被，二万开新疆。
远域极恭顺，近地事若狂。
官庸民玩愒，观望废典常。
予惟竭心力，匡救日不遑。

四表：四方极远之处。
玩愒：形容苟安岁月，旷废时日之典。

嘉庆二十一年

远瀛观

中国驭外域，崇德化远陬。
异物奚足贵，奇珍不妄求。

结构仿洋式，娱情偶来游。

如披画图景，悦目意漫留。

达士必超越，沾滞皆凡俦。

予惟务实政，敦俗安嚣浮。

达士：见识高超、不同于流俗之人。

沾滞：拘泥不通达。

凡俦：凡，平凡不出奇；俦，同辈。意指凡夫俗子。

嚣浮：浮夸，形容人不踏实。亦喻指喧扰浮薄的尘世。

远瀛观述志

本无招致心，突来英吉利。

既来复不驯，巧言多诈伪。

未能成礼还，庸臣实偾事。

瞻额衷惭惶，艰哉在上位。

训诲竟敢违，要名又任意。

用人诚最难，题壁述予志[①]。

① 前据两广督臣等奏称，英吉利国使臣呈请前来朝贡。予以其远隔重洋，输诚纳赆，不可虚其归，戴之忱。是以准令由天津海口登岸，并非有心招致之也。不意夷情狡诈，反复不驯。予先后命苏楞额、和世泰等赴津赐宴，令其演礼，谆谕以如能行礼，方准带领入京。乃苏楞额、广惠既违训诲于前，和世泰、穆克登额又复妄行于后，以致届期不能成礼。种种偾事，皆由庸臣贻误，用人之难如此。兹来斯地，瞻言旧额，抚衷实增私恧，因题此以述予志焉。

嘉庆二十二年

远瀛观

中国有威仪，岂可自贬损。
既不遵训言，命由海船返。
庸臣误事机，迁就互仰偃。
徼幸于片时，诳奏失诚悃。
厚往而薄来，从权示柔远。
所用非其人，问心悔已晚。

嘉庆二十三年

远瀛观

驭远从来贵严肃，彼英吉利性难伏。
每来先蓄图利心，宽则无忌肆贪黩。
强悍不循中国仪，辱其主命宜驱逐。
大君岂贵贡珍奇，所宝惟贤慎司牧[①]。

① 抚驭远人，理贵严肃。余诗所谓“中国有威仪，岂可少贬损”是也。彼英吉利使臣鄙野无知，贪黩强悍，又复不循礼仪，辱其主命。是以却彼贡献，逐令回国。盖为国以礼，所宝惟贤。人君之道，理当如是云尔。

司牧：管理，统治。亦泛称官吏。《左传·襄公十四年》：“天生民而立之君，使司牧之，勿使失性。”以牧羊喻治民，故称。

嘉庆二十四年

远瀛观

远瀛渺漠阻世尘，彼英吉利隔大秦。
五万余里孰招致，占风航海通天津。
既来倔强失礼节，未可觐见随班列。
仍施厚赏命回帆，外域羁縻示不绝。

大秦：泛指波斯。

占风：观察风动的情状，推测气象的变化或人事的吉凶祸福。

羁縻：羁，马络头也；縻，牛靷也。引申为笼络控制。多指古代对边疆少数民族地区所采取的一种政策。

嘉庆二十五年

远瀛观

圣化海隅被，来朝恩泽覃。
近年虽晋谒，仪节未详谙。
厚往从京北，护归自粤南。
远瀛示宽大，六合一心含。

道光朝

道光三年

远瀛观述志

久仰高皇御世模，远人向化德巍乎。

海西琛赆昭王会，天外帆樯萃帝都。

垂示不须珍异物，绥徕只为焕鸿图。

孙臣继绪增兢惕，勉竭精勤守不渝[①]。

① 皇祖圣武远扬，尧天广覆，流沙西海，重译来王。于兹楼仿西洋，见远瀛之向化，而引机运水，亦以征怀柔，至德泽被无垠。予小子景仰鸿图，勉思绳武，益勗精勤之素志，无忘声教之诞敷云尔。

琛赆：琛，珍宝；赆，纳贡的财礼。

帆樯：船帆与桅樯，常代指帆船、舟楫。此指来华的外国使臣。

绥徕：安抚招致。

鸿图：亦作“宏图”，意谓有宏大的志向或事业。

熙春园

熙春园位于绮春园东南，始建于康熙四十六年（1707），占地面积约一百五十亩。最初是康熙皇三子胤祉的赐园，五十二年（1713），赐名“熙春园”。雍正八年（1730）五月，胤祉因事被革爵拘禁。其后该园成为康熙十六子庄亲王允禄的赐园，乾隆继位后改赐园名为“云锦园”。乾隆三十二年（1767）二月，允禄卒。该园由内务府收回，仍称熙春园。因该园位于圆明园迤东，故又称“东园”。收归御园后，除康熙帝所赐“制节谨度”“竹轩”“谦受益”“主善斋”四匾收拾见新外，乾隆并为各景观殿宇赐予新名，主要有“春可轩”“藻德居”“德生轩”“对云楼”“莹德堂”“遵行斋”“镜烟斋”“花韵轩”“松篁馆”等。乾隆中叶，熙春园增添建筑除了新建宫门和与长春园之间的“复道”，亦称“过街楼外”，主要是于东所修建“观畴楼”。嘉庆七年（1802），又于该园西北添建“省耕别墅”。熙春园在乾嘉时期，主要是作为问农观稼之所。道光二年（1822）八月，奉旨将熙春园一分为二，东部赐予道光三弟绵恺，西部赐予四弟绵忻。存在半个多世纪的圆明五园之一的熙春园，此后又成为赐园。

乾隆朝

乾隆三十三年

春可轩

时卉虽迟映阶发，唐花已是亚盆开。
善哉生意阊阊动，可矣春光得得来。

唐花：亦作“堂花”。北方天寒，腊月鲜花出于暖室，称为唐花。
阊阊：形容繁盛的样子。
得得：频频，频仍。

题德生轩

天地德谁表，端知表以春。
试看普生物，还戒自开人[①]。
讵在色争丽，欣觌意已新。
更因怀大宝，箴语缅唐臣。

①《庄子》：“开天者德生，开人者贼生。”

松篢馆

落落乔松拔百寻，坐来爱听戛风吟。

岂同尘世宫商调，自是广寒法曲音。

落落：高耸貌。

百寻：寻为古代长度单位，八尺为一寻，形容极高或极长。

宫商：宫、商本为古代五音之一。此借指乐声、音律。

广寒：“广寒宫”的省称，亦称“广寒殿”。传说中嫦娥等神仙所居之处。

法曲：隋唐宫廷燕乐中的一种，又名法乐。因用于佛教法会而得名，又称为法曲。

尊行斋

书斋择语额尊行，董子天人义实精。

自觉望洋而叹若，安期光大与高明。

董子：即董仲舒，西汉哲学家，今文经学大师，专治《春秋公羊传》。其学以儒家为中心，杂以阴阳五行说。

望洋兴叹：典出《庄子·秋水》，河伯（黄河神）因河水大涨而自大，后到了海边，看到无边无际的海，“始旋其面，望洋向若而叹”，若为海神名。原指在大事物面前感叹自己的渺小，后比喻要做一件事因力不胜任或没有条件而无可奈何。

安期句：语出《曾子》：“尊其所闻，则高明矣；行其所知，则光大矣。高明光大，不在于他，在乎加之意而已。”大意是：尊重所听到的道理，就算是高明的了；实践所掌握的知识，就算是光大的了。高明光大，不在于别的，就在于认真注意罢了。

镜烟斋

沼面全开镜，波光半起烟。

即明还澹荡，乍暗更澄鲜。

照彻幻中境，笼将虚里天。

溪斋相对处，难与著言诠。

澹荡：舒缓荡漾，飘动和畅。

澄鲜：形容湖水莹清明澈。

言诠：以言语来诠释义理，在言辞上所留下的迹象。

花韵轩

一气春和万物知，晴栏小立意为迟。
试言花韵于何妙，只在含苞未放时。

对云楼

北冈多长松，岁古覆层屋。
横枝以丈计，葱蓊盘云绿。
英英虽不作，㟭㟭恒如郁。
对色既臻净，聆声复欣谡。
八伯颂慢云，数老意已足。

英英：形容轻盈、茂美的样子。

㟭：低下，压。

八伯：古代官名，分掌四方诸侯。

主善斋

善惟德实行，主善即常师。
一本协于是，万殊达在兹。
鸟能言有候，花解笑无知。
观象羲经玩，乾元体正宜。

羲经：指《易经》，相传伏羲始作八卦，故名“羲经”。

乾元：乾象征天，元即始。古人认为万物始于天，因以为天之代称。

藻德居

琳池依石砌，锦鲤泳纨波。
生意物自识，化机候岂讹。
有那居宛在，不问乐如何。
触兴诗言志，宁烦斧藻磨。

化机：变化的枢机。清 赵翼《朔风》诗："一笑化机谁识得，树方落叶鸟添毛。"

斧藻：修饰。此指修饰文章、润色诗词。

春可轩

试言春可于何可，可画可诗复可游。
却是吾心非所乐，性存膏雨利耕畴。

耕畴：耕种田地。

对云楼

树以古为佳，松古佳之最。
溪楼依岩松，盘盘绿云盖。
时复起白云，虚实交映带。
变幻莫可状，滃浡含晻霭。
是宜忘言诠，静坐日相对。

滃浡：形容云蒸雾涌、青烟弥漫的样子。

晻霭：亦作“暗霭”，昏暗不明。王粲《鹦鹉赋》：“日晻蔼以西迈。”

对云楼

云对高楼楼对云，相看宾主倩谁分。
吾当一语为评量，好作时霖利耦耘。

耦耘：两个人并肩耕地称耦，耘指锄掉田间的草。

松簧馆

夹径植乔松，风翻作众乐。
为宫抑为商，听之总堪乐。
陡忆子舆言，两端示先觉。
蹙额与欣欣，忧喜应斟酌。
罯盖独无心，奏响夫何著。

夹径：两个建筑物之间的小路。

子舆：即曾参。孔子弟子，姓曾，名参，字子舆。

蹙额：不高兴或全神贯注时的皱眉头。

罯：覆盖。《明史·宋一鹤传》：“贼积薪烧之，烟罯纯德山。”

莹德堂

阶下波光入座清，空澄有照淡无营。
方塘合作汤盘会，思日新怀莹德情。

汤盘：语出《礼记·大学》，“汤之盘铭曰‘苟日新，日日新，又日新’”，后以之为自警之典。

花韵轩戏集诗牌

轩馆照岸涯，独坐潺湍隈。
读画喜法迹，烹茶斗饮才。
访题鸥波并，捡禅鹿苑开。
乘揽润如滴，潇解应永哉。

鸥波：鸥鸟生活的水面，比喻悠闲自在的退隐生活。

东园观麦

东园有隙地，种麦验田功。
一月未经临，麦穗簇芃芃。
都缘屡沾泽，额手谢鸿濛。
实颖既已佳，实栗更冀充。
庶几继霈雨，获秋当益丰。
迩日颇作云，云作随以风。
诚恐遂靳膏，失望嗟三农。
祈岁无止念，慰不抵忧忡。

鸿濛：原指宇宙形成前的混沌状态。此处指天。

题莹德堂

书堂枕碧溪，漪景近平堤。
澄照契轩豁，怡神协筦倪。
澡身明德业，取象俯玻璃。

责实循名切，吾宁漫与题。

轩豁：敞亮，高大开阔。唐 韩愈《南海神庙碑》：“乾端坤倪，轩豁呈露。”

澡身：洗身使洁净，引申为修持操行。出自《礼记·儒行》：“儒有澡身而浴德。”

对云楼即兴

重阴绿树幂檐披，出树层楼眺远宜。
此日对云无别念，念惟大霈雨应时。

松篁馆

不竹而为篁，非虚而为窍。
吹万风入之，落落吟古调。
素琴或可写，和笙奚能肖。
于古有师旷，解会声前妙。

吹万：《庄子·齐物论》载“夫吹万不同，而使其自己也”，成玄英疏“风唯一体，窍则万殊”，谓风吹万窍，发出各种声响。

素琴：无弦之琴。

师旷：生卒年不详，春秋后期晋国宫廷乐师，字子野。师旷目盲，精于审音调律。

松篁馆

夹径有乔松，年深翠色浓。
辨音孰师旷，应律自林钟。
讵惟清耳目，实足冷心胸。

飞云挟雨过，坠露尚重重。

林钟：古乐十二律之一。十二律有六律六吕，林钟为六吕之一。

题观畴楼

小楼非齐云，亦自高出树。
开窗眄平畴，良苗蔚布濩。
春末夏初际，迭逢膏雨雨。
夏仲略觉暵，旋即沾优澍。
迩来晴雨时，勃长绿云互。
如是祝逮秋，庶可屡绥赋。
凭观生敬惕，此景岂易遇。

竹净室

新笋已齐林，依依布绿阴。
捎檐如却俗，护径致延深。
月入成三友，风来奏八琳。
虚中与清影，真足净尘心。

尘心：指凡心，名利之心或恋世之心。“尘”是佛教术语，指一切染污真性的人间事物。

乾隆三十四年

观畴楼

层楼出树杪，开窗见田畴。
索绹时已过，于耜序复周。
始终鲜暇日，农父苦孰侔。
逢年虑谷贱，遇歉愁无收。
凭观增戚然，何有畅远眸。

索绹：打绳。绹，古时指绳索。“昼尔于茅，宵尔索绹”，形容农家劳作。

于耜：于，取出，或修理；耜，农具。开始修理农具。

题德生轩

酝酿青韶有斟酌，书轩宁为玩芳临。
系辞下传标深旨，大德从知天地心。

青韶：春天。

系辞：指《易传·系辞》或《周易·系辞》，总论《易经》大义，是先秦儒家认识论和方法论之大成。

对云楼口占放歌

绿云虽曰众树名，只有苍松恒弗改。
试看突兀彼连林，岂复云容枝上在。
独嘉背岭数大夫，霭霭童童浓觉倍。
开著楼窗不碍凉，是我对之所以乃。

霭霭：云雾密集的样子，昏暗貌。

童童：茂盛貌，重迭貌。

松篁馆

非竹非丝非石金，清风入助碧云吟。

水乡欸乃奚称数，此是云山韶頀音。

欸乃：摇橹的声音。

韶頀：古乐名。

东园观麦

迩日雨实佳，今朝晴更好。

麦苗既菁菁，麦穗亦矫矫。

飏风拔离离，微露浥皛皛。

十分纵未定，八分固可保。

夫子鄙学稼，樊迟器量小。

园林有弄田，藉以农功考。

五谷斯其一，其四期尚早。

无不冀有收，冀收宵旰祷。

皛皛：洁净明亮的样子。杜甫《即事》："暮春三月巫峡长，皛皛行云浮日光。"

夫子句：出自"樊迟问稼"之典。樊迟是春秋时期孔子的门生，他向孔子请教种庄稼和种菜的问题，而遭到孔子拒绝。意即治国要靠礼、义、信，不必用学稼去教化百姓。

乾隆三十五年

题主善斋

阿衡称主善，善长实惟元。
四德仁为首，四序春为先。
主善义具该，协一尤探原。
欲从嗟末由，对时勉体乾。

协一：协力同心。
末由：无由，没有办法。
体乾：履行天命。

对云楼

底识苍松迥出群，终无叶片落纷纷。
隔湖杂树多突兀，镇日楼窗对绿云。

题春可轩

东园乃希至，至亦赏溪堂。
近砌芜铺绿，围隄柳窣黄。
名禽弄笙管，新水满池塘。
可矣春光到，惜阴益不遑。

东园：指熙春园。因在圆明园之东，故称。
笙管：指管类乐器。

莹德堂

镜欲去其垢，水欲澄其翳。
莹德颜斯堂，盖取圣经意。
虽然岂由外，典诰皆言自。
祖述更有在，山庄义明示[①]。

① 避暑山庄亦有斯堂名，皇祖御书也。

祖述：尊崇和效法前人的学说或行为。

松簧馆

那论无风与有风，声恒为徵复为宫。
世间曲调安能拟，应是八琅奏碧空。

八琅：古乐器。宋 晁载之《续谈助》卷四《汉孝武帝内传》载：“王母乃命诸侍女王子登弹八琅之璈。”

东园观稼

东园兹弗到，两月还有余。
只以愁望霖，问景心那舒。
迩来沐旲贶，涸壤均沾濡。
未耕者已耕，已耕助长如。
乘闲一命游，亦因观菑畲。
麦收固不丰，其他胥回苏。
芃芃连绿野，禾黍香风梳。

此后祝时若，原可西成图。

然为期正遥，肫念敢懈予。

昊贶：昊，指天；贶，赠送。

菑畬：耕耘。宋 陆游《新年书德》诗：“朋旧何劳记车笠，子孙幸不废菑畬。”

肫念：肫，诚恳，真挚。指真诚的意念。

题德生轩

大德曰生贯四时，即斯天地可因知。

试看苏槁及起萎，都在云行与雨施。

鸟喜托枝阴满树，鱼辞濡沫水增池。

一心万物宁相异，也觉含滋发藻思。

濡沫：用唾沫来湿润。语出《庄子 · 天运》：“泉涸，鱼相与处于陆，相呴以湿，相濡以沫。”

藻思：做文章的才思。

花韵轩戏成

津瀛回跸便愁雨，花韵凭轩玩几曾。

讵是主人惯孤负，不相应有大相应。

津瀛回跸：指三月廿六日，帝奉皇太后谒泰陵，巡幸天津后返回圆明园。

对云楼

背岭峙乔松，童童百年外。

凌霄有奇状，舞风弗定态。

因以云为名，楼日与云对。
西山亦作云，呼吸通叆叇。
再雨当益佳，无厌我为最。

叆叇：形容云彩很厚的样子。

松簧馆

虬枝过雨蔚浓青，两月余才一憩停。
自是仙家八琅乐，岂教容易亟来听。

虬枝：粗壮弯曲、盘屈的树枝。

观畴楼

层楼俯平野，可以阅菑畲。
麰麦收成歉，黍禾生意舒。
瀼瀼含露润，冉冉受风徐。
却是三秋远，慰余益惕予。

瀼瀼：露水盛多。
三秋：秋收、秋耕和秋播的合称。

竹净室

新笋才看绿叶披，果然竹净纳凉宜。
吟风自叶云门韵，何必洞箫裁去吹。

洞箫：洞箫是吹孔气鸣乐器，流行于中国民间，以竹制作。

乾隆三十六年

东园观禾黍

自我东巡回，切切即盼雨。
踰月始沾膏，稍觉慰心所。
今朝值清闲，新晴消溽暑。
命舆游东园，爰言观禾黍。
高低绿芃芃，秀实次第举。
虽不躬耒耜，望岁甚农父。
益殷祝时若，秋登庶可睹。

题莹德堂

松径堤头转，芸堂水面开。
三庚无暑气，四座绝尘埃。
少坐旋当去，宁言耽久陪。
笑他近咫尺，今岁却初来。

三庚：即农历三伏。

松篁馆

苍松风入有奇声，高馆凭栏惬听清。
不是人间宫徵调，震灵簧鼓许飞琼。

宫徵：古代五音中宫音与徵音的并称，泛指乐曲或声调。
飞琼：语出《汉武内传》，“王母乃命侍女许飞琼鼓震灵之簧”。

春可轩

今夏初揽景，流阴信逝波。
砌花红琐碎，庭树绿骈罗。
池静鱼无跃，林深鸟有歌。
春光可人处，付与不知过。

骈罗：骈比罗列。南朝宋 鲍照《河清颂》："景云蔚岳，秀星骈罗。"

乾隆三十七年

熙春园

复道过楼门，熙春别一园。
韶开新景邑，岁久古柯存。
蠛蠓飞知候，莓苔吐趁暄。
每来瞻圣藻①，垂训示心源。

① 园中轩堂有皇祖御笔。

蠛蠓：虫名，体微细，将雨，群飞塞路。
莓苔：即苔藓。

松篁馆

盖影阴森覆绮寮，无风亦飒飒萧萧。
我来听与他人异，曰在徵招与角招。

绮寮：装饰华丽的窗子。

飒飒萧萧：形容风吹动树木枝叶等的声音。

徵招、角招：此调为南宋姜夔创制。宋 赵以夫《虚斋乐府》注云：“姜夔制《角招》《徵招》二曲，仆以《角招》歌之。盖古乐府有大小梅花，皆角声也。”

德生轩

羲经称大德，生物始惟春。
一气流行贯，四时来往循。
芳菲虽有待，橐籥被无垠。
切己于何在，勖哉守位仁。

橐籥：喻指天地，大自然。

对云楼

松郁苍云云对楼，不风恒自谡飕飗。
分明四季常拾级，据榻居然有独秋。

飕飗：形容风声或风雨声。

藻德居

轩榭近临池，渫然水监披。
粢栌虽未饰，斧藻可因思。
其必在德矣，吾惟是勉之。
如何柳子厚，只识要修辞。

粢栌：粢，斗拱。栌，柱顶上承托栋梁的方木。
柳子厚：即唐代文学家、思想家柳宗元，字子厚。

竹净室

倚槛真看竹净时，叶黄飒沓欲辞枝。
江南春笋恰来贡，地道有宜有不宜。

飒沓：纷繁、众多貌。

东园观麦效陶潜体

敕几有余暇，驾言往东园。
东园岂徒往，藉因二麦观。
冬雪虽非优，春雨实渥焉。
夏孟兹逮仲，快霖时复霭。
所以来牟景，大异常年看。
吐穗硕且长，如油绿颖攒。
蓄目宁不欣，未敢心即宽。
必待饼饵成，庶济吾民餐。

霖：久雨，连下几日的雨。
霭：云貌。

去岁畿辅涝，百方勤赈济。
所赖青黄接，麦收最要计。
实颖忽在眼，实栗企满志。
铚艾尚有待，廑念犹未置。
此后晴雨时，登秋庶可遂。
早作而夜思，急务惟兹事。

游观亦在兹，奚待范云对。

萧缅称谠言，益可验其世。

铚艾：收割。引申为收获。

谠言：正直的言论。

对云楼

叶云密矣护楼层，观麦因之试偶登。

夏景至哉望斯属，民天此耳意诚矜。

变黄那复惜变绿，欲散由来弗欲凝[①]。

一对分明有轩轾，不如空阁洞无凭。

① 麦喜凉而畏熟，根间常有风疏之，则穗益长而茎不郁结，可无蒸罨之患。自夏初至今，频得时膏，气候凉爽，于麦性最为有益。

轩轾：车前高后低曰轩，后高前低曰轾。比喻高低优劣，互有短长。

镜烟斋有会

朴斋临碧溪，溪水明方镜。

轻烟起波上，因以镜烟命。

溶溶与澹澹，相资蔚相映。

个中有理趣，家语垂宣圣。

至清则无鱼，辞异义同证。

溶溶与澹澹：溶溶，广大貌，此指烟；澹澹，恬静貌，此指水。汉 刘向《九叹》："心溶溶其不可量兮，情澹澹其若渊。"

松篁馆

夹径峙青松，松穷得书馆。
偶来凭绿窗，春去夏将半。
乘凉适云可，风入松梢卷。
谡谡复泠泠，清听耳根满。
篁拟觉犹非，书史斯堪伴。

谡谡：形容挺劲有力，挺拔。
泠泠：形容声音清脆、悠扬。

莹德堂

物有蒙不洁，以水浴则净。
德岂弗如斯，亦资所为莹。
溪堂枕碧川，渫然俯澄映。
取喻乃藉兹，实非赖水证。
莹德究系何，敬胜与义胜。

莹：使洁净。晋 左思《招引》诗：“前有寒泉井，聊可莹心神。”

敬胜义胜：《六韬 · 明传》载“义胜欲则昌，欲胜义则亡；敬胜怠则吉，怠胜敬则灭”，义指道义，欲即私欲，敬为恭敬从事。

乾隆三十八年

松篁馆

护径有苍松，屈盘势攫龙。

因风籁常奏，过雨韵偏浓。

中徵还应角，是簧间作镛。

肩舆驾言返，云外听春容。

簧：指乐器里用金属或其他材料制成的发声薄片。

镛：我国古代金属打击乐器，是奏乐时表示节拍的大钟。

肩舆：即“肩行之车”，因人用肩膀抬行而得名。御用肩舆又称“步辇”，南宋以后称为“轿子”。

春容：形容声音悠扬洪亮。

东园观麦

三春雨优渥，郊麦秀穗齐。

园麦非享帚，图藉验农兮。

乘闲适一观，鳌蝵蔚离离。

杨花出如争，结实重欲垂。

报秋日暄烘，滟露烟霭迷。

去岁信已佳，今年或胜之。

河南早燕北，九分获预知[①]。

乡民厌饐餲，村突香腾炊。

风声速先到，街头面价低[②]。

益以此倍收，定卜欢黔黎。

纵曰欢黔黎，我犹缱虑思。

禾黍虽吐秧，方当勃长时。

在麦兹喜晒，在禾兹喜滋。

雨而不致霖，斯为交相宜。

得陇复望蜀，瓯窭祝豚蹄。

此意人尽然，我亦安能辞。
迩日乍炎蒸，令合首夏期。
族云盼即兴，沛泽愿无稽。
而仍希快晴，庶几两全徯。

① 昨何煟奏，豫省气候早于畿辅，二麦将届收成。通省计在九分以上。

② 每当青黄不接时，旧麦价必加长。兹闻豫麦丰收之信，京城市面价顿落二三文。计此间麦普登场，必且日减一日，实为数年来所未有。

厘麰：麦子。厘，通“来”。《汉书·刘向传》：“故《周颂》曰‘降福穰穰’又曰‘饴我厘麰’。厘麰，麦也。”

饞飿：用麦饭待客。《说文》：“饞，秦人谓，相谒食麦曰：饞飿。”

瓯窭：狭小的高地。

豚蹄：即豚蹄穰田。比喻所花费极少而所希望的过多，典出《史记·滑稽列传》。

族云：凝聚的云气。

徯：等待。

题德生轩

天地之大德曰生，其义尝见乎羲经。
观麦今朝偶来憩，即事玩辞真怡情。
万物孰不具生意，就中五谷天地精。
苗而已秀秀将实，都赖以时雨与晴。
粒我蒸民德甚普，老安少怀非巧营。
一则望获四犹远，夔夔敢懈祈西成。

蒸民：众民，百姓。

夔夔：形容敬惧、恭谨的样子。

西成：即秋天庄稼已熟，农事告成。语出《尚书·尧典》：“平秩西成。”孔颖达疏：“秋位在西，於时万物成熟。”

镜烟斋有会

斋临绿水镜光呈，冉冉波烟风拂轻。
可不鉴乎鉴有术，其间亦忌太分明。

冉冉：渐进貌。形容事物慢慢变化或移动。

对云楼

楼是倚山非面山，绿阴林际锁孱颜。
峭蒨菁葱望合相，枫楸松柏一律攒。
对之忽然生别契，与物无竞方称贤。
落落者亦若有语，即欲观乎待岁寒。

孱颜：指高峻的山岭。宋 苏轼《峡山寺》诗：“我行无迟速，摄衣步孱颜。”

峭蒨：形容挺拔而葱茏的山林。

戏题花韵轩

绿浓红谢逮清和，潇洒文轩始此过。
一晌辗然思致问，群芳韵事竟如何。

一晌：指短时间。南唐 冯延巳《鹊踏枝》词：“一晌凭阑人不见，鲛绡掩泪思量遍。”

辗然：笑的样子。

藻德居

宗元曰藻德，意实在振文。

郑笺藻者澡，澡德傅休云。
振文只蜚辞，澡德切修身。
傅义长于柳，慎修当以勤。
偶临池上居，切己思名循。

藻德：语出柳宗元《故叔父殿中侍御史府君墓版文》“修词以藻德，振文而导志”句。

观畴楼口号

麦已将登黍禾长，绿畴观处实怡情。
旬余晴霁宜时雨，未免因之望又生。

乾隆四十年

熙春园观麦

复道跨两园，其下通衢穿。
宁关偶语察，却为众行便。
过即为熙春，俗曰东园惯。
于中多隙地，种麦年来遍。
藉用验农功，讵止资游玩。
春雪及春雨，时盼亦时见。
昨近始渥霑，四寸真非谩。
麦长虽弗齐，吐穗率已半。
行浆颇似壮，拔节差觉健。

此后祝再霈，饼饵庶可膳。

主善斋

道德为虚位，善诚道德桢。
刻当存此念，肫足感他情。
是主非私主，无营而有营。
东平称最乐，我亦久堂名。

桢：古代打土墙时所立的木柱，泛指支柱。
肫：诚恳，真挚。

花韵轩口号

花韵何宜宜是春，三春曾未一檐巡。
千红万紫都过了，笑问谁知此韵真。

对云楼

碧云白云云之真，青云绿云云之假。
今来岩楼之所对，乃是其假非真也。
虽然予更有后言，真假自是虚名写。
楼乎云乎林叶乎，却笑循名责实者。

松篁馆

童童满院布苍云，云里璈声落可闻。
设使五弦相唱和，正宜即景谱南薰。

童童：茂盛貌。
璥：古乐器名。
南薰：原谓和缓的南风。此指《南风》歌。相传为虞舜所作。

观畴楼

园楼枕石墙，墙外坦田畴。
登楼无他观，观畴农事筹。
春雪及春雨，非阙亦非优。
二麦与大田，布种良已周。
夏初微觉亢，随霑四寸侔。
未敢即言喜，而实稍解忧。
惟祈更大霈，庶可歌有秋。

二麦：大麦、小麦，两种不同的麦类植物。

竹净室

新笋欲成林，老屋越因净。
萧萧低拂窗，森森密护径。
未可长物厕，恰喜古编映。
宜听更宜望，入画复入咏。
只惜弗久坐，于兹悦神性。

厕：参与，混杂在里面。又古同“侧”，旁边。

乾隆四十一年

题春可轩

春可于何可，馤然总惬情。
风和与日丽，柳暗更花明。
画意随心写，诗裁触目成。
乐同农父处，润土起新耕。

馤：香气浓烈。

对云楼

千林叶态各殊致，或绿或丹枯菀分。
只有山楼占佳趣，四时恒此对青云。

德生轩有会

蒙吏有良语，开天者德生。
静堪悟理趣，动莫杂私情。
春被物而鬯，水流风以行。
凭轩偶掞藻，心亦泯将迎。

蒙吏：庄子的代称，因庄子曾为蒙漆园吏，也称作“蒙庄”。
掞藻：铺张辞藻。此处指题诗吟句。

镜烟斋

一池镜水蔚春烟，照物难分媸与妍。
小立怵然因自惧，斯缘有蔽致明捐。

观畴楼

层阁出墙头，推窗纵远眸。
载阳方及节，俯野恰观畴。
绝胜玩山水，恒斯系乐忧。
春云时作雨，尺泽冀兴耰。

载阳：载，始；阳，暖和。意为春天的气候开始暖和起来。
绝胜：远远胜过。
耰：古代的一种农具，用于弄碎土块、平整田地，形似木槌。

东园观麦

仲春暮春雨时沾，秋麦春麦苗胥茂。
大胜往岁愁陇乾，而我适值东巡狩。
兹来方逮夏之至，结穗饱满熟已透。
奄观铚艾堆圃场，亦有栖亩收未就。
是宜时旸资毕获，昨近小雨乃频遘。
心期云散日以暄，无刻不因农务究。

奄观铚艾：奄观，尽观、视察意。铚艾，收割，引申指收获。艾，通“乂”。《诗·周颂·臣工》：“命我众人，庤乃钱镈，奄观铚艾。”毛传：“铚，获也。”

对云楼

绿云恒在山，对之四季无向背。
白云或在天，对之一时有憎爱。
望雨而爱望晴憎，方寸何曾有定情。
不如绿云无忧喜，后凋之色恒如此。

观畴楼口号

收麦堆场禾满田，如油绿色蔚芊芊。
今朝拾级凭观处，遥祝秋成意更虔。

芊芊：用以形容植物柔嫩、细软并有生气的样子。

花韵轩

已过三春候，谁称万物华。
幻中付荣谢，静里悟根芽。
雁去书空杳，燕来窥栋斜。
文轩韵恒在，何系有无花。

乾隆四十六年

熙春园

楼门未过四年整[①]，趁暇一游属偶然。
石火居诸诚迅矣，化城乾闼可同焉。

几曾翰席多时坐，虽有华灯只昼悬[②]。

万物熙春含大造，小民怀保系予鲜。

① 自丁酉至今辛丑，不涉是园者，凡四年矣。

② 司苑者灯节例亦悬灯，然从未一至此夜赏也。

石火：原指击石发出的火花，因其一发即灭，用以比喻岁月易逝，人生短暂。

化城乾闼：佛教语。化城、乾闼均指一时幻化的城郭，即海市蜃楼。

主善斋

书斋颜主善，仁祖昔年题。

元长四序首，天工两语齐。

亚盆莓已绽，拂牖柳将稊。

底是对时句，惠孚莫漫稽。

仁祖：指康熙皇帝。康熙庙号圣祖，谥号仁皇帝，多尊称圣祖仁皇帝。

稊：树木再生的嫩芽，杨柳新生的枝叶。

嘉庆朝

嘉庆六年

熙春园观麦

园额熙春复道通，几闲观麦验时丰。

壁诗敬诵钦先泽，田稼常殷重岁功。

百顷平原滋普洽，九分京甸获欣同[①]。
西成遍稔心方慰，虔祝康年吁昊穹。

① 本年春雨沾足，麦收丰稔。兹据直隶总督姜晟奏报，十分者四县，九分有余者六十九州县，九分者二十二州县，八分有余者三十七州县，八分者九州县，七分有余至六分有余者七县，合计通省约收九分。春田普获，钦感昊慈。尚冀旸雨应时，大田遍锡康年耳。

岁功：指一年农事的收获。汉 王符《潜夫论·爱日》："竟亡一岁功，则天下独有受其饥者矣。"

康年：指代丰年。

昊穹：犹苍天。

嘉庆八年

仲春熙春园省耕别墅即景偶作

名园百余年，熙春仁祖额。
境在长春南[①]，别墅吾新辟。
窗北有流泉，假山叠奇石。
绝无雕缋施，插架唯古籍。
省耕切民依，播种趁嘉泽。
滋培庶汇繁，生机茁新碧。
昔我皇考时，常莅兹观麦。
小子衷敬承，择暇问阡陌。
教穑重田功，往训著简册。
黜华为众先，守朴终受益。

① 园在长春园东南，有复道可通。

雕缋：犹雕绘，雕刻绘饰。缋，通“绘”。

省耕：意指古代帝王视察春耕。语出《孟子·梁惠王下》：“春省耕而补不足，秋省敛而助不给。”

民依：指民心所向。

阡陌：田间纵横交错的小路及边界。此借指农作。

陇香馆

民食范畴著，三时农事长。
耕耘尽人力，饼饵发新香。
最喜麦禾秀，漫欣花柳芳。
田功偶探讨，省岁愿丰穰。

三时：指春、夏、秋三个农忙时节。元稹《茅舍》有“我欲他郡长，三时务耕稼”句。

熙春园

含润斋

岁首祥霙布，京畿润遍含。
新耕醲泽溥，广甸渥膏覃。
可冀雨旸顺，全蒙稼穑甘。
观农悯民苦，大有望登三。

祥霙：雪的别称。

大有：《周易》卦名，指民以食为天，昌隆通泰，祈求好运之意，亦指大丰收。

登三：亦“三登”。指天下太平，亦谓五谷一年三熟。

观水有会

方池汇澄泓，心源印清洁。
不涸亦不盈，虚受理通彻。
叠石引溪流，晶莹喷玉屑。
谁见天台奇，漫拟千尺雪。
佳境辟熙春，几闲自娱悦。
棂窗接素波，湛湛灵台澈。

天台：山名。唐 李白《梦游天姥吟留别》：“天台四万八千丈，对此欲倒东南倾。”

省耕别墅

辟田百亩验农功，深沐春膏远近同。
尽厌蝗蝻兆收获，遍兴耕种趁和融。
漫欣庶卉敷繁丽，最喜来牟望稔丰。
尤愿雨旸征肃乂，康年普锡八埏中。

蝗蝻：蝗的幼虫，也叫跳蝻。宋 苏舜钦《有客》诗：“蛮夷杀郡将，蝗蝻食民田。”

庶卉：众草，群花。

来牟：亦作“来麰”，古时大小麦的统称，诗作中常用为咏麦之典。

肃乂：安定，天下太平。

八埏：即八殥，边远之地。《淮南子·坠形》：“九州之外，乃有八殥。”

陇香馆

新麦连畦绿，含膏满陇香。
溶溶翻浪碧，叠叠漾云黄。
茂对嘉生畅，虔祈众植穰。
西成系遥念，大有望年康。

听泉

隔窗有流水，入耳韵瑽琤。
激石如调瑟，含风若奏笙。
盈科相戛击，就下汇澄泓。
雅合静中听，心源养洁清。

含润斋

御园地暇辟农田，观麦授时敬继先。
境额熙春千亩举，轩同淳化四方宣[1]。
南东陇接黄云漾，西北山横翠嶂连。
晴雨筹量生百谷，虔祈天赐屡丰年。

① 斋在熙春园省耕别墅，地与长春园淳化轩相近。

新晴熙春园观稼

甘雨优沾万汇熙，密云保定报同时[1]。
深叨昊眷泽全被，敬省岁功收可期。

新爽驱炎润山色，畅晴豁雾濯林姿。

遍观多稼欣芃茂，又盼齐东报透滋。

① 据总督颜检、提督特清额各奏报，保定府属及古北口内外，俱于二十三日得雨霑足。感沐天恩，益深寅畏。

省耕别墅

春省耕为东作初，秋省敛则田功毕。

三时勤苦农事劳，所幸雨旸征协吉。

今岁天恩感渥优，百谷有收仓廪实。

民食既足盗窃稀，比户安闲悉宁谧。

别墅新开景物清，秋光高朗悬皎日。

乐岁对育衷略抒，尤愿太和普洋溢。

东作：春耕。春位于东，岁始于春，方春耕作，是为“东作”。

皎日：明亮的太阳。

乐岁：丰年。

嘉庆九年

省耕别墅

农事始于春，东作劳民力。

别墅验田功，时玉润众植。

省耕授人时，知依衷敬识。

尤愿旸雨调，千亩茂黍稷。

长养既繁多，登仓计万亿。

总俟昊恩施，绥丰遍郡国。

时玉：借指雪。

人时：指有关耕获的时令节气，亦指历法。

陇香馆

农功盛春夏，小民事耕耘。
油油育嘉谷，接陇翻黄云。
香风拂阡陌，远胜花木芬。
延瞩验物候，知艰怀力勤。

油油：形容光润。

嘉谷：古以粟（小米）为嘉谷，后为五谷的总称。

力勤：勤勉；勤劳。汉 王充《论衡·命禄》：“命贫以力勤致富。”

含润斋

冬雪乐繁滋，春膏复沾足。
土脉润遍含，畎亩溥优沃。
新耕农事稠，耘耨相连续。
愿锡我丰年，绥屡调玉烛。

畎亩：田间，田地。

耘耨：犹耕耘，一般指中耕措施。

绥屡：即“绥万邦，屡丰年”，语出《诗·桓》。意为万国和睦，连年丰收。

玉烛：谓四时之气和畅。形容太平盛世。

熙春园观稼

季夏旸雨喜和调，时有快澍霏中宵。
夜沛昼霁合农谚，西成希沐天泽饶。
午前咨政乘几暇，肩舆莅止观多稼。
欣见禾黍盛陌阡，漫览花柳纷亭榭。
民艰系念重田功，知依力穑古籍同。
孜孜宵旰何所愿，所愿直省歌绥丰①。

① 田家杂占云：天下太平，夜雨日晴，言滋盆禾黍而不妨工作也。自月朔以来，屡应此占。于兹园量验地脉，流览嘉生，已极青葱芃茂，想见四野同斯润景，稔获可期。尤冀六合内树艺之区，均沐休征，绥丰遍告，则目前所遇与心之所期，皆适我愿矣。

含润斋

夏雨生庶植，虚斋润遍含。
林阴全茂密，田泽盆优覃。
湛碧拖平沼，凝青滴远岚。
陇头多稼盛，阶畔众芳馣。
花事姑停赏，农功喜畅探。
西成遥系念，普愿沐和甘①。

① 时际三庚，芸生畅发。迩日雨旸应候，溽润繁滋，想见禾稼盈畴，扬花结实，有秋可卜。惟普愿寰宇共沐和甘，西成均臻稔获，俾闾阎富有盖藏。偶揽景光，萦心在远，盖念之所切，不觉形诸吟咏矣。

馣：香气。

省耕别墅

民为邦本食民天，省岁观农八政先。
范著九畴敛福锡，豳歌七月纳禾连。
雨旸既协昭乾佑，黍稷斯登庆稔年。
别墅辟田欣茂育，较诸花柳倍清妍[①]。

① 古来致治保邦之道，所亟者，谋生民之安而裕生民之食。是以九畴所衍，七月所陈，其劭农重谷之意，不啻再三告诫。至田功毕而万宝成，则庆之于公堂，颂之于祖庙，诚以屡丰即绥万之本也。故箕风毕雨，夏长秋收，九重之较课殆甚陇亩者，职是之由耳。

八政：古代国家施政的八个方面。《尚书·洪范》所指为食、货、祀、司空、司徒、司寇、宾、师。

九畴：即《尚书·洪范》中夏禹所提出的治理天下必须遵循的九条大法。

豳歌：指《诗·豳风·七月》，该诗描写了周代农夫一年四季生产与生活图景。

省耕别墅

秋巡沿路验农功，感沐天恩岁屡丰。
宜雨宜旸咸润泽，多稌多黍遍盈充。
阶前雅馥飘庭菊，山外清光落塞鸿。
别墅来游非问景，幸逢年稔庆攸同。

稌：即稻，《诗·丰年》有“丰年多黍多稌”。或特指糯稻，粳稻。

嘉庆十年

仲春熙春园

东作初兴农事繁，欣看众植遍滋蕃。
熙春岂为观花柳，廑念民依国本源。

柳溪一带接平桥，暖气昭融冰暗消。
霢霂敷滋生意畅，春华展拓六符调。

霢霂：亦称“霢”或“霂”，指代小雨。

六符：古人认为天分为“三阶”，或称“三台”，每台二星共为六星。符是每星相应的符验，即天象与世事的对照反应。后用为咏盛世太平之典。

陇香馆

春园花柳芬，阳和已遍满。
最喜宿麦萌，陈根应候暖。
发育群汇舒，逢年免涝旱。
茂对览田功，调御环律琯。

宿麦：麦子头年秋季种下，次年夏日始收，故称宿麦。

陈根：逾年的宿草。

律琯：同“律管”。古代用作测候季节变化的器具。

含润斋

百顷辟甫田，顺时观稼穑。
耕作勉勤劬，小民实劳力。

知依曷敢康，图治尽君职。
新润广甸敷，含英茂众植。

省耕别墅

田功王政先，东作勤举趾。
御园畎亩开，宿麦新颖起。
别墅敞佳辰，蜃窗俯兰沚。
清风漾池塘，麴尘叠绿水。
润景满平皋，农事方于耜。
斋心答天恩，见龙近雩祀①。

① 每岁春深夏首，间得雨泽，仅或足以接润。故当常雩大祀时，心切祷祈，恒殷吁恳。今岁自仲春来，涊溦数次。清明节，适协休征。至季春十八日，驻跸潭柘行宫。是日，密雨滂沱，漏阅四时，土占深透。二十日，驻跸静宜园。又复霡霂继滋，稠叠春膏，殊称罕觏。此皆上天锡祉，诚感诚欣。近将有事雩坛，惟预蕴诚恪之衷，敢以答昊施之厚。弄田对景，已切斋心。

王政：语出《孟子·梁惠王下》“王政可得闻与”句，指统一天下的理想政治方案。

佳辰：美好的时光，亦作“佳晨”。

沚：水中的小沙洲。

麴尘：原指酒曲上所生的霉菌，色淡黄如尘。此借指柳条，形容嫩柳叶色鹅黄。

见龙：农历二月初二，俗称龙抬头。据《易经》说法，此前虽属春天，但还蛰伏，称之为“潜龙在渊”。其后阳气上升，春意隐约可见，故曰“见龙在田”。

雩祀：皇帝孟夏之月祀天祈雨之礼。

省耕别墅

连旬沐甘雨，透润助田功。
二麦幸全获，三时已兆丰。

天慈实优渥，民食庶盈充。
御苑验农候，垅头觇土融。

觇：察看，视看。

含润斋

弄田辟御苑，观候验农功。
五谷生民赖，三时力作同。
屯云阡陌漾，沃雨土膏融。
透润培嘉植，含英庶兆丰。

弄田：古代帝王宴游之田。此处指御苑中供清帝耕作、观赏的田地。
屯云：亦称“积云”“聚云”，指积聚之云气。

陇香馆

穲稏薰风拂，黄云漾陇长。
雨膏时接润，饼饵早含香。
泽已蒙沾足，年堪望稔穰。
授时悦心目，慰念兆民康。

穲稏：稻禾摇动貌。

嘉庆十一年

熙春园观麦

小民生计荷昊慈，昨冬欣得盈尺雪。
沮洳遗蝗必尽除，芳郊宿麦连塍列。
御苑辟田验歉丰，青青压垅遍南东。
嫩含碧颖浥夜露，浅泛绿浪翻和风。
耕作萦心念畎亩，岂有闲情玩花柳。
愿普八埏庆康年，屡绥敬俟天恩厚。

沮洳：低湿之地。

遗蝗：即蝗卵。宋 苏轼《雪后书北台壁》："遗蝗入地应千尺，宿麦连云有几家。"

熙春园观麦

农民生计最关心，春往夏来候渐深。
翠颖垂垂铺垅首，黄云叠叠漾溪浔。
近畿幸可卜成熟，远服还希遍作霖。
娱目未能慰宵旰，屡丰普锡副予忱。

嘉庆十二年

省耕别墅

念切民依无逸篇，御园隙地辟良田。

较晴量雨夏秋继，获麦耘禾阡陌连。
省岁三时农少暇，叙畴八政食为先。
几闲观稼欣繁茂，愿普垓埏遍有年。

无逸：周公旦归政成王时，恐其安于享乐，乃作《无逸篇》以诫之，望其了解民众疾苦，体察稼穑艰难。典出《尚书·周书》。

垓埏：天地边际，指周边极远之区。汉 司马相如《封禅文》："上畅九垓，下溯八埏。"

嘉庆十三年

省耕别墅

析木观农春返跸，芳园首夏畅敷荣。
陌阡开垦植禾麦，膏泽滋培较雨晴。
千亩耘锄始东作，三时劳苦望西成。
嘉生满目欣繁衍，远胜亭台花柳萦。

析木：星次名，十二星次之一。与十二辰相配为寅，与二十八宿相配为尾、箕两宿。

嘉庆十四年

省耕别墅

长养应时收二麦，千畦秀颖漾薰风。
夏初甘雨繁滋透，茂育嘉生庆岁丰。

观农殊胜玩群芳，碧浪翻云逾尺长。
候届来牟将刈获，欣看稻垅布新秧。

嘉庆十五年

省耕别墅

穑事诚为民要务，省耕举趾始于春。
麦收禾获仓箱积，夏长秋成旸雨匀。
御苑辟田识丰歉，群黎力作悯艰辛。
豳风景象天然备，揽胜漫寻水石滨。

仓箱：本指仓廪和载车，后以咏丰收之典。
水石：指流水与水中之石。或犹泉石，多借指清丽胜景。

嘉庆十六年

熙春园观麦

跸途看茁垅，新麦遍郊原。
省岁重民事，观农始御园。
碧云迎日绚，翠浪趁风翻。
远胜闲花柳，漫探金谷繁。

嘉庆十七年

熙春园观麦

渥泽知时洽垅头，畅观麦颖茂平畴。
午风叠绮绿翻浪，晓露含珠碧滴油。
宜植大田慰农愿，漫寻芳墅寄吟眸。
还祈暄润合其序，直省连章报有秋。

嘉庆十八年

省耕别墅

省耕跸甫旋，畎亩待润泽。
御园东南隅，辟田趁地隙。
柳溪板桥连，浓阴映阡陌。
农功最切心，得雨庶收麦。
日照云影黄，风翻浪花碧。
何时浃醲膏，远迩咸有获。

嘉庆十九年

熙春园观麦

长春园东南，千亩弄田置。
路远不频来，观麦偶临莅。

亟待含沃膏，畎亩润未积。
翻风云叠黄，映日浪浮翠。
有获百室安，黎民生命寄。
渴愿遍敷滋，丰年为上瑞。

上瑞：上等的吉利。

省耕别墅

别墅开御园，田功时自省。
夏秋协雨旸，稔象欣引领。
低黍及高禾，实栗而实颖。
凉飔漾黄云，香风送千顷。
近京幸逢年，民安消旧眚。
余孽尚萦怀，何日化顽梗。

眚：灾难、疾苦。见张衡《东京赋》：“勤恤民隐，而除其眚。”
余孽句：此指在逃的天理教起事者。

嘉庆二十三年

省耕别墅

御苑熙春辟甫田，省耕务本系民天。
灵潭步祷虽微洒，尚待甘膏宿润连[1]。

① 昨诣黑龙潭祈雨，即沐霡霂微沾，惜未及寸。虔望渥沛醲膏，敷田滋麦。

播种辛勤粒食供，有年仍冀力田逢。
尽人事可沾天泽，八政由来首重农。

嘉庆二十四年

省耕别墅

弄田数顷辟熙春，几暇观农验远畇。
风叠浪痕青麦垅，烟笼线影绿扬津。
先之力尽耕耘足，继以时和旸雨匀。
玉食应知庶民业，经年胼胝实艰辛①。

① 熙春园旧有弄田数顷，辟自先朝，以备几余观省，俾知稼穑之艰难。盖农夫力穑，自春耕、夏耘、祁寒、暑雨，胼胝经年，勤劳遍历，然后百谷用登。所谓粒粒皆辛苦也。人君深宫安处，玉食万方，岂可不知所自。此予所以每岁必于近畿省耕，而于此又开别墅也。

陇香馆

八政食为先，自昔民依重。
春耕植良苗，夏耘去莠茸。
秋成刈获连，冬藏仓廪拥。
四时鲜安闲，劳力相接踵。
田功稍怠荒，难望香盈垄。
知艰安其生，莅治除烦冗。

含润斋

盼雨生群植，斋前润未含。
日烘红药灿，烟羃绿杨酣。
远峤霞舒紫，方塘波滴蓝。
良田亟待泽，验候麦秋探。

红药：指红色的芍药花。

嘉庆二十五年

熙春园观麦

肩舆缓度跨街楼，柳满池塘麦满畴。
春泽滋培夏长养，午风轻漾翠云浮。

弄田旧辟验农时，稼穑艰难物土宜。
人力尽斯天泽至，生民攸赖戒荒疲。

绮春园

绮春园系圆明五园之一，居圆明园福海和长春园以南，中有园门相通，是由若干个皇子皇女和王公大臣的赐园相继连缀而成，最终占地54.3公顷。乾隆三十四年（1769），清廷将原大学士傅恒的“春和园”收回，更名“绮春园”。作为御园，乾隆时期有两次较大的修建，一是三十八年（1773）以前，绮春园添建宫门、虎石大墙、增建正觉寺等；二是乾隆六十年（1795），将原傅恒与和嘉公主的赐园进行了大规模拆建。嘉庆亲政后，绮春园不断向东、西、南方向扩建。基本可分为三个阶段：一是初期，新建西爽村、含淳堂、展诗应律、四宜书屋、涵秋馆、敷春堂等景区，集成“绮春园三十景”；二是中期，添建新宫门、勤政殿、中和堂、凤麟洲、鉴碧亭等东路景观；三是后期，在西路南部添建招凉榭、湛清轩、畅和堂、澄心堂、惠济祠、河神庙等。又集成“绮春园新二十景”。在圆明五园中，绮春园虽成园较晚，但其充分利用山形水系，逐步形成疏密相间，虚实相和的优美园林。道咸时期，园内增添改建景观不多，其中，东路和中路主要为皇太后寝宫及游乐之所。

绮春园

嘉庆朝

嘉庆六年

来薰室

习习南熏静里来，纱棂洞启八窗开。
招延爽籁中庭敞，扇被清风广厦恢。
念系小民怨暑雨，忧深余孽鼓氛埃。
西南何日方消劫，筹笔惭非将将才。

绮春园泛舟即景得三绝句

金风散净一天云，爽豁晴空印碧纹。
试放兰桡问新景，缱怀庶姓尚纷纭。

兰桡：小舟的美称。出自唐太宗《帝京篇》之六：“飞盖去芳园，兰桡游翠渚。”

荷疏苹白恰初秋，扫尽顽云西岭头。
回忆连旬苦霪雨，何时河复可纾忧。

君民一体舟依水，相共安危胞与亲。
水涸舟胶难寄迹，为君曷可不怜民。

嘉庆七年

含秀室

山水有真秀，萧然一室含。
清音来远渚，古黛罨遥岚。
活画列青岫，闲心印碧潭。
息机观物妙，仁智乐相参。

息机：息灭机心。唐 杜甫《将赴成都草堂途中有作先寄严郑公》诗："侧身天地更怀古，回首风尘甘息机。"

茗柯精舍

妙选芳芽品玉泉，竹垆妥置及时煎。
能消尘念生清爽，两腋风来觉静便。

夏日绮春园

雨足春光方绮丽，今春总未沐甘膏。
峰头时吐云容薄，树杪频添风势豪。
愁对麦苗萎南亩，厌看柳色染东皋。
亭台溪壑徒佳妙，盼泽筹戎心绪忉。

东皋：水边向阳高地。也泛指田园。晋 陶潜《归去来兮辞》："登东皋以舒啸，临清流而赋诗。"

忉：忧虑。

仲夏绮春园

畿甸麦甫收，又盼大田茂。
养民荷上苍，群生咸在宥。
卉木溥繁滋，芳园清景富。
日望残孽消，困兽犹争斗。
三省转输劳，哀黎速拯救。
何心玩物华，协和祈帝佑①。

① 自剿办邪匪以来，川、楚、陕三省之民，防堵挽输，劳犹未息。唯祈上苍锡佑，速靖戈鋋。俾群黎各安生业，咸庆协和，庶遂予对时育物之怀尔。

在宥：语出《庄子·在宥》："闻在宥天下，不闻治天下也。"成玄英疏："宥，宽也。在，自在也。"后多用以赞美帝王的仁政与德化。

绮春园季夏

今岁旸雨庆知时，吁嗟去岁普被潦。
遇灾而惧转丰穰，盈虚感召钦天道。
民食既足邦本坚，蕃育生成荷苍昊。
更盼三省捷奏连，摧枯拉朽氛全扫。

绮春园即景书怀

岂独春园景方绮，临秋山水倍清佳。
云光映树青排岫，溪影含风碧绕阶。
禾可望收慰农愿，兵仍难彻廑予怀。
高旻垂鉴速旋转，三省平安兆庶谐。

高旻：高天。晋 陶潜《自祭文》：“茫茫大块，悠悠高旻，是生万物，余得为人。”

嘉庆八年

仲春绮春园

四时皆好春尤绮，鸟语花香锦绣敷。
五色晴霞烘远岫，一奁新水满平湖。
亭台竞胜开佳境，桃杏争妍发旧株。
暂向卷阿寻雅概，无须海外觅方壶。

五色：指青、黄、赤、白、黑五色，也泛指各种色彩。古代以此五者为正色。

卷阿：泛指蜿蜒的山陵。明 许潮《龙山宴》：“重阳风雨恶，登临无奈天何。徙倚杖，望卷阿。”

方壶：传说中神山名。《列子 · 汤问》：“渤海之东，不知几亿万里，有大壑焉……其中有五山焉：一曰岱舆，二曰员峤，三曰方壶，四曰瀛洲，五曰蓬莱。”

嘉庆九年

绮春园泛舟即景

绮春境辟御园南，兰桨徐开十亩潭。
碧荇牵风清气漾，朱华映日净香含。
柳铺密幄汀边接，云幻奇峰波底探。
倒影空澄天水永，远山飞翠浸虚岚。

季秋绮春园

宇宙澄清九月秋，南塘午泛弭兰舟。
疏林罨画霞翻叶，浅濑含光石激流。
气爽欣逢佳境迥，天高不见片云浮。
年登兵戢衷诚慰，几暇芳园作雅游。

浅濑：流得很急的浅水。

初冬绮春园

元冥律转小阳春，品汇咸蒙大造仁。
绿野普收登宝稼，黄绵广被福蒸民。
一林锦叶张佳绘，三径幽香远俗尘。
率土乂安衷始慰，趁闲翰墨偶相亲。

元冥：即玄冥，深远幽寂。亦借指太空。明 何景明《告咎文》："乘元冥以丞行兮，乃觐帝于太微。"

小阳：旧时以"夏历"十月为一年之始，叫"阳"，故将十一月称为"小阳春"。

蒸民：众民，百姓。

嘉庆十年

初夏绮春园

芳园花事盛三春，首夏欣连品汇新。
灼烁艳翻红药砌，冥蒙烟幕绿杨津。

云岚掩映开峰幔，霞渚苍茫皱麹尘。
池馆清佳聊寓目，耕耘劳力轸农民。

三春：春季三个月，农历正月称孟春，二月称仲春，三月称季春。汉 班固《终南山赋》：“三春之季，孟夏之初，天气肃清，周览八隅。”

绮春园三十景 依上下平韵

敷春堂

春冠四时董岁功，敷宣善政廑深衷。
高堂题额堂开北，佳境拈吟境辟东。
松茂竹苞屏画梠，俭崇奢黜去雕栊。
卑宫敕政法先圣，攸芋符占叶栋隆。

董岁功：董，本义是鼎董，一种比蒲草细小的草；假借为监督、管理。岁功，指一年农事的收获。金 元好问《杂著》诗：“田家岂不苦？岁功聊可观。”

梠：屋檐。

栊：窗棂木。亦借指房舍。

栋隆：屋栋高大隆起。

鉴德书屋

临民图治愿时雍，正己修身士庶从。
鉴古克明循二典，知依寅畏法三宗。
绍言勉继心无逸，建极励精德有容。
书屋题楣勤内省，岂因游豫忽严恭。

二典：《尚书》中《尧典》和《舜典》的合称。

寅畏：敬畏，恭敬戒惧。《尚书·无逸》：“严恭寅畏，天命自度。”蔡沈《集传》：“寅则钦肃，畏则戒惧。”

翠合轩

绿荫浓敷欣昼静，坐忘尘虑道心降。
扶疏旭印层层槛，飒爽风来面面窗。
曲阁花香绕几馥，芳池鱼影跃波淙。
合成翠幄舒吟眺，雁齿回栏放小艭。

凌虚阁

室中小阁接檐楣，怡志凌虚俯众卑。
翠挹琅玕铺曲径，碧浮荇藻漾清池。
遥含林影分佳荫，低鉴波光叠锦漪。
爽气招延消溽暑，天涛谡谡下乔枝。

琅玕：比喻光滑美好的竹子。明 刘兑《金童玉女娇红记》：“珊珊，蓦听的竹响琅玕。”

荇藻：多年生草本植物，叶子略呈圆形，浮在水面，根生在水底，花黄色，蒴果椭圆形。

协性斋

培养天和理万机，观民鉴我勉知微。
芸编玩味先言守，载籍探寻古圣希。
性海圆明无障碍，心田充实有光辉。
协时化俗遵王路，克己力勤式九围。

芸编：指书籍。芸，香草，置书页内可以辟蠹，故称。宋 陆游《夏日杂题》诗：“天随手不去朱黄，辟蠹芸编细细香。”

圆明：佛教语，谓彻底领悟。

协时：按时。

澄光榭

临池敞榭景清舒，云影天光妙集虚。
逸韵摇风来绿箨，芳姿出水立红蕖。
静聆觅友巡檐雀，乍见浮波在藻鱼。
坐觉新凉满栏槛，无边爽气袭衣裾。

箨：竹笋上一片一片的皮。唐 李峤《为百寮贺瑞笋表》：“绿箨含霜，紫苞承雪。”

红蕖：红荷花。蕖，芙蕖。唐 李白《越中秋怀》诗：“一为沧波客，十见红蕖秋。”

问月楼

冰轮万古丽天衢，圆缺阴晴景各殊。
若使清光常遍满，自然昏夜不模糊。
如恒漫拟银蟾窟，有象争攀仙桂株。
凭槛拈题舒逸兴，岂同诗客劝提壶。

冰轮：指明月。宋 苏轼《宿九仙山》诗：“夜半老僧呼客起，云峰缺处涌冰轮。”

天衢：天空广阔，任意通行，如世之广衢，故称天衢。

银蟾：月亮的别称。神话传说月中有蟾蜍，故称。唐 白居易《中秋月》诗：“照他几许人肠断，玉兔银蟾远不知。”

仙桂：神话传说月中有桂树，称之为“仙桂”。

我见室

东壁披图室额题，本来面目露端倪。
画中模范欣堪肖，镜里形神喜可稽。
我即伊兮伊即我，迷由悟也悟由迷。
坐看奚必论真幻，眼识相忘与物齐。

蔚藻堂

观乎人文化天下，蔚成华藻畅吟怀。
山光水黛有真趣，鸟语花香乐静佳。
言志孚情六义备，拈题咏物四声谐。
几余遣兴非饶舌，岂慕词坛李杜侪。

六义：诗经学名词。语出《诗·大序》："故诗有六义焉：一曰风，二曰赋，三曰比，四曰兴，五曰雅，六曰颂。"一般认为风、雅、颂是诗的分类；赋、比、兴是诗的表现手法。

四声：古汉语声调的四种分类，表示音节的高低变化，包括平声、上声、去声和入声。

蔼芳圃

遍植群芳老圃开，和风吹万茁陈荄。
扬蕤四照芬菲彻，敷润三春雨露培。
渐觉秾华纷众卉，欣看清荫布高槐。
应时品汇舒生意，延赏何须羯鼓催。

羯鼓：我国古代一种鼓，腰部细。据说起源于羯族。

镜绿亭

方亭据胜建溪滨，锦水沦涟清绝尘。
细縠含风摇绿藻，虚奁映日跃金鳞。
小洲曲折通前岸，浅浪回旋达远津。
又见朱华冒芳渚，午飔徐送净香蘋。

淙玉轩

回廊相接轩中起，平跨芳溪内外分。

薄縠翻波流活活，清音淙玉转沄沄。
低含柳荫拖长缕，虚挹荷香漾锦纹。
凭槛观澜心静契，真空性水不闻闻。

沄沄：水流回旋的样子。王逸《九思·哀岁》：“流水兮沄沄。”

闻闻：语出《庄子·则阳》。本谓听到曾经听过的，引申为随时可以听到。

舒卉轩

披拂春风廿四番，千葩万卉绽芳园。
娇姿尽绕连廊砌，艳质偏宜近水轩。
濯雨烘晴绚颜色，舒苞落瓣觉纷烦。
应知古朴常留馥，松竹能余冰雪痕。

竹林院

竹林深处现经坛，大士如如具妙观。
五蕴全空除色相，一尘不染舞檀栾。
慈云遍阴莲台耸，甘露敷施法界宽。
愿济迷津登宝筏，化行震旦兆民欢。

五蕴：蕴，为梵文音译，即色蕴、受蕴、想蕴、行蕴、识蕴五种。佛教认为：世间一切事物，包括人的生命个体均由五蕴和合而成。

檀栾：秀美貌。诗文中多用以形容竹。唐 王叡《竹》诗：“成韵含风已萧瑟，媚涟凝渌更檀栾。”

宝筏：佛教语。比喻引导众生渡过苦海到达彼岸的佛法。唐 李白《春日归山寄孟浩然》诗：“金绳开觉路，宝筏渡迷川。”

震旦：古代印度对中国的称谓。

夕霏榭

夕宇霏霞景可攀，斜阳绚彩满西山。

枫屏耀锦红千片，蓼岸澄波绿一湾。
叶舞沙汀翻灿烂，泉淙石涧泻潺湲。
偶来虚榭探佳致，陶句清新寄兴间。

陶句：指东晋诗人陶渊明的诗句。

清夏斋

凤麟洲址苑西偏，新建书斋意别延。
基荷皇清任诚重，心怀中夏治难宣。
林泉胜境乐徐企，暑雨民劳忧每先。
乘暇停舟步栏曲，漫耽游览念仔肩。

皇清：当时人对清朝的尊称。
仔肩：所担负的任务，责任。语出《诗·周颂·敬之》：“佛时仔肩。”郑玄笺：“佛，辅也；时，是也；仔肩，任也。”

镜虹馆

芳塘右转度虹桥，白石矶头暂系桡。
花艳疏篱红几簇，柳张密幄绿千条。
镜辉皎洁澄前浦，霞彩斒斓逗迥霄。
到此怡然咏新句，清凉妙境暑全消。

斒斓：颜色驳杂，灿烂多彩。

喜雨山房

九霄甘泽敷周甸，解作休徵叶易爻。
有象神膏浃阡陌，无边喜色遍衡茅。
含青麦陇抽新颖，染绿柳蹊拓嫩梢。

坐爱山房景滋洽，烟光幂䍥织堂坳。

休徵：吉祥的征兆。唐 元稹《遭风》诗：“那知否极休徵至，渐觉宵分曙气催。”

衡茅：衡门茅屋，简陋的居室。晋 陶潜《辛丑岁七月赴假还江陵夜行涂口》诗：“养真衡茅下，庶以善自名。”

幂䍥：弥漫。豆卢回《登乐游原怀古》诗：“幂䍥野烟起。”

含光楼　旧名联辉楼，为十一兄住居

联辉昔日雁行聚，鸿影翩翻云路高。
柳下分堋同较射，花间觅句共挥毫。
清谈犹忆凭朱槛，嘉树还看荫碧皋。
偶憩棠阴怀旧雨，绿杨溪畔放轻舠。

雁行：原指排列飞行的雁的行列，亦借指兄弟。

堋：箭垛子，箭靶。

涵秋馆

春生夏长秋成熟，旷览甫田稼穑多。
别馆初开辟堂隩，卷阿新构始游歌。
泬寥佳日层霄迥，澄澈云衢灏景和。
浦净林疏境高朗，霞翻雁影远峰过。

华滋庭

甘泽及时遍滋沃，中庭花木尽敷华。
萧森映旭铺高幄，灿烂翻风簇锦霞。
远浦芳菲朱萼漾，闲阶茂密绿阴遮。
寻幽试泛轻舟去，游衍清溪似若耶。

朱萼：鲜艳的花萼。红花。

苔香室

书室幽闲荫绿杨，前溪解缆步回廊。
烟开荷沼盈庭馥，雨过苔阶满室香。
境静随时观物理，心清遇事自安详。
勤民敕政衷无逸，遣兴来游趁昼长。

虚明境

虚庭闳敞印空明，心镜圆澄内照清。
霞影微茫连雁影，泉声戛击杂松声。
阶前新菊黄英灿，浦里残荷翠盖擎。
最爱秋光悬皎旭，辉腾高宇倍晶莹。

含淳堂

答阳纳影豁平坰，挹爽高堂对碧汀。
层叠石峰开牖见，清泠泉磴隔林听。
菊芬绕座探幽秀，鸿影横霞入窈冥。
写额含淳政难格，闾阎犹未见盈宁。

答：当、对。《尚书·洛诰》："奉答天命，和恒四方民。"

坰：离城远的郊野。《说文》："邑外谓之郊，郊外谓之牧，牧外谓之野，野外谓之林，林外谓之坰。"

窈冥：遥空；极远处。金 元好问《太室同希颜赋》诗："壮矣崧维岳，盘盘上窈冥。"

春泽斋

春宇溟蒙云气升，一犂甘泽应休征。

敷膏有象繁滋洽，润物无声薄雾凝。

既足四郊沛若遍，欣看二麦浡然兴。

斋前茂对符楹额，林霭波烟虚槛凭。

休征：吉祥的征兆。唐 元稹《遭风》诗：“那知否极休徵至，渐觉宵分曙气催。”

水心榭

曲折回廊四面周，水心虚榭景全收。

立汀白鹭浪花溅，穿藻金鳞波影浮。

林幄敷阴风飒爽，泉琴戛响韵清幽。

霞光倒印澄潭底，岚黛苍茫落远州。

四宜书屋

平皋书屋延清赏，游兴政闲足惬心。

春夏秋冬无暇豫，山溪泉石偶探寻。

绿波几曲澄辉印，碧树千章密荫深。

浏览四时调六气，民艰念切勉君临。

平皋：水边平展之地。南朝梁 江淹《自序》：“青春爰谢，则接武平皋；素秋澄景，则独酌虚室。”

茗柯精舍

珍藏佳茗贮都篮，试煮玉泉味至甘。

嫩叶欣传龙井产，枯禅漫向赵州参。

浇诗雅合一瓯足，解渴何须七椀贪。

悦性养和消暑气，凉飔两腋觉清酣。

都篮：木竹篮，用以盛茶具或酒具。唐 陆羽《茶经·都篮》："都篮设诸器而名之。"

赵州：指唐代高僧从谂。南泉普愿禅师弟子，因其住持于赵州（今河北省赵县）观音院，传扬佛教，不遗余力，时谓"赵州门风"。世称"赵州和尚"，简称"赵州"。

七椀：椀同"碗"。唐 卢仝《走笔谢孟谏议寄新茶》诗："一椀喉吻润；两椀破孤闷；三椀搜枯肠，唯有文字五千卷；四椀发轻汗，平生不平事，尽向毛孔散；五椀肌骨清；六椀通仙灵；七椀吃不得也，唯觉两腋习习清风生。"极赞茶之妙用。后即以"七椀茶"作为称颂饮茶的典实。

来薰室

赤伞烘云畏赫炎，南薰习习入疏帘。
消除溽暑凉生簟，披拂轻飔爽接檐。
庭际禽声林外啭，阶前花馥座中添。
心清身逸居佳境，轸念嚣尘遍里阎。

般若观

回环洲屿连诸胜，试泛兰舟漫挂帆。
锦水蹙澜翻碧藻，澄潭倒影印苍岩。
亭亭净植层波出，叠叠余霞极浦衔。
试寄萍踪随荡漾，观同般若远尘凡。

般若：大乘佛教称之为"诸佛之母"。

新秋绮春园

四时妙转旋，春华必秋实。
永夏景舒徐，悠然入玉律。
寒暑迭显藏，如恒夜继日。

敬体上苍心，万古健德一。
不息仰乾元，克勤勉无逸。
芳园灏气盈，凉飙满书室。
原隰验田功，西成届平秩。
欣逢高宇晴，畅启东巡跸。

玉律：玉制的标准定音器。相传黄帝时伶伦截竹为筒，以筒之长短分别声音的清浊高下。乐器之音，则依以为准。分阴、阳各六，共十二律，并以之配十二月。前蜀 韦庄《和薛先辈初秋寓怀》诗："玉律初移候，清风乍远襟。"

原隰：泛指原野。宋 王安石《得子固书因寄》诗："重登城头望，喜气满原隰。"

平秩：谓辨次耕作的先后。《尚书·尧典》："寅宾日出，平秩东作。"孔传："平均次序东作之事，以务农也。"

茗柯精舍

玉泉味甘芳，活火煎竹鼎。
雨前贡浙西，嫩芽试佳茗。
鱼蟹眼浮波，旗枪茁细梃。
一瓯润诗肠，幽芬砚席迥。
得暇偶怡情，岂同吟客等。
心清理万几，镜辉常炯炯。

竹鼎：即竹鼎壶。

旗枪：绿茶名，由带顶芽的小叶制成。茶芽刚刚舒展成叶称旗，尚未舒展称枪，至二旗则老。清 蒋麟昌《南乡子》词："小凤贮都篮，一盏旗枪雨后甘。"

嘉庆十一年

绮春园泛舟

方沼平湖雁齿通，水天相印景空濛。
兰桡缓放柳阴下，新爽徐来两岸风。

雁齿：比喻桥的台阶。唐 白居易《答王尚书问履道池旧桥》诗：“虹梁雁齿随年换，素板朱栏逐日修。”

兰桡：小舟的美称。唐太宗《帝京篇》之六：“飞盖去芳园，兰桡游翠渚。”

锦縠轻翻叠浪花，双鸥拍翅远汀斜。
静观咸若含生趣，心镜光明不掩瑕。

咸若：古人称颂帝王之教化，谓万物皆能顺其性，应其时而得其宜。明 归有光《嘉靖庚子科乡试对策》之三：“古者百姓太和，万物咸若。”

绮春园晴望

宿雨初收霁景含，白云几叠绘遥岚。
林光澹碧分南浦，浪影澄青晃北潭。
鱼跃荷汀远香散，蝉鸣柳岸密阴酣。
授时长养群生畅，观妙集虚物外探。

来薰室

几椽书屋临芳渚，习习南薰入牖来。
栖叶新蝉噪密树，寻巢好鸟啄轻苔。

浇诗佳茗一瓯瀹，延爽疏棂四面开。
妙景天成足吟眺，兰桡又溯碧溪隈。

瀹：煮。

小春绮春园

春冠四时首，发生刻不停。
初冬应节候，暖旭满园庭。
霜点林微绛，风翻叶半青。
松涛飏前渚，雁影写遥汀。
绕砌蛩吟藓，临窗菊送馨。
黄绵欣共乐，煦妪遍郊坰。

煦妪：温暖，暖和。唐 白居易《岁暮》诗：“加之一杯酒，煦妪如阳春。”

嘉庆十二年

绮春园泛舟作

东皇布令韶华美，岚黛波光互旖旎。
南湖新碾碧琉璃，试放兰桡溯芳沚。
岸莎轻碧一溪涵，汀柳微黄万丝弛。
胜赏游心契化机，田功力作方举趾。
如膏好雨愿敷施，润浃绿畴春倍绮。
所欣广甸遍资生，漫咏园林景浮靡。

东皇：指司春之神。

浮靡：浮艳绮靡。

嘉庆十三年

茗柯精舍

湘帘筠几置都篮，茗事宜从午昼探。
鱼蟹泛波佳候转，旗枪沸鼎淡芬含。
碧浮嫩荚芽轻漾，清挹名泉味至甘。
试品半瓯烦暑涤，岂同七椀玉川耽。

湘帘：用湘妃竹做的帘子。宋 范成大《夜宴曲》诗：“明琼翠带湘帘斑，风帏绣浪千飞鸾。”

玉川：本为井名，在河南济源市泷水北。唐卢仝喜饮茶，尝汲井泉煎煮，因自号“玉川子”。

来薰室

书堂启平原，四面清溪绕。
波光叠轻漪，幽芬布曲沼。
绿幄荫葱茏，南薰来树杪。
纱疏新爽延，尽屏尘壒扰。
披襟暑顿消，游心超物表。
晴霞绘长空，朗映远山皎。

尘壒：飞扬的灰土。亦喻指尘世，尘俗。宋 赵抃《题周敦颐濂溪书堂》诗：“清深远城市，洁净去尘壒。”

嘉庆十四年

来薰室

长养方司令，芳园品汇恢。
荫连依岸柳，润接羃阶苔。
北牖疏棂启，南薰密树来。
披襟欣解愠，清景溥亭台。

长养：生长、养育之意。

茗柯精舍

几闲涤心虑，座右置都篮。
芳浥旗枪列，候先鱼蟹探。
茗抽龙井美，水煮玉泉甘。
祛暑胜瓜李，无须七椀贪。

绮春园深秋登楼即目

秋深序近小阳春，佳日登楼眼界新。
绚绮枫屏铺灿烂，涵辉镜沼叠轻匀。
千寻西岭天弥迥，廿载南湖迹已陈。
胜概奚妨一再仿，孰为幻境孰为真。

嘉庆十五年

茗柯精舍

精舍在川上，趁闲偶一过。
名泉煮活火，佳茗掇柔柯。
顿觉暑氛涤，平添吟思多。
清风齐入牖，延爽乐安和。

来薰室

室小轩庭敞，南薰静里来。
花宜沿砌种，窗必向林开。
帘影遥分竹，炉烟低罥苔。
片时契真赏，放棹碧溪隈。

嘉庆十六年

茗柯精舍

水德养心性，名泉出静明。
甘芳味最淡，清洁质尤轻。
上品探佳馥，头纲摘嫩英。
雅吟漫敲鼎，得句独怡情。

头纲：泛指优质春茶。清 黄遵宪《番客篇》："饮酪拣灌顶，烹茶试头纲。"

来薰室

茗事初探讨，南薰习习来。
清声摇砌竹，天籁下庭槐。
帘影笼红药，炉香印碧苔。
燕居观物候，长养溥陈荄。

陈荄：多年生草之根。出自唐 骆宾王《丹阳刺史挽词》：“荒郊疏古木，寒隧积陈荄。”

道光朝

道光三年

诣绮春园问安恭纪

侍养东朝御苑东，绮春春景四时同。
朱轩飞阁辉晴雪，秀水文峰隐碧丛。
懋著徽音彰母德，常承色笑惬予衷。
石衢策骏纤尘净，卓午言旋一棹通[①]。

① 绮春园在御苑之东，年来重加修葺，为侍养东朝之所。新正莅园问安视膳，仰徽音之懋著，喜色笑之常承，洵为宫闱盛事。

东朝：太后所居之所，称东朝。此指道光帝嫡母孝和睿皇后。

徽音：德音，指令闻美誉。多用于形容女子美德。

还绮春园问安恭纪

南郊礼蒇幸芳园，驻马敷春[①]喜问安。
佳境自饶初夏景，璇闱常奉亿龄欢。
青葱嘉荫笼层阁，烂漫名花傍小栏。
曲岸移舟风更爽，湖光浩渺漾晴澜。

① 堂名。

咸丰朝

咸丰五年

十月廿五日，梓宫由绮春园启行至红桥，跪送述哀

呜呼沉瘵两庚年，悲遘今朝虑若煎。
从此一身失仰望，流阴十五幻云烟。

未能执绋心终慊，顷刻暌违恸不胜。
命也惟余数行泪，寸思早已到山陵。

执绋：谓丧葬时手执牵引灵柩的大绳以助行进。《礼记 · 曲礼上》：“助葬必执绋。”郑玄注：“葬，丧之大事。绋，引车索。”

暌违：别离；隔离。南朝梁 何逊《赠诸游旧》诗：“新知虽已乐，旧爱尽暌违。”

绮春园记

圆明、长春二园之东南即绮春园，名虽三而实则一，中有门墙之隔耳。斯园先名交辉，为怡贤亲王赐邸，又改赐傅恒。及福隆安呈进后，蒙皇考定名绮春，遂开通门径，西达秀清村，东接蒨园，豁然贯通矣。顾年久荒废，殿宇间有倾圮，湖泊亦多淤垫，丹雘剥落，基址湫湿。爰自嘉庆六年驻跸御园之后，暇时临莅，弗适于怀。每岁修理一二处，屏绝藻绘，惟尚朴淳。花木遂其地产之茂蕃，溪山趁其天成之幽秀。园境较圆明园仅十分之三，而别有结构自然之妙趣。虽荆关大手笔，未能窥其津涯，而云林小景，亦颇有可观之道也。盖地灵境胜，必有时而显晦。萍水相逢，何莫非因缘所感召乎。

正觉寺东，建立园门。殿额“勤政”，承皇考敬勤庶政之大法。作奕叶云，仍之继绍，触目警心，慎终始怀，永图之至理也。东偏为心镜轩，澄浚心源，镜辉朗彻，不以浮尘掩本性之真常。渐臻充实而有光辉之境，固所愿也。北即敷春堂，春者，仁也，物之生也。上天敷春而生庶物，人君敷仁而育万民，德至大也。西为清夏斋，殿宇宏敞，池水澄洁，有修竹数竿，苍松百尺，薰风南来，悠然自得。何时能使官民浃洽，中夏澄清，阜财解愠，熙皞康和，庶酬考眷于万一焉。后湖东偏即涵秋馆，万宝告成，百昌蕃茂。生于春，长于夏，成于秋，宰制庶物，涵育群生，实天地之常经，古今之通义也。别有虚榭回廊、板桥曲沼，可达生冬室。敬绎圣制生冬诗题奥旨，因以名室。夫贞下起元，一阳来复，万物始生，皆基于冬也。子半枢机，葭灰黍谷，循环不息，资始资生，德至矣哉。人君调元赞化，和燮四时，肃乂符而百谷实，阴阳序而两仪顺，建极中和，体天育物。故堂斋馆室，以春夏秋冬命名之意，念兹在兹，不敢怠忽。岂玩日愒时，只图四时佳致，水木清华乎。西偏为四宜书屋，四序咸宜，八方永泰，庶几感召和甘，岁稔民安可望矣。北有小岛，结构层楼，远仿嘉兴，近规塞苑，额题“烟雨”。叶时若之休徵，窗对峰峦，览周原之胜概。几暇登临，抒怀抱而寄吟思，信可乐也。园北平湖百顷，碧浪涵空，远印西山，近连太液，洲屿掩映，花木回环。殿宇五楹，高深明达，楣梠额曰“凤麟洲”，予别有会心焉。

人君御极，抚绥区夏，养心图治，无欲为本，远屏声色货利之邪径，绝无好大喜功之妄念，鄙求仙之荒诞，斥长生之瞽说。惟一念守成，兢兢业业，不敢暇逸，强勉敬勤，庶几臻于小康之治。宋儒云：“无欲则静虚动直”，诚嘉言也。在上位者，果能无欲，天下亿兆之福也。予修葺斯园，皆因地建造。物给价，工给值，穷黎赖以谋食，所费皆出内帑，毫不取诸外库，诚一举而两得矣。敬读圣制《知过论》，心有所萦系，必有所疏忽，曷敢不恪守先言，萦系于小转疏忽于大乎。凛然自勉，实自箴也。况已臻伯玉知非之年，唯益求久安长治之理，何暇燕游林泉佳境，稍懈勤政爱民之要道哉。是为记。

迎晖殿

迎晖殿，嘉庆时称“勤政殿”，始建于嘉庆十四年（1809），居绮春园南向正宫门内。道光时，为皇太后万寿节接受群臣朝贺的地方。孝和皇太后与孝静皇太后病逝后，亦均于此暂安祭奠。殿之北为七楹后殿“中和堂”，堂北进寿山口即皇太后寝宫区。

嘉庆朝

嘉庆十七年

中和堂

建极致中和，天地咸位育。
大本慎操持，达道归善淑。
宽猛相济之，机括互倚伏。
中节无不宜，毋为情欲逐。
修业必致诚，省衷义理复。
率性偏倚消，能者斯养福。

大本：根本，事物的基础。《荀子·强国》："故为人上者，必将慎礼义务忠信然后可，此君人者之大本也。"

中和堂

至理贯于天地，民受其中以生。
建极立政不倚，持心空鉴平衡。
含和浃洽黎庶，定静可息纷争。
操存一念毋懈，乾坤位育咸亨。

浃洽：普遍沾润。《汉书·礼乐志》：“于是教化浃洽，民用和睦，灾害不生，祸乱不作。”颜师古注：“浃，彻也；洽，沾也。”

咸亨：语出《易经·坤卦》“含弘光大，品物咸亨”。意为“万物得以皆美也”。

嘉庆十九年

中和堂

存心养性政敷宣，立极建中在不偏。
六府孔修民自正，弼予图治望群贤。

立极：登帝位，秉国政。

六府：语出《尚书·大禹谟》：“地平天成，六府三事允治，万世永赖。”指水、火、金、木、土、谷六者为财货聚敛之所，古人以此为人类养生之本。

孔修：治理得很好。《尚书·禹贡》：“四海会同，六府孔修。”

趋邪何术起沉疴，官不因循吏不苛。
共秉丹忱行实政，齐家治国乐天和。

沉疴：久治不愈的病。此指当时社会的各种弊端。

丹忱：赤诚的心。

中和堂

民受生由天地中，养之以福庆攸同。
两端善执合其德，用舍从心赞化工。

用舍：即用舍行藏。语出《论语·述而第七》：“用之则行，舍之则藏，唯我与尔有是夫。”形容人的处世态度，当为世所用时，积极努力去做；不为世所用时，则退而隐居。

蕴蓄仁心养太和，安民育物理包罗。

天时人事胥调燮，品汇咸亨培植多。

胥：全，都。

调燮：合理的安排处置。

中和堂

至和协上下，人受天地中。

七情发中节，位育一贯通。

戾气钟愚鲁，探本由困穷。

修己庶感格，四极扬淳风。

七情：即喜、怒、忧、思、悲、恐、惊七种情志变化。

戾气：邪恶之气。

心纯致中和，民物咸化育。

圣狂分须臾，福祸互倚伏。

立极不偏欹，春生而秋肃。

政治相济成，久道臻雍穆。

雍穆：和谐、和睦。汉 孔融《与韦甫休书》：“万里雍穆，如乐之和。”

中和堂

受中性本善，养正保天和。

念典修身永，集虚获益多。

圣功常定静，世态任骈罗。

义路原平坦，率由勿少讹。

骈罗：骈比罗列。汉 王逸《九思·哀岁》："群行兮上下，骈罗兮列陈。"

嘉庆二十年

中和堂

民受天地中，定命不偏倚。

毓德含精华，养和观事理。

内省无点瑕，必得其原委。

廓然示大公，物来现臧否。

顺应勿先疑，正己除邪诡。

至静处纷烦，澄心如镜水。

臧否：表示褒贬、评论等意思。诸葛亮《前出师表》："宫中府中俱为一体，陟罚臧否，不宜异同。"

嘉庆二十一年

中和堂

勤求为政要，位育致中和。

正己持纲纪，敷言勿细苛。

终身屏物欲，立极去偏颇。

养我心如水，苍生受益多。

嘉庆二十二年

中和堂

天道本无息，圣人贵执中。
养心存淡泊，察理辨和同。
莅政万殊具，致诚一贯通。
懋修果不懈，位育泽盈充。

懋修：勤勉修习。明 陆采《怀香记·绣阁怀香》：“簪缨贵胤传，青年懋修。”

嘉庆二十三年

中和堂

春盎芳园韶序中，广生品物溥群工。
人时敬授农功届，南亩东皋举趾同。

勤修庶政愿惟和，除莠安良志不磨。
化俗渐归五伦道，邪消经正息偏颇。

五伦：即古人所谓君臣、父子、兄弟、夫妇、朋友五种人伦关系，也是处理人与人之间伦理关系的行为准则。

中和堂

受天地中立人极，三才位育理包罗。

用其至当两端执，四表从风溥四和。

三才：指天、地、人。《易经·说卦》：“是以立天之道，曰阴与阳；立地之道，曰柔与刚；立人之道，曰仁与义；兼三才而两之，故《易》六画而成卦。”

四表：指四方极远之地，亦泛指天下。唐 李德裕《谢恩不许让官表状》：“况今四表无事，六气斯和，箫勺可致于治平，文轨尽同於元化。”

四和：古谓太阳运行四方所达到的极限之处。

无过不及谓之中，为善召和臻大同。

上下交而万物育，化行闾里治孚融。

嘉庆二十四年

中和堂

宅中建皇极，位育致中和。

养正存心静，集虚受益多。

用人观事迹，为政去烦苛。

保赤毋纷扰，安民理不磨。

中和堂

乾坤位育致中和，惟愿治平政不苛。

岂尚浮华求俭约，宅心正大化偏颇。

蒙业而安戒妄为，过犹不及益倾欹。

克勤克俭遵谟训，和众执中衷敬持。

倾攲：倾斜，歪斜。《旧唐书·杜审权传》："大厦倾攲而未已，沉痾绵息以无余。"

中和堂

养性致中和，天地同位育。
圣人赞元功，苍生厚泽沐。
藐躬承国基，幸荷升平福。
居安不忘危，敬怠相倚伏。
治政在息民，藏富敷比屋。
无欲至无为，淳风播远服。

元功：大功，首功。《后汉书·冯衍传上》："将定国家之大业，成天地之元功也。"

比屋：家家户户。常用以形容众多、普遍。

嘉庆二十五年

中和堂

立命生身原受中，安心养福蕴吾衷。
日新其德本勤敬，不倚不偏示大公。

达道周敷天下和，祥符六气有年多。
何修致此升平象，正己治人理不磨。

六气：自然气候变化的六种现象，指阴、阳、风、雨、晦、明。见《左传·昭公元年》："天有六气，降生五味。"

敷春堂

敷春堂，位于迎晖殿以北，始建于嘉庆六年（1801）。主殿敷春堂为前后五楹工字大殿，系嘉庆帝主要游憩寝宫之一。道咸时期成为皇太后的寝宫区。殿前为五楹“集禧堂”，殿后直北亦为五间两层楼，名“问月楼”。敷春堂东侧回廊院内，有西向殿三间，名“结峰轩”。后殿之东，有南向楼三间，名“凌虚阁”。阁东侧为东宫门，门外系诸太妃太嫔寝所。阁后廊东连佛堂两间，名“翠合轩”。问月楼东南为“澄光榭”，澄光榭东南高台上，有曲尺形三间殿，名“协性斋”。问月楼西南别院，有高台南向殿三间，名“蔚藻堂”。蔚藻堂南为四方重檐“镜绿亭”，亭西有西宫门，名“蔼芳圃”，亭南为“淙玉轩”。淙玉轩东南又有西向三间殿，名曰“舒卉轩”。道光元年（1821），敷春堂一带曾有大规模改建增饰，敷春堂戏台改成殿宇。咸丰十年（1860），圆明园罹劫时，该景区尚存留少量建筑。同治十二年（1873），拟将敷春堂作为慈禧太后的寝宫，更名“天地一家春”，结果因财力不足中断。八国联军入侵北京后，原存建筑皆毁于战乱。

嘉庆朝

嘉庆六年

题敷春堂

春生万类庆昭苏，天地絪緼品汇敷。

造物仁心全浃洽，大君惠泽遍涵濡。

堂开轩敞诗情印，林绕山环画法符。

深愿西南咸乐业，亟归正道去迷途。

大君：道德、文章受人尊仰或地位高的人。此处指帝王。

涵濡：滋润；沉浸。宋 苏辙《墨竹赋》：“今夫受命於天，赋形於地，涵濡雨露，振荡风气。”

问月楼

层楼临渌沼，俯鉴浪花涟。

问月遐心结，披云灏景延。

观文搜典籍，察理悟鱼鸢。

凭槛舒遥目，佳音盼陕川。

佳音句：此指清军围剿川陕地区农民起义军一事。

鉴德书屋

帝王所鉴惟心德，宥密缉熙勉敬修。
励己治人溥仁义，听言施政省愆尤。
诚存不息如观水，化洽无涯若置邮。
君正臣民皆感格，可希后乐慰先忧。

宥密：谓存心仁厚宁静。《乐府诗集·郊庙歌辞七·唐禅社首乐章》："夙夜宥密，不敢宁宴。"

缉熙：《周颂·敬之》："日就月将，学有缉熙于光明。"郑玄笺："缉熙，光明也。"又引申为光辉。

愆尤：过失、罪责。唐 李白《古风》诗："功成身不退，自古多愆尤。"

翠合轩

四围多古干，苍翠合阶前。
一径清风满，千章绿荫连。
幽芬披旧籍，逸韵送鸣蝉。
又过炎蒸候，官军何日旋。

千章：千株大树。见《史记·货殖列传》："水居千石鱼陂，山居千章之材。"

淙玉轩

轩庭跨渌水，坐对觉心清。
漾日金波叠，翻风碧縠生。
泉渟如玉戛，石激若琴鸣。
倾耳聆幽韵，伯牙空外赓。

凌虚阁有会

高秋澄远目，杰阁凌太虚。
明霞绚木杪，极浦清光舒。
厦屋念陋巷，民艰实廑予。
倾颓皆露处，良田被沙淤。
畿辅鲜完善，深惭居广居。
赈恤尽心力，何时劫难除。

嘉庆七年

新春敷春堂

畅达三阳品物敷，春生万汇庆昭苏。
亭台积玉清辉皎，涧壑装绵润景濡。
可兆新田茂嘉谷，更筹余孽净迷途。
勾萌遂性皆蕃育，佳气茏葱遍帝都。

三阳：指春天，也指农历正月。宋 王安石《谢林肇长官启》："三阳肇岁，万物同春。"

萌勾：草木初发的嫩芽，屈形为勾，直形为萌。见《聊斋志异·卷十·葛巾》："惟徘徊园中，目注勾萌，以望其坼。"

鉴德书屋

桃夭柳嫩春方仲，万汇生机萌动时。
静体元为善所长，鉴观德者福之基。

帘疏欲达和风畅，窗豁欣探丽日迟。
涵育天倪觉洋溢，半瓯清茗一章诗。

天倪：天边。

镜绿亭

方亭轩敞跨清池，明镜澄泓印绿漪。
洞鉴山川真锦绣，佳哉造物示无私。

澄光榭

虚榭招来淑景澄，云光波影槛前凝。
万几虽暇时批折，切念民艰亹继绳。

亹：形容孜孜不倦。
继绳：前后相承，延续不断。

舒卉轩

万卉舒芳炫锦绣，轩名恰应好春时。
韶华秾艳争施巧，尤愿甘膏二麦滋。

蔚藻堂

天工蔚藻畅三春，大地含生品汇新。
愿协雨旸茂百谷，更祈陕蜀息征尘。

凌虚阁

小阁临春墅，凌虚境界赊。
水光涵远树，山影敛余霞。
燕子初成垒，鼠姑欲绽芽。
授时近孟夏，兵未息三巴。

孟夏：初夏，指农历四月。

三巴：古地名，巴郡、巴东、巴西的合称，相当于今四川嘉陵江和綦江流域以东的大部地区。

翠合轩

翠黛四时合，春深林愈浓。
千章森古柏，百尺挺乔松。
鸟乐枝蒙密，人寻径叠重。
爱庐玩陶句，五柳忆高踪。

五柳：即五柳先生陶渊明，因其在《五柳先生传》里自述“宅边有五柳树，因以为号焉”，后人故用“五柳先生”称之。

高踪：指隐退。

问月楼晴眺

连日凝阴未蒙泽，凭栏晴景漾芳津。
月圆月缺恒终古，花谢花开总在春。
尚待新膏通宿润，渐看广陌飏轻尘。
惭无善政救饥馑，虔望时和旸雨匀。

鉴德书屋

圣王德业为吾鉴，古籍昭明首爱民。
悯彼颠连三辅众，竭予怀保一诚真。
求宁虽未人人济，展赈聊施煦煦仁。
忍视灾黎转沟壑，虔祈岁美救饥贫。

凌虚阁

层阁凌虚坐霄汉，登临延瞩景新披。
风来松顶拂帘爽，云起山头祈雨施。
林影扶疏清映槛，波纹曲折细通池。
贼氛何日方全靖，极目西南吁昊慈[①]。

① 大军剿捕，贼氛业经节次扫荡。惟余苟文明、樊人杰二逆，尚未就诛。殷盼捷音，靖民消劫。默祈昊慈垂佑，实不能片刻释怀也。

翠合轩

轩临平甸枕方塘，风度纱棂满座凉。
唱和笙簧禽百啭，萧森帘幙树千章。
愁思军信时殷盼，苦念民艰难暂忘。
佳境偶来心不惬，仰希高宇惠神浆。

笙簧：指笙的乐音。张素《初至江南》诗："山村隐图画，鸟语替笙簧。"

神浆：指象征吉祥的甘露。隋 卢思道《为百官贺甘露表》："神浆可挹，流味九户之前；天酒自零，凝照三阶之下。"

鉴德书屋述志

皇考治世六十年，薄海苍生沐厚德。
小子凛承大业艰，鉴观心法勉君职。
守成不易念长存，一人莅政抚邦国。
黎庶繁增物力昂，地之所产难足食。
昨年畿甸水患深，至今吾民多菜色。
春夏又未被甘膏，复恐旱干起螟螣。
况兼二逆尚纷驰[①]，叩吁天恩蒇事亟。
泽敷贼靖苏困穷，云汉翘瞻衷怆恻。

① 现存邪匪，惟樊人杰尚有六千余人，参赞德楞泰赶办。苟文明潜伏终南山内，尚有一千余人，经略额勒登保围剿。此二股，若能全行办完，余匪即可逐渐搜捕。迅奏蒇事安民矣。

螟螣：两种食苗的害虫。

翠合轩

一雨生众绿，千章荫益清。
繁林欣透足，密幄倍舒荣。
掩映凝朝雾，玲珑合午晴。
几闲聊习静，润景满帘楹。

翠合轩

雨足林倍清，萧森合深翠。
全消炎暍侵，纱棂映幽邃。

赏心岂在兹，所欣在农事。
禾黍助滋荣，奢望丰年瑞。
尤取协阴晴，缱念积潦地。
岁登民获安，庶几起憔悴。

澄光榭　集诗牌

静坐澄光榭，轩池树幄连。
牖疏透苔润，菰细爱鱼穿。
消夏题名画，烹茶学古禅。
堂开凉气满，隔岸映如钱。

菰：多年生草本植物，生在浅水里，嫩茎称“茭白”，可做蔬菜。果实称“菰米”，可煮食。

如钱：此处形容荷叶。唐 张籍《春别曲》：“长江春水绿堪染，莲叶出水大如钱。”

翠合轩

夏木千章面面遮，阶墀众绿上窗纱。
几闲静坐不知暑，试汲芳泉煎嫩芽。

午荫玲珑苍翠合，温风拂牖涤炎歊。
翻思陕楚捕余匪，冒暑追奔孽未消。

炎歊：暑热。宋 欧阳修《憎蚊》诗：“荒城繁草树，旱气飞炎熇。”

凌虚阁晴望

池边层阁额凌虚，高宇澄清霁景舒。
时雨时晴诗敬纪，佳山佳水画难如。
可消积歉远胜昔，庶卜绥丰深慰予。
凝望西南驰喜信，虔祈昊佑贼全除。

翠合轩

众绿荫轩庭，竹药松翠合。
清风习习来，近秋气萧飒。
密叶遍扶疏，鸣蝉相应答。
抚时念军营，指日净纷杂。
善后倍艰难，安民务周匝。

扶疏：形容枝叶茂盛，高低疏密有致。
周匝：周到，周密。

澄光榭

泬寥高爽印心澄，风静旭晖灏景凭。
极目秋光千万里，余氛尚未净崚嶒。

泬寥：指晴朗的天空。南朝梁 江淹《学梁王兔园赋》：“仰望泬寥兮数千尺。”

崚嶒：指高峻的山。明 高启《期张校理王著作徐记室游虎阜》诗：“最怜虎阜在平地，一邱势敌千崚嶒。”

鉴德书屋

窗明几净旭暄妍，几暇怡情试锦笺。
翠竹黄花娱冷节，白苹红蓼袅寒烟。
秋容静玩欣丰岁，德业勤修鉴昔贤。
一室燕闲心九有，群邪尽扫盼尤虔。

白苹：水中浮草，多年生浅水草木。

红蓼：为蓼科植物，生于沟边、河川两岸的草地、沼泽潮湿处，因其生长迅速、高大茂盛，叶绿、且花密红艳，适应性强，适于观赏。

九有：九州，此指天下。

凌虚阁晴眺

高阁得地势，秋深晴日暄。
凭槛畅临眺，明霞西岭翻。
近畿幸有获，比户收积繁。
稍救去岁苦，岂能尽复元。
余氛尚未靖，三省戎马屯。
亟盼戢征讨，赐福兆姓蕃。

嘉庆八年

题敷春堂

律转青阳品物恢，高堂轩敞早春开。
华灯映户光风漾，仙荚盈阶瑞雪培。

馥郁炉烟袅几案，瞳昽旭影布楼台。
新韶畅发群生洽，遍沐天恩达九垓。

青阳：即春天。《尔雅·释天》："春为青阳。"郭璞注："气青而温阳。"

瞳昽：指旭日。

九垓：亦作"九畡"，中央至八极之地。《国语·郑语》："王者居九畡之田，收经入以食兆民。"韦昭注："九畡，九州之极数。"

翠合轩

春雪畅敷润广陌，乔林生意合轩前。
葱龙映日筛朝霭，疏密含风带夕烟。
滟滟池波清影印，亭亭砌竹碧苔连。
几闲偶莅真佳境，萦念农民正力田。

凌虚阁

层阁出林表，凭临眼界宽。
迷离竹雾结，料峭渚风寒。
细柳拖长线，清波漾锦澜。
春光敷御苑，佳气接遥峦。

鉴德书屋

胜境来游每悦心，春光初溥薄寒侵。
幽篁凌雪青尤润，细柳梳风绿未深。
扣砌敷滋茁新草，蜃窗纳景列遥岑。
偶乘几暇寻佳赏，鉴德观民念总钦。

扣砌：亦作“扣切”，指用金玉镶嵌的台阶。《后汉书·班固传》：“于是玄墀扣切，玉阶彤庭。”

澄光榭

韶景已畅宣，迟迟昼漏展。
柳线罥渚烟，闲庭皴绿藓。
庶卉渐敷荣，几度风光转。
丽日景清澄，政暇偶游衍。

罥：挂，缠绕。

协性斋

鸢鱼活泼总天机，物我相忘析理微。
水逝云行不需滞，朗然心镜湛清辉。

镜绿亭

一池新水漾琉璃，影浸方亭镜碧漪。
静契文宣在川旨，盈科不息有如斯。

文宣：指孔子。唐玄宗开元二十七年，封孔子为文宣王。清 无名氏《齐景公待孔子五章弹词》：“疾心难煞文宣圣，终日茫茫列国游。”

盈科：水充满坑坎。《孟子·离娄下》：“原泉混混，不舍昼夜，盈科而后进，放乎四海。”赵岐注：“盈，满；科，坎。”

凌虚阁

小阁原非百尺高，登临畅可俯平皋。

琅玕映槛笼清影，松柏当窗漾翠涛。

静玩春光披董画，试摅吟兴点江毫。

暂时徙倚思民瘼，轸念农功力作劳。

民瘼：指民众的疾苦。《诗·大雅·皇矣》：“求民之莫。”

蔚藻堂

天工蔚新藻，佳丽荟三春。

柳岸宜停缆，桃源试问津。

仁风敷禹甸，化雨畅鸿钧。

百谷全滋浃，还希暄润匀。

禹甸：原谓禹所垦辟的土地，后因称中国之地为禹甸。宋 方夔《苦热》诗：“谁是苍生霖雨手，普将禹甸酿酉戍。”

舒卉轩

春园多绮丽，次第百花舒。

叶拂和风细，苞开新雨余。

霏香遍亭榭，炫艳布阶除。

别有心萦系，田功力作初。

蔼芳圃

春和敷品汇，瑶圃百花开。

几度光风拂，数番甘雨培。

芬芳满庭院，艳丽遍楼台。
尤愿麦田茂，来牟生意恢。

瑶圃：产玉的园圃，指仙境。此处形容御园之美。

来牟：古时大小麦的统称。亦作“来麰”。

淙玉轩

不尽溪声绕槛流，锵金淙玉韵清幽。
世尊自具青莲眼，芥子须弥总一沤。

世尊：对佛陀的尊称，佛的十号之一。阿弥陀佛和释迦牟尼佛都可称为“世尊”。

青莲眼：即青莲花目，亦喻佛眼。

芥子须弥：“须弥”是梵文音译，相传是古印度神话中的诸山之王，也是世界的中心。而“芥子”是芥菜的种子，极其微小。“须弥芥子”，意为偌大的须弥山纳于芥子之中，暗喻佛法之精妙，无处不在。

首夏敷春堂

春光百廿候已过，序届首夏犹清和。
四时冠春长于夏，群植蕃衍滋培多。
花明柳媚晴光煦，轻盈弱絮临风舞。
轩窗延览乐观生，愿普绥丰遍率土。

澄光榭

虚榭延晴景，遥峰滴翠螺。
澄霄风淡荡，广甸气清和。

碧接平湖岸，青连细柳坡。

萦心总农事，乘暇偶游歌。

翠螺：原指妇女的发髻，亦用以形容山峦的形状。

敷春堂

高堂寒暑无不宜，轩窗敞豁延凉飔。

长松修竹绕石砌，青蒲翠荇浮曲池。

朱栏略彴达洞口，阴廊层叠通溪湄。

几闲偶莅怀民瘼，春仁心愿皆敷施。

一人图治九有广，风化疲敝难转移。

题额大旨实在此，岂耽佳丽阳和时。

阳和：借指春天。元 萨都剌《雪中妃子》诗：“疑是阳和三月暮，杨花飞处牡丹开。”

鉴德书屋

纱幮洞启纳南薰，静玩芸编念惜分。

探讨精腴修德业，日新鉴古圣贤君。

南薰：从南面刮来的风。

学于古训尚书著，薄德临民求治难。

渴愿残邪普荡涤，兵销川楚庆全安。

翠合轩

盛夏草木繁，四围浓翠合。
乔柯绿荫铺，虬枝布周匝。
茂密隐赤曦，玲珑映竹榻。
静坐读古书，时拂天风飒。
萧然心境清，暂涤尘虑杂。
事机待其来，澄观免纷沓。

季秋敷春堂

春生万类四时敷，长养收藏理不殊。
绕砌菊英艳篱角，穿林雁影写云衢。
枫屏霜点烘高岭，蓼岸风翻漾远湖。
节候静观斡元縡，人和岁美庶征符。

冬日敷春堂

元冥届时调律琯，曦光煦妪南窗满。
小阳浃洽品汇融，黄绵曝背遍和暖。
收藏长养资化工，陶钧斡运数不穷。
转瞬春台环甲子，寰区沐泽扬仁风。

煦妪：温暖，暖和。唐 白居易《岁暮》诗："加之一杯酒，煦妪如阳春。"
陶钧：此指天地造化。

嘉庆九年

新春敷春堂

出震敷宣甲子新，太和凝结斡鸿钧。
一阳气复三阳律，六十年归九十春。
百谷蕃昌蒙化育，兆民宁谧荷陶甄。
惟皇敛锡衷钦若，布德施仁普八垠。

出震：《易·说卦》："帝出乎震。谓帝出万物于震。"后以出震指帝王登基。
甲子新：嘉庆九年为农历甲子年。新，指新春伊始。
陶甄：喻陶冶，教化。《晋书·乐志上》："弘济区夏，陶甄万方。"
八垠：指八垓，即八方的界限。《魏书·高允传》："四海从风，八垠渐化。"

翠合轩

众绿被春原，陈根才茁地。
欣叨瑞雪滋，窗纱合新翠。
阳和到处敷，品汇含生意。
静玩迟日晖，长养动植遂。
萦心农作初，经岁筹民事。
勤思治道艰，为君诚不易。

澄光榭

敞榭接天光，曲沼留云影。
荡荡泬寥空，落落虚明境。

涵溶心镜澄，高旷眼界永。
宥密慎几微，返观时自省。

宥密：谓存心仁厚、宁静。

蔼芳圃

清和风雨时，品汇乐长养。
暖旭景冲融，玉虚澄万象。
方沼漾波光，小舠摇短桨。
荇藻泛沦涟，鸢鱼契俯仰。
尤愿继甘霖，庶可兆丰穰。

鉴德书屋

古为今鉴勉前修，世德丕承凛作求。
述事敬勤遵典则，虚心咨访集谋猷。
升平未溥兆民乐，宵旰艰纾一己忧。
成宪率由恐弗逮，万几纷至寸衷筹。

我见室

自我观人未得情，自人观我亦难见。
我无嗜好人不知，人有公私心万变。
事理纷歧若烟云，人心不同如其面。
太空浩浩海漫漫，磨洗寸田经百炼。

翠合轩

碧疏试启南薰翻，千章夏木围层轩。
绿天深处偶习静，清凉心现相忘言。
世间炎暍远隔绝，身处广厦佳林园。
自居爽垲念民苦，湫隘嚣尘酷暑烦。

碧疏：指绿窗。晋 袁宏《拟古》诗：“文幌曜琼扇，碧疏映绮棂。”

湫隘：低洼狭小。《左传·昭公三年》：“初，景公欲更晏子之宅，曰：‘子之宅近市，湫隘嚣尘，不可以居，请更诸爽垲者。’”杜预注：“湫，下；隘，小。”

蔚藻堂

日月丽乎天，山川载于地。
人为万物灵，三才定位置。
经史蔚精微，参考施政事。
文海蕴藻华，本立斯图治。
居敬更存诚，发仁必止义。
词章勿深求，涉猎兴偶寄[①]。

① 德行为本，文学为末。实政为先，虚词为后。人君日理万几，游艺寄兴，所以养心而适情也。若沾沾于此，与文人争胜，则失其本务矣。辄摅其志于兹堂，以自警云。

镜绿亭

绿漪环绕赤栏通，满沼朱华飐午风。
徙倚匡床对君子，湛然神印镜辉融。

翠合轩

窗幽帘静引清风，密树全遮午景红。
松漾闲庭逸韵接，荷盈曲沼远香通。
授时体物暑寒易，过化存神上下同。
念系民艰寰宇广，心期纳稼遍绥丰。

季秋敷春堂

天地生机贯四时，春敷秋敛奉无私。
黄花翠竹清芬遍，碧嶂丹枫纱绘施。
万宝告成咸刈获，五兵普戢免奔驰。
高堂延瞩逢佳日，对育舒怀意偶怡。

五兵：泛指军队。《战国策·齐策五》："彼明君察相者，则五兵不动而诸侯从。"

凌虚阁

庭中小阁额凌虚，凝望秋空眼界舒。
林影翩翻晴旭皎，岚光掩映午霞余。
云开远岭翔征雁，波净平湖跃锦鱼。
多稼有收虽慰念，万几日理总殷予。

澄光榭

秋光澄万里，西岭远拖蓝。
暖旭辉庭近，清霜染叶酣。

菊芬留小院，鸿影下寒潭。
农事欣丰茂，逢年天泽覃。

问月楼

佳境四时宜，小春调律琯。
层楼豁吟眸，庭院旭光满。
平坂草知寒，曲栏菊趁暖。
白云漾疏林，渐觉密叶短。
雁字写遥峰，霞天觅侣伴。
黄绵乐和融，心神自安坦。

嘉庆十年

新春敷春堂

阳回大地觉春深，旭暖风微冻不侵。
光漾冰池消积玉，丝摇柳陌拓轻金。
时敷温煦生机展，德感孳蕃元气斟。
延揽高堂观物理，导和宣豫静探寻。

孳蕃：滋生蕃衍。

凌虚阁

小阁住春光，坐揽韶华美。
旭影满窗棂，迟迟度书几。

庶汇渐滋荣，园林被锦绮。
绿筱陌柳舒，玉镜开池水。
生机畅纷敷，四郊农事始。
凌虚望平原，新耕将举趾。

筱：小竹子。

澄光榭

虚榭敞晴昼，招延夏景澄。
柳蹊清荫展，花径暗香凝。
观水闲心寂，摊书古典征。
暇时舒逸兴，拾级再临凭。

镜绿亭

绿沼澄泓云影印，如磨明镜湛清辉。
心源静照欣无滓，敕政勤民知所依。

澄泓：水清而深。

翠合轩

扶疏绕轩前，四窗浓翠合。
纱疏启虚明，徐接清风飒。
廊深暑不侵，帘静炉烟匝。
花香拂檐楹，鸟语如赠答。

凝思廑民生，绝无俗念杂。

长养劭农时，午景欣延纳。

扶疏：指枝叶茂盛，高低疏密有致。宋 姜夔《虞美人·咏牡丹》词：“玉盘摇动半厓花。花树扶疏，一半白云遮。”

蔼芳圃

庶植发三春，纷敷盛长夏。

雨露润陈根，滋培感生化。

芳圃汇众香，秾华蔼虚榭。

曲池漾微波，奁影涵藤架。

对育畅素襟，来游趁几暇。

泉石漫娱心，系衷在多稼。

秾华：繁盛艳丽的花朵。明 刘基《感兴》诗：“转添细草当门径，不惜秾华香路尘。”

鉴德书屋

抱蜀临轩尽君职，端拱凝神御邦国。

寸田宥密体群情，存存克念涵道德。

观今鉴古事岂同，自勉敬勤励不息。

抚民敕政日万几，远屏阿谀乐谠直。

止仁居义固本基，菲史枕经为法则。

亮工熙绩愿得贤，弼予毋尚虚车饰。

端拱：指帝王庄严临朝，清简为政。《魏书·辛雄传》：“端拱而四方安，刑措而兆民治。”

谠直：正直。亦指正直的人，《魏书·肃宗纪》：“贤良谠直，以时升进。”

亮工：谓辅佐天子，以立天下之功。《尚书·舜典》：“钦哉，惟时亮天功。”孔传：“各敬其职，惟是乃能信立天下之功。”

嘉庆十一年

敷春堂

绮春丽景洽三阳，淑气依迟蔼画堂。
冰印清波浮鸭绿，柳拖细缕染鹅黄。
试舒芸简书新句，闲对梅英领静香。
敕政观心自商榷，广敷嘉泽遍殊方。

淑气：温和之气。晋 陆机《悲哉行》：“蕙草饶淑气，时鸟多好音。”

依迟：依依不舍的样子。唐 元稹《痁卧闻幕中诸公徵乐会饮因有戏呈三十韵》：“怅望悲回雁，依迟傍古槐。”

鹅黄：指淡黄色，即鹅嘴的颜色。唐 李涉《黄葵花》诗：“此花莫遣俗人看，新染鹅黄色未乾。”

鉴德书屋

治理法鉴存，殚心敷圣德。
兆庶实繁多，一人绥邦国。
诚敬蕴寸衷，承天凛建极。
无私体奉三，负扆为准则。
群情杂淳浇，宥密古训式。
崇俭屏奢华，祛邪近忠直。

良才每难逢，精炼渐培植。

司牧守前猷，寅亮勉不惑[①]。

① 以古为鉴，简策具存，不徒玩其辞也。而绎其义，不第绎其义也，而观其时、审其事未已也。以当前之治理，证古昔之从违。以既往之得失，验一心之操舍。如是而研味愈深，进修愈懋。凡所以贞百度，奉三无，建极保邦者，鉴日精而德日进矣。予万几之暇，汲汲焉遑遑焉。思于此，勉力以仰继前猷，庶几持之不惑，以冀有得乎。

奉三无私：奉，奉行；三无私：天无私覆，地无私载，日月无私照。旧时比喻帝王以天下为公，不谋一己之私利。《礼记·孔子闲居》："奉三无私，以劳天下。"

负扆：扆与户牖之间的屏风。天子见诸侯时，背扆而坐。亦作"负依"，此指皇帝临朝听政。《淮南子·齐俗训》："（周公）摄天子之位，负扆而朝诸侯。"

司牧：管理，统治。《左传·襄公十四年》："天生民而立之君，使司牧之，勿使失性。"

前猷：先王的谋划。《宋书·文帝纪》："永瞻前猷，思敷鸿烈。"

寅亮：恭敬信奉。汉 班固《封燕然山铭》："寅亮圣皇，登翼王室。"

鉴德书屋

修德蕴寸心，居今应鉴古。

图治有本原，功用在册府。

探寻务克勤，逊志庶小补。

题额验进修，沈潜游学圃。

性善勿梏亡，培植益自取。

曷敢旧业荒，守成抚九宇。

沈潜：沈，旧同"沉"。此指沉浸其中，深入探究。唐 韩愈《上兵部李侍郎书》："（愈）遂得究穷於经传史记百家之说，沉潜乎训义，反复乎句读，砻磨乎事业，而奋发乎文章。"九宇：犹言九州。《隋书·音乐志下》："四海之宇，一和之壤……九宇载宁，神功克广。"

翠合轩

绿树阴浓午景延，玲珑翠影合轩前。
南薰拂槛生新爽，北牖凭栏坐小年。
不密不疏数竿竹，半舒半卷一池莲。
碧林成幄连丛樾，鸟哢笙簧枝罅传。

小年：将近一年，用以形容时间之长。宋 唐庚《醉眠》诗：“山静似太古，日长如小年。”

罅：缝隙，裂缝。

登问月楼即目

拾级登楼舒远目，风来极浦畅披襟。
田田翠盖清芬细，缕缕绿杨密幄深。
浴鹭闲窥荷岸侧，游鳞戏跃苇洲浔。
旷观咸若皆生趣，长养静孚造化心。

田田：形容荷叶相连的样子。

镜绿亭

方亭架荷渚，四面纳薰风。
乍见田田绿，旋舒灼灼红。
波光摇的烁，镜影印虚空。
芳径赤栏畔，回廊曲折通。

蔚藻堂

日月星辰丽乎天，山川草木著于地。
三才定位人最灵，经史文章用不匮。
光腾奎壁万丈长，华藻渊微聚精粹。
圣贤奥旨澈古今，大本既端该政治。

奎壁：二十八宿中奎宿与壁宿的并称。旧谓二宿主文运，故常用以比喻文苑。

新春敷春堂

天运四时韶律首，敬承敕政勉敷仁。
勾萌畅达三阳拓，品汇滋繁万国春。
木渐抽条绽轻飐，冰初泮浦镜微皴。
芳园对育欣资始，绿野含生东作新。

嘉庆十二年

翠合轩

轩前绿幄又成阴，日影玲珑翠黛深。
春去夏来敷长养，静参天地发生心。

阶庭种植待和甘，愿沐滋繁雨露酣。
树木树人总期久，良材国干泽敷覃。

鉴德书屋

圣德弥天壤，继绳鉴寸衷。
亿龄垂久道，九宇仰同风。
训政守无易，传心感遂通。
存诚勉则效，图治协于中[①]。

① 是处，即园中旧址，加以修葺，遂有鉴德书屋之额。然予之有取于此，非创也，因也。曷因乎？因乎继德堂，而引伸之也。我皇考于简畀后，命予所居之宫，若大内，若避暑山庄，皆以继德锡之。所以眷顾而启迪之者，意至深，责至重也。然皇考大德，予何能轻言克继。惟执我之所固有者，而自明之，则鉴尚矣。夫鉴，澄于外，无遁形，无蓄影。即德，纯於内，勿贰二，勿参三。合内外，以相镜。泯内外，而胥融。勉此日新之志，以上希广运之神，则当日训以善继之心，或冀仰契万一乎。

天壤：指相距极远，犹天渊。《抱朴子·论仙》："其为不同，已有天壤之觉，冰炭之乖矣。"

亿龄：亿年。《魏书·卫操传》："永垂于后，没有馀灵。长存不朽，延于亿龄。"

镜绿亭

方亭接疏篱，芳渚印明镜。
田田出水荷，蕃育九夏令。
转瞬飏朝华，芙蕖摇绿柄。
淤泥茁根荄，丰姿倍洁净。
迎薰散远香，盖擎露珠迸。
偶来憩匡床，君子清浑映。

九夏：夏季，夏天。唐太宗《赋得夏首启节》："北阙三春晚，南荣九夏初。"

问月楼

即境额楼檐，高出苍松表。
虚窗度南薰，静影摇丛筱。
平湖府碧漪，汎汎波光淴。
浚淤遍洁清，大圆印心皎。
乃进知修功，有为能息扰。
超然物外游，放眼溪山小。

淴：水流长远的样子。
大圆：谓天。

凌虚阁

室中构小阁，即境额凌虚。
密荫遮疏牖，清风透绮疏。
翠[illegible]伴松柏，碧沼茂芙蕖。
解愠天和养，心澄暑尽除。

嘉庆十三年

新正敷春堂

肇始青阳寰宇春，为君敬体止于仁。
四时旋转敷生育，一气循环斡化钧。
出震勾萌滋品汇，乘乾保泰御臣民。
郊园条畅土膏润，待启农功东作新。

出震：八卦中的“震”卦位应东方。出震，即出于东方。唐 刘禹锡《武陵书怀五十韵》：“继明悬日月，出震统乾坤。”

乘乾：指登极为帝。唐 骆宾王《为齐州父老请陪封禅表》：“伏维陛下乘乾握纪，纂三统之重光。”

东作：指春季作物。《魏书·世祖纪上》：“去春小旱，东作不茂。”

敷春堂

天地生机贯四时，圣王仁心及万物。
细缊䜣合妙显藏，发育总无一息讫。
春生大德遍覃敷，敛锡欲普薄海隅。
宵衣旰食为兆庶，思艰郅治怀永图。

䜣：旧同“欣”。

鉴德书屋

古德为吾鉴，光明心镜开。
圆灵时拂拭，不使染浮埃。

圆灵：天。《文选·谢庄》：“柔祇雪凝，圆灵水镜。”李善注：“圆灵，天也。”

敷春堂

时和岁稔小阳春，九宇覃敷大造仁。
绿野丰收欢比户，黄绵煦妪福蒸民。
心基于敬政咸理，贞复起元物化醇。
万善总由尺宅肇，寸田培德日常新。

冬日敷春堂

元冥司律琯，向暖坐书堂。
可爱迎温旭，授时正小阳。
丹枫舒灿烂，黄菊吐芬芳。
霞绚崖铺锦，云开林逗光。
河安欣畅顺，政简敕几康。
即境偶摛藻，课程日引长。

元冥：即玄冥。深远幽寂。亦借指太空。明 何景明《告咎文》：“乘元冥以丞行兮，乃觐帝于太微。”

嘉庆十四年

敷春堂

庶物生于春，品汇含动植。
人主治兆民，止仁斯尽职。
化育被殊方，敷恩及万国。
操存惟一心，养正勉毓德。
天下乐同归，感召为法则。
堂额意在兹，岂因韶景得。

鉴德书屋

古籍为予鉴，先王至德昭。
典谟仁政洽，训诰治功超。

时濬本源洁，自令民俗饶。
君心既淳正，习尚渐和调。

训诰：《尚书》六体中训与诰的并称。亦泛指训导、告诫之类的文辞。

镜绿亭

曲塘绿水漾新漪，镜影含晖映短篱。
满浦朱华结雅韵，素心静契暗香披。

翠合轩

华林笼翠印虚庭，荫合轩窗静画屏。
竹外低含曲池碧，松间时露远崖青。
闲阶花韵穿帘接，密樾蝉声隔牖听。
体验气机警怠玩，化工斡运息无停。

斡运：旋转运行。《文选·张华·励志诗》：“大仪斡运，天回地游。”

问月楼

荷汀试放木兰舟，缓步登临倚岸楼。
霞影迷离绚远宇，松阴茂密隐芳洲。
旭悬林表高晖皎，风送湖滨清浪浮。
灏景无涯涤烦暑，诗情先写塞山秋。

木兰舟：用木兰树造的船。亦常用为船的美称。

嘉庆十五年

新正敷春堂

春王正月日欣符，畅达勾萌品汇敷。
斡运三阳苏动植，钧陶六气洽寰区。
授时孚愿丰登协，敕命宅心远大图。
灯火元宵循例设，拈吟习射作清娱。

勾萌：草木芽苗。曲者为勾，直者为萌。
钧陶：用钧制造陶器。比喻造就。
六气：风、热、暑、湿、燥、寒。

敷春堂

春华弥宇宙，长养夏初敷。
麦陇光风漾，稻畦甘雨濡。
黄云连远陌，碧浪叠平湖。
细柳梳青线，繁英衬绿芜。
随时爱佳景，观候得清娱。
所愿群生遂，登咸协六符。

凌虚阁

小阁额凌虚，会心世态除。
襟怀守正大，识见勿拘墟。
建极溯元始，执中希太初。
无为勉成化，坦荡治功舒。

建极：建立中正之道。《尚书·洪范》："皇建其有极。"孔颖达疏："皇，大也。极，中也。施政教，治下民，当使大得其中，无有邪僻。"

执中：谓持中庸之道，无过与不及。《尚书·大禹谟》："维精维一，允执厥中。"

太初：太初也叫泰初，道家术语。《庄子·知北游》："外不观乎宇宙，内不知乎太初。"成玄英疏："太初，道本也。"

镜绿亭

荷盖浮波曲渚通，柳条接岸半窗笼。
轻苔浅趁汀莎薄，众绿全涵一镜中。

嘉庆十六年

新正敷春堂

绮春仙苑万春敷，腾达三阳运化枢。
云羃遥林梅遍绽，冰连远渚玉平铺。
张灯鸣爆酬佳节，染翰摛吟觅静娱。
黍谷含和回暖律，飞潜动植畅昭苏。

运化：运行变化。明 归有光《思子亭记》："天地运化，与世而迁。"
染翰：以笔蘸墨。翰，笔。晋 潘岳《序》："于是染翰操纸，慨然而赋。"

鉴德书屋

古圣治功具简编，后代帝王作金鉴。
宵怀法戒畏民碞，懋修德业凛天监。

安不忘危永郅平，大宝巩固免缺陷。
知人安民理最深，持盈敬事言非泛。

砻：僭越，超过本分。此指人民反抗、暴乱。

嘉庆十七年

新春敷春堂

岁首临堂每纪诗，观生敷泽应春祺。
肖翘含润蛰虫动，枝干舒荣草木知。
旋转新韶众汇达，连番瑞雪四郊滋。
授时欣觉勾萌畅，品物咸亨兆屡绥。

肖翘：细小能飞的生物。《庄子·胠箧》：“惴耎之虫，肖翘之物，莫不失其性。”成玄英疏：“附地之徒曰喘耎，飞空之类曰肖翘，皆轻小物也。”

嘉庆十八年

题敷春堂

东指珠杓运化枢，春生寅月遍覃敷。
青阳宣达条风拂，绿甲孳萌瑞雪濡。
新颖含芬待培植，陈根沐泽尽昭苏。
堂中坐对韶华盎，时协人安顺六符。

杓：古代指北斗第五、六、七颗星。亦称“斗柄”。

镜绿亭

石岸连桥护碧汀，回环绿沼绕方亭。
风含细浪薄罗叠，又见田田出水青。

鉴德书屋

心希古帝王，志在明明德。
法鉴具昭然，内照可作则。
素位念先言，终不离绳墨。
守成本无为，正己尽君职。

明明德：第一个“明”是动词，是彰明、弘扬的意思；第二个“明”是形容词，意谓“光明的”；“明明德”即要弘扬内心善良光明的德性，语出《礼记·大学》开篇：“大学之道，在明明德，在亲民，在止于至善。”

绳墨：喻规矩、准则。汉 张衡《思玄赋》：“竦余身而顺止兮，遵绳墨而不跌。”

嘉庆十九年

新春敷春堂

青阳叶律物昭苏，春满皇州泰宇敷。
仁洽肖翘遍长养，泽覃品汇普涵濡。
三才协序布三始，六气含和运六符。
钦若授时涤污俗，消邪顺则治寰区。

三始：即三朝，指正月一日。《汉书·鲍宣传》：“今日蚀于三始，诚可畏惧。”颜师古注引如淳曰：“正月一日为岁之朝，月之朝，日之朝。始犹朝也。”

镜绿亭

方亭四面漾清漪，细柳临汀蘸碧枝。
转睫春深物咸盛，田田翠盖满芳池。

嘉庆二十年

敷春堂

春盎新年寰宇敷，民心浃洽物昭苏。
雪融岸柳拖银线，风暖池冰绽玉壶。
虽幸邪氛稍敛戢，终惭仁政未涵濡。
勾萌协纪钧陶始，愿锡丰和顺六符。

嘉庆二十一年

新春敷春堂

品物咸亨庶汇苏，阳和畅达绮春敷。
条风骀荡金扉拂，丽日冲融玉砌铺。
目赏华灯辉灿烂，心祈瑞雪泽涵濡。
甫田应候宜东作，农事民艰怀永图。

东作：谓春耕。《尚书·尧典》：“寅宾出日，平秩东作。”孔传：“岁起於东，而始就耕，谓之东作。”亦泛指农事。

镜绿亭

四柱方亭跨绿池，如钱荷叶贴清漪。
小舟泊渚柳丝系，缓拂和飔午荫垂。

敷春堂

上天生物示无私，贞下起元贯四时。
北陆登场欣遍满，南窗曝背乐熙怡。
庆敷寿宇淳风洽，春转韶年惠泽施。
敬体健行无暇豫，敕几勤政敢稽迟。

嘉庆二十二年

新春敷春堂

开韶暖律渐覃敷，九宇同春协六符。
木拓新条欣畅达，田含宿润待涵濡。
体仁建极御函夏，行健修身握化枢。
政顺民和年望稔，治平恒久巩皇图。

镜绿亭

小亭架渚映回廊，曲岸弯环连绿塘。
几点飞英浮水面，金鳞在藻唼清香。

嘉庆二十三年

新正敷春堂

青阳启泰庆敷仁，庶汇昭苏御苑春。
候转勾芒方拓甲，律调太蔟应生寅。
日辉扣砌舒蓂荚，雪映瀛洲糁玉尘。
向暖书堂几席净，封章批答慎丝纶。

勾芒：勾萌，草木的嫩芽。唐 韩偓《早起探春》诗："勾芒一夜长精神，腊后风头已见春。"

太蔟：古人将十二律与十二月相配，太蔟配正月，故为农历正月的别名。《吕氏春秋·音律》："太蔟之月，阳气始生，草木繁动。"

丝纶：语出《礼记·缁衣》："王言如丝，其出如纶。"后因称帝王诏书为"丝纶"。

镜绿亭

萦纡绿沼绕方亭，荷叶田田出水青。
根拔泥淤不染垢，欣看细雨漾清泠。

鉴德书屋

君鉴在明德，良猷具典谟。
传心味要道，敬业守前模。
克己循成宪，慎终怀永图。
臣忠民顺则，政治溥寰区。

良猷：良谋，妙计。

嘉庆二十四年

新正敷春堂

细缊淑景蔼华堂，春始芳园候艳阳。
节近灯宵陈宴乐，田沾雪泽遍繁昌。
风过梅坞香犹冷，日度花砖影渐长。
敬授人时赞化育，群生茂豫肇勾芒。

细缊：亦作“氤氲”，形容云烟弥漫、气氛浓盛的景象。唐 温庭筠《鷿鹈歌》：“情远气调兰蕙薰，天香瑞彩含细缊。”

镜绿亭

虚明镜影印云光，绿结荷钱贴锦塘。
穿藻金鳞任游泳，江湖池沼两相忘。

嘉庆二十五年

新正敷春堂

律转年前已二旬，勾芒肇始早敷春。
寅承有典勉三立，申锡无疆洽万民。
风飏松庭舒籁畅，雪含梅砌布华新。
空明玉镜凝寒浦，遥映西崖糁素尘。

三立：谓立德、立功、立言。语出《左传·襄公二十四年》：“太上有立德，其次有立功，其次有立言。”

镜绿亭

春水绿波绕小亭，暗泉漱石韵清泠。
微风淡拂汀前柳，烟袅柔条万缕青。

心镜轩

心镜轩，位于绮春园宫门东侧，嘉庆十四年（1809）建成。主殿“心镜轩”，居池中岛上，为南向三楹，东西有轩亭廊榭，外围有少量点景房及值房等附属建筑。

嘉庆朝

嘉庆十四年

题心镜轩

建极抚黎庶，守成尊所闻。
心如百炼镜，事似九霄云。
以静息群动，致诚消众纷。
无私照方朗，业广本惟勤。

心镜轩自警

万物现明镜，万几蕴寸心。
镜不疲照鉴，心宜常探寻。
磨洗永有耀，涵育勉知临。
勿以浮光掠，毋为外诱侵。
镜蔽辉遮掩，心放事昏沉。
大圆烛函夏，养正守素忱。

嘉庆十六年

心镜轩自警

古籍为吾鉴，集虚受益多。
光辉蕴澄澈，位育致中和。
外诱恐遮掩，内观常琢磨。
养心图政治，坐照庶无讹。

坐照：犹内观。道家谓通过内观，以心印道，以道印心，观照正理。

嘉庆十九年

心镜轩

陶铸工夫久，含辉待物来。
光明蕴尺宅，华采现灵台。
无我难藏影，有容不染埃。
心空鉴自远，形象定全该。

灵台：古时帝王观察天文星象、妖祥灾异的建筑。《文选·张衡·东京赋》：“左制辟雍，右立灵台。”薛综注：“司历纪候节气者曰灵台。”

鉴碧亭

鉴碧亭，位于迎晖殿西侧湖中小岛上，西邻正觉寺，始建于嘉庆朝中叶。亭为重檐方亭，四面各显三间，周围有廊，外悬“鉴碧亭”匾。亭北之小岛北端，有南北向殿宇五楹，前后有廊，各接抱厦三间，北俯河池，外悬“天心水面”匾；南临方沼，有亭曰“玩鹤”。鉴碧亭东北，至今仍有一残存单孔石桥，为清时圆明五园内二百余座各式桥梁中之仅存。

嘉庆朝

嘉庆十六年

题鉴碧亭

百顷漪澜漾锦塘，方亭宛在水中央。
碧奁四面环阶净，翠柳千株绕岸芳。
绮縠含飔澄鉴影，金鳞映日灿霞光。
除淤辟垢清波汇，疏治淮黄引兴长。

嘉庆十七年

鉴碧亭

圆沼空明接碧浔，方亭虚敞峙湖心。
松涛几阵含风爽，柳线四垂铺荫深。
静对清晖叠波縠，遥传逸响奏泉琴。
雅宜长夏时停楫，不受街衢炎暑侵。

嘉庆十八年

鉴碧亭泛舟遣闷

南湖放棹漾波纹，横界石桥内外分。
碧縠翻风光晃朗，金鳞叠日影纷纭。
绿摇渚藻鱼时跃，翠滴堤杨蜩已鸣。
日盼甘霖聊遣闷，赫炎旱气漫含薰。

嘉庆二十年

南湖初秋午泛至鉴碧亭

长天秋水澈晴空，试放兰舟碧鉴中。
荷沼蒸霞红灼烁，柳汀漾绮翠玲珑。
光悬远浦九霄旭，爽挹虚亭四面风。
坐揽澄辉延灏景，心欣处处兆登丰。

嘉庆二十一年

鉴碧亭

佳日冲融韶序深，溯洄放棹碧溪浔。
环亭澄澈开明镜，绕岸扶疏荫茂林。
午旭含辉徐度砌，惠风送爽畅披襟。
恬怀定志勤为政，因付自求鉴素心。

冲融：冲和，恬适。唐 杜甫《寄司马山人十二韵》：“望云悲轗轲，毕景羡冲融。”

嘉庆二十二年

鉴碧亭

南湖岛屿相环抱，中峙方亭水四围。
碧绕莎汀柔毯展，翠连柳岸细烟霏。
泊舟揽胜逢佳日，憩榻观书映午晖。
寻绎圣贤功效速，勉图鉴古有凭依。

寻绎：追思。

嘉庆二十三年

鉴碧亭

一叶扁舟泛碧塘，虚亭宛在水中央。
波纹印日金鳞叠，柳线梳风翠缕飏。
远渚苍茫漾霞影，平湖潋滟接天光。
芳园纳景增新润，可种黍禾候正长。

嘉庆二十四年

鉴碧亭

方亭高敞碧湖中，放棹石桥四岸通。

煮茗甘芳瀹竹鼎，披襟飒爽对花宫[①]。

一奁朗鉴环清溆，几叠晴霞绘远空。

长夏延和莲漏永，扁舟又溯赤栏东。

① 亭在正觉寺东。

莲漏：即莲花漏。古代计时器的一种。唐 郑谷《信美寺岑上人》诗：“我来能永日，莲漏滴阶前。”

嘉庆二十五年

鉴碧亭

平湖环渚漾春波，弭棹方亭纳景和。

绕砌新英开烂漫，拂堤嫩柳舞婆娑。

柔莎映水拖青縠，远岭萦霞印翠螺。

倚槛须眉清可鉴，源澄流洁会心多。

弭棹：亦作“弭櫂”，停泊船只。南朝宋 谢灵运《九日从宋公戏马台集送孔令》诗：“弭棹薄枉渚，指景待乐阕。”

凤麟洲

凤麟洲，位于绮春园东北湖中，由曲桥相连的东西二岛组成。该景区始建于嘉庆十二年（1807），被誉为“南园避暑最佳处”。主殿凤麟洲，为七楹两卷殿接前抱厦五间，外悬“凤麟洲”匾，内额为“祥徵郊棷”。殿前为敞厅三间，名“绣漪轩”。殿东跨院为三楹两卷殿，殿前为花窗小院，南有月亮门。凤麟洲东岛较小，系值房院。直北另有一岛，岛上有重檐四方亭一座，名“浩然亭”。亭北即茜园门，为连通绮春园与长春园之门径。

嘉庆朝

嘉庆十一年

凤麟洲十二韵

导堙开旧沼，秋水漾清池。
轩榭额仍昔，凤麟景擅奇。
虚明百顷挹，凉燠四时宜。
层叠浮青嶂，周围印碧漪。
枫屏绘崖壁，雁字写川湄。
一目天光迥，半窗旭影移。
拈题有所得，即境独含思。
秦汉求无已，蓬瀛孰见之。
诞词真刺谬，妄念动愚痴。
漫植三株树，谁餐九叶芝。
迷途去不返，正道见难期。
图治祛邪诡，荡平臻皞熙。

三株树：亦作“三珠树”，古代传说中的珍木。《山海经·海外南经》：“三株树在厌火北，生赤水上。其为树如柏，叶皆为珠。”明 刘基《仙人词》：“群龙自有三珠树，不见扶桑水浅深。”

皞熙：和乐，怡然自得。

绣漪轩

水天一色印高秋，四面清漪漾锦洲。
岚黛林姿相映带，云光雁影共沈浮。
开帘碧染阶前镜，卷幔青连汀外楼。
静葆中和养几暇，集虚观妙匪他求。

沈：同“沉”。

嘉庆十二年

凤麟洲有会

达士能安常，哲人贵知止。
御极抚万方，宅心凛顾諟。
莫为天下先，妄念不可起。
静待事几来，澄中观至理。
平易近众情，大道无奇诡。
题额屏痴愚，三山隔弱水。

顾諟：《尚书·太甲上》：“先王顾諟天之明命，以承上下神祇。”孔传：“顾谓常目在之，諟，是也。言敬奉天命，承顺天地。”后以“顾諟”指敬奉、禀顺天命。

三山：神话传说中的海上三神山。晋 王嘉《拾遗记·高辛》：“三壶，则海中三山也。一曰方壶，则方丈也；二曰蓬壶，则蓬莱也；三曰瀛壶，则瀛洲也。

弱水：神话传说中险恶难渡的河海。《海内十洲记·凤麟洲》：“凤麟洲在西海之中央，地方一千五百里，洲四面有弱水绕之，鸿毛不浮，不可越也。”

绣漪轩

百顷漪澜漾，澄光印素心，
琢磨明镜朗，屏绝俗尘侵。
鉴水知清浊，用才辨浅深。
易盈必倾竭，无欲始渊沈。
源浚流斯洁，形端影可寻。
临轩神会远，兴寄五言吟。

凤麟洲

平湖飏清风，纱疏纳新爽。
锦漪漾轻纹，霞光印晃朗。
远汀茂林围，鸣蝉送繁响。
静觉烦暑消，心神乐安养。
古书默探寻，稍助知识广。
学问总无停，加益善日长。

凤麟洲

避暑无逾此，芳洲舟可通。
回廊环曲折，虚牖启玲珑。
庭印一奁镜，窗含四面风。
远峰清影蘸，茂树碧阴充。
月问南楼上，亭开北渚崇[①]。
虹桥连岸右，松嶂峙池东。

胜境诚难绘，游心兴岂穷。

建新仍旧境，尚俭念卑宫。

① 问月楼，在洲之南。镜绿亭，在洲之北。

凤麟洲对雨

时行应律除炎暵，酝酿高空沛泽饶。

雨注云浓风荐爽，窗虚庭敞暑全消。

檐端银箭千条挂，水面骊珠百斛跳。

嘉澍霏甘乐酣畅，郊原遥识溉禾苗。

凤麟洲

南园避暑最佳处，境届秋初景益清。

湖影澄青浮岛屿，林光澹碧荫轩楹。

荷汀掩映云霞绕，苇岸微茫鸥鹭盟。

爽籁披襟庭院迥，漪澜溶漾印空明。

绣漪轩

律转新秋佳日多，临湖殿阁对岩阿。

明霞绚彩萦青嶂，商籁含漪叠碧波。

林际蝉声透清切，汀前鹭影舞婆娑。

甫田百谷将成熟，乐与民同鼓太和。

嘉庆十三年

游凤麟洲即景

玉结南湖映空碧，光凝洲屿渺无迹。
冰床试放饮绿亭，宛如行车乘石陌。
琉璃世界仙馆开，窗明几净澄纤埃。
旭映松崖荫满砌，雪含春泽香盈梅。
蓬莱何有原寓意，一念宵旰图郅治。
翔凤游麟漫徵祥，稔岁安民诚上瑞。

冰床：指专用于冰上的一种交通工具，又称冰车、拖床。曾流行于中国北方各地。

凤麟洲

新波叠碧渚，清影印回廊。
岸柳拖长线，汀花舒静香。
授时念耕稼，观水鉴沧浪。
源洁流斯澈，晴辉映远塘。

凤麟洲

放棹南湖曲渚过，天澄雨足景舒和。
芳洲据胜真超俗，佳境留诗不厌多。
红逗余霞成绮绣，碧垂柳岸舞婆娑。
化机静验无时息，又见田田出水荷。

化机：变化的枢机。唐 吴筠《步虚词》之十："二气播万有，化机无停轮。"

凤麟洲

海外奚能问阆壶，世间烦暑此洲无。
薰含平渚萦青柳，烟暗遥汀织绿芜。
悦目赏心真胜概，求仙驻景实殊途。
几余清课消长昼，习字敲吟仍昔模。

嘉庆十四年

南湖泛舟至凤麟洲

和蔼晴波印碧流，南湖放棹溯芳洲。
东崖幽秀平林接，西渚嵯峨远岭浮。
心赏岂耽宫室美，德修庶冀凤麟游。
卷阿胜境娱清暇，知命观生不妄求。

凤麟洲晴望

林收积霭放新晴，候转初秋景倍清。
窗纳商飔挹神爽，庭辉皎旭印心明。
寰中化未臻淳茂，海外境空标阆瀛。
建极治民除妄想，德功言立即长生[①]。

① 神仙之说，起于周之季世，盛于秦皇汉武之朝。虽术士荒唐，逞其邪说，而人之受其愚惑，亦由骄侈之心，先自中之。试观秦皇汉武之锐志求仙，盖欲得长生

耳。故时或觉其诈妄，而终于不悟也。然究其所谓长生，可致者固安在哉。因思人君御宇，惟当以正心诚意为修身之本，而措之于治平之要道。凡所谓德功言三者之立，仍本之古圣王治世之大经大法。乃可与易象典谟，并垂天壤，传之无穷。此长生真诀，不朽良规，当不外是欤。

嘉庆十五年

南湖泛舟至凤麟洲

御园初夏气和畅，试放兰桡泛锦波。

高柳临汀蘸翠缕，遥峰卷幔印青螺。

桥东胜境开芳渚，楼北方亭近曲阿。

延览仙洲趁几暇，怡情物外会心多。

青螺：喻青山。唐 刘禹锡《望洞庭》诗："遥望洞庭山水翠，白银盘里一青螺。"

凤麟洲

漪澜四面绕芳洲，杨柳堤边试放舟。

芬漾荷汀盖遥立，风来桐院叶初浮。

气清绿野全无暑，云净青霄已报秋。

自愧治民才德薄，奚能感召凤麟游。

嘉庆十六年

凤麟洲

稽古汉儒语，天人三策陈。
感召理不爽，休咎原相因。
主敬勿懈忽，以诚御众臣。
大公示无我，胞与怀斯民。
为君首立德，庶可致凤麟。
予衷自强勉，寰宇期平均。

天人三策：《汉书·董仲舒传》载：武帝即位，董仲舒以“天人感应”说为对策要旨，所对凡三，世称“天人三策”。其主张罢黜百家，独尊儒术。

休咎：吉与凶；善与恶。唐 刘知几《史通·书志》：“然而古之国史闻异则书，未必皆审其休咎，详其美恶也。”

凤麟洲

放棹南湖春水足，仙洲杰峙碧波环。
霞辉北渚连青屿，云起西崕掩翠鬟。
惟愿安澜朝四海，不求炼药访三山。
农登民靖真祥瑞，几见凤麟游世间。

嘉庆十七年

凤麟洲

南湖试泛木兰舟，密荫千章绕碧洲。

春夏时殷念农事，凤麟岂拟待仙俦。
殚心惟愿寰中治，祛妄何须海外求。
屏绝贪痴存敬慎，修身立命大丹头。

仙俦：仙人之属。
丹头：比喻促成事物变化的主要因素。

凤麟洲

广厦含薰夏日宜，几余莅止每留诗。
茂林青荫百重幄，虚槛碧浮四面漪。
仪凤游麟岂可望，安民化俗尚无期。
前修强勉敢疏怠，学业未臻天命知。

嘉庆十八年

凤麟洲

放舟东泊碧洲浔，遣闷溯洄胜概寻。
欲致凤麟修实政，渴思雨泽本诚心。
求仙妄念屏邪说，希圣嘉谟矢素忱。
水殿题楣具深意，排忧即境偶摛吟。

嘉谟：嘉谋。汉 扬雄《法言·孝至》：“或问忠言嘉谟，曰：‘言合稷契谓之忠，谟合皋陶谓之嘉。’”

嘉庆十九年

南湖春泛至凤麟洲

一湖新水漾清涟，缓放兰桡芳渚前。
目极山延楼外绘，坐游身在镜中天。
柔苞红坼桃舒颊，弱缕青梳柳起眠。
弭棹仙洲探静赏，绮春胜概付吟笺。

凤麟洲

宇宙广大诚难治，六合之外应弃置。
求仙炼药妄想生，秦皇汉武皆好利。
一人心智对庶民，凛乎驭朽习未淳。
浇俗鼓惑远正道，德薄奚能致凤麟。

六合：即天地四方，泛指天下或宇宙。《史记·秦始皇本纪》："六合之内，皇帝之土。"

嘉庆二十年

凤麟洲

建极御臣民，治功六合广。
万几最纷烦，勤敬寸心养。
正己饬四维，必先除妄想。
秦汉鉴戒存，求仙致邪枉。

海外极渺茫，奚能涉漭沆。

观额自省衷，澹泊襟怀爽。

漭沆：水泽广阔无边的样子。唐 韦元旦《兴庆池侍宴应制》诗：“沧池漭沆帝城边，殊胜昆明凿汉年。”

嘉庆二十一年

凤麟洲

年丰俗正瑞方真，德薄奚能致凤麟。

念典无为先寡欲，守成有本在依仁。

宅心端谨永刚健，妄合刀圭鄙汉秦。

能者养之理精粹，自求多福勉修身。

刀圭：中药的量器名。此处指长生不老之药。

嘉庆二十二年

凤麟洲

放棹南湖漫问津，芳洲宛在绿杨滨。

日烘锦浪晃文绮，风叠澄波皱麴尘。

适性偶探溪壑胜，得闲仍向简编亲。

雨旸合序真祥瑞，孰见郊原来凤麟。

嘉庆二十三年

凤麟洲

石矶缓放木兰舟，系缆桥东泊碧洲。
日印波光叠鳞灿，风摇柳影漾丝柔。
窗中列岫云容薄，槛外方亭松荫幽。
题额凤麟勉修德，爱民养福自心求。

嘉庆二十四年

凤麟洲

闰夏小年日引伸，泛舟芳溆泊溪漘。
松窗烟静笼青縠，柳岸风轻皱碧尘。
拈咏怡情仍习旧，观书明理庶知新。
民生总未臻康阜，德薄奚能致凤麟。

溪漘：溪边。清 李斗《扬州画舫录 · 冈西录》：“前有小屋三四间，半含树际，半出溪漘。”

凤麟洲

秋水澄清红蓼洲，石桥西岸放扁舟。
冶铜偶设凤麟像，致此还须政治修。

三岛十洲皆寓言，求仙炼药总浮论。

由来仁者得其寿，立极保民养福原。

三岛十洲：神话中的仙境名，皆仙人居处。三岛者，蓬莱、方丈、瀛洲。十洲者，祖洲、瀛洲、聚窟洲、玄洲、炎洲、长洲、元洲、流洲、生洲、凤麟洲，俱在巨海之中。

嘉庆二十五年

凤麟洲

三篙春水漾芳洲，放棹晴波偶泛游。

暖旭扬汀金浪叠，和风拂渚碧漪浮。

柔莎冉冉轻茵展，嫩柳依依细线抽。

延览园林欣润泽，关心武陟靖黄流。

武陟：武陟县，地处豫北怀川平原，位于河南省西北部，黄河北岸。

黄流：指黄河泛滥。宋 苏轼《次韵张昌言喜雨》：“千里黄流失故居，年来赤地到青徐。”

 道光朝

道光三年

凤麟洲

非尚来游凤与麟，湖光山色景斯真。

阴阴绿荫藏黄鸟，淼淼清波跃锦鳞。

坐爱虚窗生爽籁，行看静境屏嚣尘。
抚时念切农功急，伫望甘霖远近均。

 咸丰朝

咸丰六年

题凤麟洲

对时育物匪求仙，面面清流足旷然。
郊棷祥征符圣德，丕基敬绍宝惟贤。

郊棷：郊外草泽地区。

丕基：巨大的基业。《旧五代史·晋书·少帝纪》：“朕虔承顾命，获嗣丕基，常惧颠危，不克负荷。”

涵秋馆

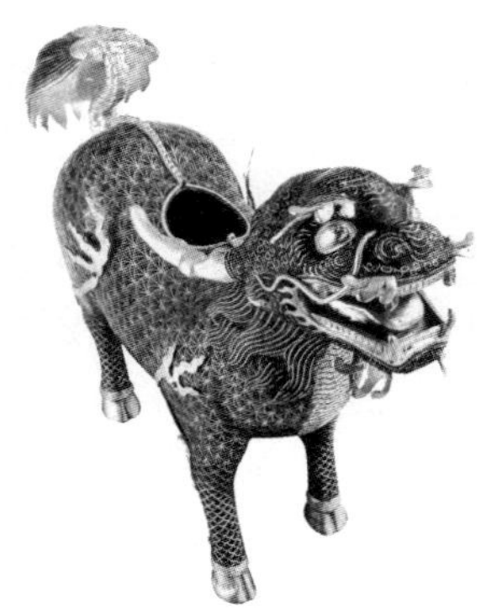

涵秋馆，位于凤麟洲西南，为一南北长岛，北望后湖，东临东湖，西侧亦为河池。该景区始建于嘉庆前期，主殿涵秋馆居岛之北部，为南向七楹双工字大殿，外悬“涵秋馆”匾。大殿前后有廊，中间为叠石喷泉，殿之东墙外有高台为池，蓄水以供。该景是绮春园之春（敷春堂）、夏（清夏斋）、秋（涵秋馆）、冬（生冬室）四序景物之一。

嘉庆朝

嘉庆十年

初冬涵秋馆

归里言归息六骖，恰成新馆景初探。
檐楣高朗窗开八，汀屿回环径启三。
霜点遥峰林滴绛，旭辉极浦水拖蓝。
闾阎又届于茅候，广厦身居心实惭。

嘉庆十一年

涵秋馆

芳春敷绮甸，山馆坐佳辰。
柳拓摇金线，冰开跃锦鳞。
始青麦抽颖，嫩碧草铺茵。
旷览阳和溥，授时东作新。

趁暇寻佳胜，西窗纳远岚。
山容忆秋净，花事到春酣。

一室天光印，四时妙景涵。
君临有致理，册府细寻探。

册府：古时帝王藏书的地方。语出《晋书·葛洪传论》：“紬奇册府，总百代之遗编；纪化仙都，穷九丹之秘术。”

涵秋馆

文馆新开万景涵，溪山佳妙静中探。
湖光潋滟连遥渚，林影葱茏带远岚。
悦性细寻芸简奥，清心试煮玉泉甘。
轩楹洞达除遮蔽，欲使淳风薄海覃。

涵秋馆

窗中列岫排千笏，翠霭微茫接远天。
日绚彩霞辉绝壁，风翻锦縠叠长川。
花芬细细来轩外，林影徐徐过槛前。
静坐观生涵众妙，我心如镜物如烟。

初秋涵秋馆

馆启芳园灏景涵，新秋延爽静因探。
庭间梧叶影微飏，林际蝉鸣韵正酣。
澄澈清波连极浦，泬寥高宇印遥岚。
授时敬感雨旸协，万宝西成稼穑甘。

涵秋馆

几暇坐清昼，高秋万景涵。
余霞绚红树，积潦澈青潭。
窗纳旭辉北，林开雁影南。
凉飔天末送，玉律静中探。
读画境相印，观书理细参。
图今必稽古，治理遍包含。

嘉庆十二年

涵秋馆

轩庭高敞消烦暑，长夏成秋大块文。
遥嶂分青排北牖，平林飏碧引南薰。
花阴层叠临阶布，蝉韵悠扬隔树闻。
心静日长验农候，三耘陇亩正辛勤。

大块：大自然，大地。《庄子·齐物论》："夫大块噫气，其名为风。"成玄英疏："大块者，造物之名，亦自然之称也。"

涵秋馆

伏暑略消减，新秋爽渐盈。
九霄微雨洒，四牖好风清。
远岫生云密，澄湖隔槛明。
静涵商律转，省岁待西成。

嘉庆十三年

涵秋馆

临溪文馆额涵秋，永夏延薰昼景修。
百顷清波碧奁展，千章嘉树绿阴稠。
亭开北渚高晖映，云起西山远黛浮。
胜概天成无尽妙，诗情画法一窗收。

涵秋馆

试放南湖棹，扁舟往复还。
澄波皴远岸，清影印遥山。
鹭立芰荷渚，蝉藏杨柳湾。
馆中常得句，结习笑难删。

结习：积久而难改的习惯，称为“积习”，多含贬义。

涵秋馆

遇闰秋来早，新凉庭院涵。
松梢涛韵漾，池上镜光含。
旭皎辉高宇，霞明衬远岚。
蝉音答丛樾，荷馥送澄潭。
伏暑座间滌，清商林外探。
披襟延爽籁，试品玉泉甘。

清商：谓秋风。

披襟：敞开衣襟，多喻舒畅心怀。宋 张景星《秋日白鹭亭》诗："开樽屏丝竹，披襟向萧爽。"

初秋涵秋馆

风含翠幄净池塘，坐对漪澜拂面凉。
适可澄心观玉律，雅宜习静憩虚堂。
梧先应候阶前漾，蝉已知机叶底藏。
惟祝畅晴登百谷，何思何虑赋欧阳。

涵秋馆

季秋月令候初冬，慰念京圻稔岁逢。
高朗层霄悬皎旭，清澄极浦印遥峰。
白苹红蓼环洲灿，黄叶丹枫绘壁浓。
敬授时临纳多稼，心祈比户万千钟。

白苹：水中浮草。

万千钟：极言粮多。古以六斛四斗为一钟，一说八斛为一钟，又谓十斛为一钟。《孔子家语·致思》："季孙之赐我粟千钟也，而交益亲。"

嘉庆十四年

涵秋馆

伏雨既敷滋，新秋晴宇奇。
灿烂彩霞辉，清光涵远岭。

百谷乐登丰，收获连万顷。
足食遍西成，升平普邑井。
仓箱尽充盈，庶民益宁静。
馆额意在兹，岂因探灏景。

霁：天空晴朗无云。

涵秋馆

停桡芳渚偶游歌，佳境留题不厌多。
东沼含飔浮碧縠，西山映日蘸青螺。
蝉藏高柳舒新韵，荷出深潭印旧窠。
恰趁几余观景象，协时颐志养中和。

涵秋馆

晴光绚霄半，林外列青岚。
倒影溪浮碧，含晖浦漾蓝。
蝉声传密樾，荷馥散澄潭。
灏景欣虚朗，清商物表涵。

涵秋馆

炎风溽暑度三庚，序入新秋景物清。
茂树阴敷遥渚暗，余霞影衬远山晴。
静观世态如云薄，涵养心源若旭晶。
文馆纳凉欣对育，甫田百谷待西成。

嘉庆十五年

涵秋馆

天澄云卷景虚明，诗兴临秋倍觉清。
红立浦荷映日灿，翠浮砌竹罥烟横。
波涵远岫画屏漾，风拂乔松天籁鸣。
玉律迎凉涤暑气，萦舒群植庆西成。

嘉庆十七年

涵秋馆

清晖澄洁晚秋涵，灏景敷原印远岚。
风飐叶声来茂树，霜沈波影净寒潭。
微茫崖外雁行一，灿烂庭前菊径三。
佳境会心欣自得，诗情画意静中探。

嘉庆十八年

涵秋馆

延爽纱疏秋气覃，静观芳墅众清涵。
波纹细叠铺前渚，霞绮高辉灿远岚。
映旭池莲千朵绚，含飔岸柳万条酣。
馆中佳致四时具，物候暄凉顺序探。

嘉庆十九年

涵秋馆

昊眷于昭下土垂，夏秋连月雨旸时。
痴愚知改刑毋滥，禾黍有收泽遍施。
可望年康佳兆印，还期河复喜音驰。
万几只此一诚贯，昕夕难忘我考慈①。

① 今岁，自五月下旬至七月既望，甘雨依旬，嘉禾被野。三辅秋成，可望上稔。昨据江督百龄等奏报，三进粮艘，已入东境，计日即可抵通，稍纾廑念。第睢工现在兴筑，大河伫盼复轨。南望喜音，不能暂置。惟时时矢此一诚，以期仰答昊眷考慈于无。既俾俗厚风淳，愚蒙潜化，安澜永庆，大有连书共乐諴和也。

昕夕：朝暮，谓终日。宋 沈括《贺年启》：“祈颂之诚，昕夕于是。”

涵秋馆

芳园胜景四时覃，岩馆秋深静趣涵。
红叶缤纷绚前渚，白云层叠衬遥岚。
排空雁字横林一，应候菊英开径三。
即境拈吟抒逸兴，几余偶涉敢心耽。

嘉庆二十一年

涵秋馆

文馆临澄浦，新秋灏景涵。
林光簇层霭，波影印遥岚。

隐藓蛩音细，藏枝蝉韵酣。
雨旸合其序，上稔兆欣探。

涵秋馆

天迥风清秋景涵，馆中雅致座中探。
虚明旭影澄前浦，层叠霞光灿远岚。
蛩隐苔根音尚细，蝉藏叶底韵仍酣。
达观齐物随安乐，鄙矣欧阳独抱惔。

惔：恨。

嘉庆二十四年

涵秋馆

南湖解缆度芳洲，两岸清风夏似秋。
亼樾临汀绿波蘸，垂杨绕屋翠云流。
霞光绚彩遥岚映，波影涵虚极浦浮。
静憩匡床舒远目，西山一碧小窗收。

涵秋馆

南湖试放木兰舟，风漾澄波候杪秋。
疢绮余霞辉灿烂，经霜密叶舞飕飗。
日涵远岭排青幌，烟敛平林净绿畴。

灏景虚明目千里，微嫌多稼未丰收。

飕飗：象声词，形容风声。清 高咏《李中丞歌》：“迩来江南数十州，荒村废井风飕飗。”

嘉庆二十五年

涵秋馆

三庚伏热退，应候火西流。
风至满庭爽，机先一叶浮。
大河愿顺轨，多稼望成秋。
遣兴诗言志，安民宵旰求。

火西流：我国古代天文学家将心宿二（星名）称作“大火”。每年从夏到秋时，其在黄昏后逐渐西沉，故古人用“大火西流”表示秋季的到来。

涵秋馆

天宇空明玉律秋，鸣蝉渐觉韵徐收。
白云出岫清晖接，碧树含飔密叶浮。
澄澈长川绕汀溆，充盈多稼茂田畴。
三时系念民艰切，虔愿西成穑事修。

三时：指春、夏、秋三季农作之时。唐 元稹《茅舍》诗：“我欲他郡长，三时务耕稼。”

道光朝

道光三年

南湖秋泛至涵秋馆作

平湖放棹问安回，晓旭晶莹霁景开。
云叠轻罗时聚散，波涵细縠乍潆洄。
幽林宿霭添深翠，远岸秋容绝点埃。
小憩欣逢池馆静，窗临碧水径留苔。

涵秋馆

云消远岭净苍穹，波影山光淡寂中。
杨柳阴疏邀皎月，芙蓉香老乱秋风。
数声清唳栖崖鹤，一字高翔映水鸿。
领略最欣池馆静，扬芬带露桂花丛。

展诗应律

展诗应律，居绮春园后湖南岸，东邻涵秋馆。该处最初系傅恒春和园，乾隆三十四年（1769）收归御园后，该处景观偶有修缮。嘉庆六年（1801）展诗应律一景建成，主殿南向五楹，周围有廊，外悬“展诗应律”匾。这是一座看戏殿，为道咸两朝皇太后看戏的主要处所。殿前为回廊院，南设戏台，台后为扮戏房五间。殿北临后湖，月台之外设有码头。主殿前东配殿三间，内挂“吟玉轩”匾。扮戏房西南临池处，有西向二层小楼，名“栖云阁”。阁南有四方小亭，名“云溪亭”，又西南临溪三间西向房，为“翠幄”。另外，该景区还有“虚明镜”“万象涵空”“华滋庭”“苔香室”四幅匾额，不知悬于何处。

嘉庆朝

嘉庆六年

华滋庭

积润芳华溥，繁滋洽户庭。
溪光映窗碧，草色入帘青。
卷幔看遥画，披襟接远馨。
所忧河未复，泛溢遍郊坰。

所忧句：指该年六月上旬，京师连日大雨。十八日，永定河四处决口，城郊被淹。

嘉庆十年

虚明境

心源至虚灵，涵养去尘滓。
不为外诱移，淡泊祛华靡。
定见未坚持，遇境志渐徙。
既徙即沦亡，就下嗟如驶。
智者识虑超，遏欲循实理。

达观养天和，定静安汝止。

华靡：华丽奢靡。三国魏 曹植《求自试表》：“而位窃东藩，爵在上列，身披轻煖，口厌百味，目极华靡，耳倦丝竹者，爵重禄厚之所致也。”

嘉庆十一年

虚明境有会

自内观外境若烟，由外省内心如水。
灵源澄澈蕴清辉，静待物来安汝止。
集虚观妙得大成，养晦涵明察众理。
予不敢为天下先，克己存诚凛顾諟。
本性湛然泯贪痴，直道而行去奇诡。

顾諟：《尚书·太甲上》：“先王顾諟天之明命，以承上下神祇。”孔传：“顾谓常目在之，諟，是也。言敬奉天命，承顺天地。”

华滋庭

夏令感叨旸雨时，溪山林木遍华滋。
高禾低黍嘉生遂，玉露金风爽气披。
天泽惠民寸衷凛，河流归海百神移①。
尽兹心力待绥屡，内省何修沐渥施。

① 黄河由江南境会淮水，出云梯关入海，其来已久。惟海口因积沙淤滞，河底日形高仰。每年淮黄水涨时，海口宣泄不利，致有泛溢之虞。今夏淮黄并涨，甚于往年，尤为可虑。乃黄水大溜，七分迳趋六塘河口门归海，只余三分入淮。而清、黄交汇之处，频年因清弱黄强，亦有淤垫。本年转因淮水涨盛，将清口刷净深通。

诸水去路畅顺，堤堰得以稳固，居民皆获宁贴。漕艘各帮，已全数遄行抵通。凡此化险为顺，因危获安，固非人力所能，并非意想所及。总由上天孚佑，百神效灵，锡此非常瑞应，为河务永奠之机。现在新秋节届，伏汛将过。予不敢因鸿贶渥施，稍弛咨儆。惟敬俟安澜奏至，冀副予宵旰求瘼之忱耳。

嘉庆十二年

华滋庭

芳园沐春泽，卉树发华滋。
红滴牡丹蘤，碧拖杨柳丝。
和飔欣已遍，好雨愿重施。
稼穑为民要，关心麦稔期。

苔香室

当春花吐艳，绕砌尽芬芳。
烟外林舒锦，雨余苔恋香。
鼠姑竞焕发，燕子渐匆忙。
茂对皆生趣，窗晖景益长。

虚明境

心德极虚灵，浩然超物表。
澄源勿混淆，朗若明镜皎。
所患外诱来，世态相纷扰。
遂欲趋迷途，舍大转图小。

鉴古得失昭，义利一目了。
有勇斯去邪，总由性中肇。

虚明境

养心务集虚，静观明众理。
处晦洞群情，去私谁誉毁。
内省无危机，澄澈如止水。
乱丝寻其端，析缕得原委。
朗鉴难遁形，公溥消奇诡。
至境蕴灵通，万缘尺宅始。

朗鉴：指明镜。唐 李白《送杨少府赴选》诗：“群贤无邪人，朗鉴穷清深。”
尺宅：指大脑。

华滋庭

夏雨生多稼，栽培正及时。
溪山增秀润，卉木遍华滋。
恰应三庚候，不逾十日期。
中庭欣茂对，凭槛印清漪。

苔香室

试步虚明榭，重寻曲折廊。
平临渌波活，静挹碧苔香。
柳影偶疏密，蝉声互短长。

心清境益远，溽暑已想忘。

华滋庭

雨足华林庶汇滋，应时嘉泽遍敷施。
苍松舒盖遮苔砌，碧柳垂丝蘸石池。
多稼含生润平野，繁阴吐艳绕疏篱。
广庭茂对心怀惬，默祝封圻报屡绥。

封圻：即封畿。《汉书·文帝纪》："封圻之内，勤劳不处。"颜师古注："圻亦畿字。王畿千里。"此处指封疆大吏。

绥：平安。

嘉庆十三年

虚明境

养心在集虚，洞明应万事。
情态任变迁，静观辨诚伪。
欲识邱壑幽，先澄方寸地。
内省果无瑕，外诱奚能累。
安仁非市恩，顺应勿炫智。
即境抒予怀，艰哉大宝位。

华滋庭

庭额欣符旸雨时，今春甘泽助华滋。

醲膏浃洽敷畿甸，嘉霿霑濡暨海湄。
析木省耕欣种植，御园观候望丰绥。
更祈大有同寰寓，奢愿难期念在兹。

海湄：海边。

析木：古代幽燕地域的代称。古代以析木次为燕的分野，属幽州。唐 顾况《送从兄使新罗》诗："扶桑衔日边，析木带津遥。"

华滋庭

土膏遍透润，雨足物华滋。
岸柳舒长线，汀花吐艳姿。
陈根茁芳甸，新涨叠清池。
茂对涵生趣，甫田畅沃施。

苔香室

嘉泽滋芳甸，新波漾碧塘。
荷钱浮藻影，花片恋苔香。
爽籁来疏牖，清阴转曲廊。
时和乐咸畅，庶汇普繁昌。

虚明境

万事理原一，持心唯致诚。
集虚斯得实，处晦始观明。
常养性中素，勿图身外荣。

有恒天地道，世态任纷更。

虚明境

秋宇气澄虚，空明印灏景。
湖波皎旭涵，漪澜叠霞影。
凉飔下密林，蝉声益清警。
代谢相回环，静观白驹骋。
几暇读古书，探寻时自省。
有为本无为，内照湛心境。

华滋庭

夏雨继秋霖，沾濡土润深。
滋培益晚稼，灿烂缀华林。
霜菊团清影，风鸿送远音。
将临小阳序，物候静探寻。

苔香室

弭棹芦洲畔，依晖步曲廊。
菊开不见叶，苔薄尚留香。
林外云光淡，天边霞影翔。
室虚挹方沼，澄澈印沧浪。

嘉庆十四年

虚明境

天君泰然归简易，物来顺应匪形役。
譬诸宝鉴悬太空，妍媸自照过无迹。
养虚得实诚则明，事几澄澈消障隔。
集虚至要先去私，公斯生明始有获。
知人安民惭未能，寸衷强勉与时积。
境处至尊凛渊冰，虚应诚求勤保赤。

保赤：养育、保护幼儿。语本《尚书·康诰》："若保赤子，惟民其康乂。"孔传："爱养人如安孩儿赤子，不失其欲。"

虚明境

涵养心源若水清，应机理事总持平。
静由于定定能静，明必因虚虚始明。
言有物而行有则，视无形复听无声。
拈题自省加勤勉，作圣作狂一念更[①]。

① 应机理事，本于一心。欲求措正施行，非虚明不可。盖虚者，虚此心以受善。明者，明其德以日新。固非若庄、老、佛氏之崇尚虚无，空言明觉也。是虚明之极致，曾不出大学圣经之旨。所谓明德致知，由定而后能静，为性功之始基。予以为：中无憧扰，则静生；中无隔阂，则明至。所以自勉者如此，即景拈题，爰抒予慒念云。

华滋庭

百顷漾漪澜，依庭印绿水。

才看玉镜辉，转瞬浮瀰瀰。
陈根感春和，柔莎茁芳沚。
浅碧有若无，待泽又华靡。
大生四极敷，循环惟一理。
天地道纯常，恒久而不已。

瀰瀰：水满貌。

华滋庭

春园舒众汇，夏日益华滋。
久荷栽培泽，又臻收获时。
凉风任披拂，甘雨畅敷施。
茂对秋庭敞，密林叶渐驰。

苔香室

昨宵敛秋雨，润景满亭台。
浅浪汀前漾，幽香砌下来。
帘纹笼薄霭，花片罥闲苔。
碧映窗纱淡，迎凉北牖开。

虚明境口号

日月悬高宇，扬辉万祀清。
太虚涵众物，常放大光明。

万祀：千秋万世。

太虚：谓宇宙。唐 陆龟蒙《江湖散人传》："天地大者也，在太虚中一物耳。"

嘉庆十五年

虚明境

窗虚一室明，内外咸洞彻。
心虚万善该，道理自陈列。
纳言虽大猷，要在有区别。
因公本正论，为己皆邪说。
执两用其中，平均免欠缺。
即境铭吾衷，远佞亲贤哲。

大猷：谓治国大道。《诗·小雅·巧言》："奕奕寝庙，君子作之；秩秩大猷，圣人莫之。"郑玄笺："猷，道也；大道，治国之礼法。"

华滋庭

夏雨生庶汇，敷华欣遍滋。
清芬盈几席，密荫溥阶墀。
一径碧茵展，千章绿幄垂。
静观群植茂，待咏甫田诗。

苔香室

闲庭雨初过，满室挹苔香。
细罥绿纱幕，轻连碧草塘。

池荷接远岸，砌藓上平冈。
暑歇延新爽，松涛匝地长。

嘉庆十六年

虚明境有会

人心至虚灵，涵育太和境。
大公斯生明，物欲自除屏。
万几觉繁多，治功处镇静。
诚求主敬勤，寸田勿驰骋。
坦荡体群情，据理时内省。
集义务达观，懋修必思永。

虚明境

天运极虚灵，光明照大地。
人心养安和，义理应万事。
境在方寸间，操存勿弃置。
外诱悉屏除，内修益培植。

嘉庆十七年

虚明境

天体至虚灵，苍苍泯形迹。

大地尽包罗，化育元会积。
人心禀赋同，虚能受众益。
恒久理路明，言行皆安适。
无我本无偏，有容斯有获。
荟萃美善收，精一自选择。

嘉庆十八年

华滋庭

芳园夏方永，卉木发华滋。
荷灿红浮渚，柳深碧蘸池。
凉风频荐爽，甘雨恰知时。
禾黍欣芃茂，秋成庶可期。

苔香室

晚云布西岭，夜雨洒池塘。
绿树增新润，苍苔生暗香。
宵阶听断续，朝牖挹清凉。
多稼欣霑溉，敷滋遍广场。

嘉庆十九年

虚明境

心虚事理明，涵养方寸地。
风俗太轻浮，舍身就财利。
穷滥忘本原，伦常尽倾弃。
沉溺孽海中，冥顽任纵恣。
豫省甫安宁，西土待平治。
恐辜授宝恩，研硃滴双泪。

冥顽：愚昧顽固。明 宋濂《西天僧禅师诰》：“冥顽而怙恶者，尔推报应之说以导之。”

虚明境

利欲迷人性，心虚理始明。
顽民疾已锢，污俗化难更。
经正知观感，贪除渐洁清。
勤求吏治肃，兢业凛持盈。

华滋庭

庭临碧溪上，卉木遍华滋。
淑气虽和畅，甘膏待渥施。
民淳邪自戢，义正俗徐移。
事定心弥凛，敬勤庶政咨。

事定句：指嘉庆十八年九月十五日，京畿天理教进攻紫禁城事。翌年正月，起义军被剿灭。

虚明境

集虚始克明，旧詠阐其义。
正教无人循，邪说遂纵肆。
迷途日昏沉，如梦又如醉。
犯法尚未知，挽回真不易。
立纲饬朝堂，责效在官吏。
庶几污俗澄，交泰协郅治。

交泰：指君臣之意互相沟通，上下同心。明 张居正《庆成侍宴》诗：“交泰正逢千载会，谟才何以佐升平。”

嘉庆二十一年

华滋庭

春深景益富，卉木尽华滋。
红杏几株绽，绿杨万缕垂。
清阴笼曲槛，暖浪满芳池。
新麦已盈垄，常叨泽及时。

苔香室

清和敷品汇，露浥碧苔香。

绕砌鼠姑艳，窥帘燕子忙。
惠风拂虚牖，丽日转回廊。
静觉物华畅，随安自守常。

虚明境

欲得实情先集虚，养心静谧体安舒。
有恒能久咸周遍，勿废髫龄旧读书。

髫龄：幼年。唐 王勃《序》：“筠抱显于髫龄，兰芳凝于丱齿。”

偏则昏沉正则明，大公无我育群生。
濯磨心镜待其照，良莠妍媸态自呈。

虚明境自警

遇事毋沾滞，寸田虚始明。
安常戒躁急，察理勿纷更。
不可任己性，最难通下情。
得人庶政协，求治在延英。

寸田：心田，心。宋 苏轼《和饮酒》诗：“寸田无荆棘，佳处正在兹。”
延英：即唐代宫殿名，在延英门内。唐肃宗时，宰相苗晋卿年老，行动不便，肃宗特地在延英殿召对，以示优礼。

嘉庆二十二年

华滋庭

长夏屯膏恐旱暵，麦禾草木待华滋。
句荣众绿敷庭院，渥泽亟施尚及时。

扁舟试泛曲塘涯，乘兴溯洄赏物华。
连岁田功欣大有，屡丰念切愿仍奢。

嘉庆二十四年

虚明境

天体本至虚，大明悬皎日。
由虚而生明，光辉永洋溢。
人心亦同然，因付存真率。
克己策群才，奚可尚智术。
取善资谋猷，自用多阙失。
延纳众妙收，谦尊终迪吉。

迪吉：吉祥，安好。《尚书·大禹谟》："惠迪吉，从逆凶。"孔传："迪，道也。顺道吉，从逆凶。"

虚明境

心虚始生明，世情庶洞晓。

如日在中天，光辉彻云表。
照临靡不周，大圆悬镜皎。
磨炼在性功，定静屏纷扰。
循理毋越思，外诱由内肇。
御极凛其难，强勉纲纪绍。

华滋庭

中庭涵雨泽，卉木遍华滋。
翠柳敷清荫，朱榴炫艳姿。
遥岚净烟雾，远浦漾琉璃。
平秩南讹候，群生长养时。

苔香室

虚榭连书室，平桥转曲廊。
风前送花气，雨后接苔香。
嫩藓缘阶细，柔莎布毯长。
澄波印霞影，润景满池塘。

嘉庆二十五年

虚明境

心源时洗涤，绎志在诗书。
为政必求实，观人先集虚。

有容斯广大，无我自安舒。
公正生明朗，力行物欲除。

华滋庭

嘉生蕃蔗汇，卉木发华滋。
舒畅光风转，涵濡甘泽施。
向荣敷细蕊，趁暖拓芳蕤。
植物应时洽，园林锦绣披。

苔香室

弭棹赤栏畔，寻方步曲廊。
风前接花馥，雨后挹苔香。
留絮毬旋绕，连莎毯细长。
汀兰临砌下，静影照池塘。

春泽斋

春泽斋，位于展诗应律西侧，北临后湖，南俯清池。该地最初应属傅恒春和园内，嘉庆中叶始建成此景。主殿七楹，前后抱厦，外悬“春泽斋”匾，内额“十分春”。殿南临池敞厅三间，四围有廊，外悬“水心榭”匾，内额为“清池映月”。主殿东侧有院相连，院北为“畅惠轩”，院南为临池三间抱厦殿，内额为“蘋香泮”。又东复有院，北为五楹，前后有廊，外悬“茂悦精舍”。舍南为南向殿三楹，亦前后有廊，外悬“惠圃”匾。春泽斋前池西岸，有东西向三间楼，前后带廊，名曰“时登楼”。

嘉庆朝

嘉庆六年

春泽斋

四时首阳春，甘泽敷穹宇。

五谷荷滋培，嘉生茂场圃。

共沐沾溉恩，顺候协旸雨。

有收庆屡丰，率育皆乐土。

食足民自安，万井咸和煦。

斋额符心祈，儆予吁多祜。

五谷：稻、黍、稷、麦、菽。

万井：古代以地方一里为一井。万井，喻千家万户。

祜：福。《诗·小雅·信南山》："曾孙寿考，受天之祜。"

嘉庆七年

春泽斋

三春未沐泽，得雨泽如春。

出沐山容净，开奁波影新。

化工转旋妙，甘澍润滋匀。
麦熟心诚慰，稍苏穷苦民。

水心榭

虚榭碧池中，回廊步可通。
层波叠轻雾，四面引薰风。
鱼影穿疏荇，林阴罨画栊。
授时方长养，百谷望全丰。

几暇偶习静，悠然在水心。
碧奁欣若接，赤伞漫相侵。
人寂波弥定，林稠夏渐深。
观澜明性海，洞达鉴群忱。

性海：佛教语，指真如之理性深广如海。

八方畅游目，宛在水中央。
槛接松篁影，风来荷芰香。
年光静玩味，书理自评量。
只愧难图治，思艰刻不遑。

松篁：松与竹。前蜀 韦庄《春愁》诗：“后庭人不到，斜月上松篁。”
年光：时光，年华。

水心榭对雨　六月初六日

酷暑昼复宵，凌晨布云脚。

近午坐水心，欣逢甘雨作。
万斛珠跳波，银箭倾错落。
繁响溅池荷，飞流悬杰阁。
烦暍易清凉，驱炎胜服药。
大田普透滋，庶可苏沟壑。
去夏实苦霖，今幸沐时若。
总荷上天恩，锡丰转歉薄。
疏密间滂沱，膏泽庆溥博。
更愿兆洗兵，邪靖群黎乐。

洗兵：即洗兵雨。典出汉 刘向《说苑·权谋》：武王出师遇雨，认为是老天洗刷兵器，旋擒纣灭商，统一国土。后人便常以“洗兵雨”喻胜利结束战争。此处指清军围剿川陕等地白莲教大起义。

嘉庆八年

水心榭

虚榭纳清景，宛在水中央。
略彴达前渚，雁齿连回廊。
倒浸明霞影，荡漾涵云光。
游鳞戏锦浪，拨刺唼落芳。
静玩有至乐，达观濠濮乡。
息机罢垂钓，齐物思蒙庄。
代谢漫兴感，四时迭显藏。
调御斡元化，天工勤赞襄。

濠濮：《庄子》记有庄子与惠子同游濠梁之上和庄子垂钓濮水的事。后以"濠濮间想"，谓逍遥闲居、清淡无为的思绪。

蒙庄：即庄子。战国中期思想家、文学家，姓庄，名周，字子休，宋国蒙人，是继老子之后，战国时期道家学派的代表人物。其代表作有《逍遥游》《齐物论》等。

水心榭

虚榭延薰纳新爽，藤床静坐玩沧浪。
绿波叠叠光溶漾，拨刺游鱼叶底藏。

四面回廊步可通，赤栏雁齿接西东。
抚时解愠消烦热，农事艰难总系衷。

嘉庆九年

水心榭

水榭最宜夏，虚延四面风。
回廊互环抱，高柳映葱茏。
绮浪层层碧，金鳞叠叠红。
来薰吹曲槛，纳爽透轻拢。
远岭萦林雾，闲庭绚卉丛。
心清畅延眺，验候望年丰。

嘉庆十一年

水心榭

石池漾清波，虚榭临芳渚。
皎辉印空明，天光澹容与。
回廊接平桥，缓步偶延伫。
乍见锦鳞游，时听幽禽语。
生机随处敷，咸若得其所。
心源鉴澄潭，含养理万绪。

嘉庆十二年

题春泽斋

上苍生物敷春泽，建极钦承被万方。
出震调元滋绿甲，乘乾运化启青阳。
四时普愿绥丰协，八表还期民物昌。
亟待甘膏利东作，殚心农务祝年康[①]。

① 去岁孟冬，渥沾瑞雪。冬月，亦曾继霈祥霙。新年来，青阳入律，春和景明，可验绥丰之象。惟节令已交启蛰，东作方兴。亟望甘膏润物，大益农功。予省岁殷怀，无时或释。此斋额所题，以承生冬之后者，原有取于贞下起元。正如冬玉春膏，循环溥利。拈吟适愿，属意在兹。

出震：八卦中的“震”卦位应东方。出震，即出于东方。唐 刘禹锡《武陵书怀五十韵》：“继明悬日月，出震统乾坤。”

调元：谓调和阴阳，执掌大政。

八表：八方之外，又称八荒，指极远的地方。三国 魏明帝《苦寒行》："遗化布四海，八表以肃清。"

畅惠轩

韶光明秀蔼轩庭，淑景分铺柳外汀。
淡淡和风飘远树，迟迟暖旭度疏棂。
新波溶漾千层碧，浅草依稀一抹青。
春泽待敷衷亟盼，生机畅发满林坰。

林坰：郊野。亦作"林垌"。

蘋香沜

方池春水生新绿，遥接清辉叠锦漪。
掠影翩翻来燕子，戏波拨剌跃鱼儿。
暗香静觉花丛送，秀色平临林幄披。
畅发化工弥庶物，和风甘雨助敷施。

畅惠轩

春风吹万畅芳林，天地生机静里寻。
烟罥柳蹊青缕暗，雨滋花砌碧苔深。
鸟声清越传檐际，草色轻盈到岸浔。
对育萦怀方力作，绿畴频望沃膏斟。

水心榭

水榭纳凉盛暑宜，南薰习习座间披。
萧森密荫笼苔砌，溶漾清波叠石池。
立鹭小汀一夜净，藏蝉高柳万丝垂。
身安心静消烦溽，湫隘嚣尘每念兹。

湫隘嚣尘：湫隘，低下狭小。嚣尘，喧闹扬尘。《左传·昭公三年》："子之宅近市，湫隘嚣尘，不可以居，请更诸爽垲者。"此指贫民百姓的居住环境恶劣。

春泽斋

回廊四面绕，石沼印清波。
密荫舒高柳，幽香送远荷。
林蝉音唱和，汀鹭羽婆娑。
纳爽凭朱槛，凉风透薄罗。

水心榭

此地全无暑，虚檐不障风。
波含曲池碧，香送远荷红。
柳荫午尤密，松涛夏亦雄。
开襟纳清籁，漫赋九成宫。

九成宫：九成宫是唐朝第一离宫，位于今陕西省宝鸡市麟游县新城区。

广厦身安逸，还应陋巷思。

披薰大君乐，冒暑小民咨。
推己仁心养，致诚古训垂。
时萦胞与念，恺泽切敷施。

恺泽：恺，快乐。泽，恩惠。

嘉庆十三年

春泽斋

上苍敷恺泽，生物始于春。
欲锡蒸民惠，虔希昊綷仁①。
年逢稼穑美，心愿雨旸匀。
律转青阳逌，芳园丽景新。

① 去冬雪泽未霑，时殷祈盼。兹节候近届立春，惟冀苍仁司契，畅敷生物之心，孚应虔祈之念。渥施膏泽，溥利春耕。

仲春春泽斋

天泽覃敷岁始春，敬承图治勉安仁。
兆民蒙福闾阎谧，百谷含生旸雨匀。
时炫莺花新可喜，政筹雁户旧应循。
率由考训期无忝，深愧溢陬化未淳。

莺花：莺啼花开。泛指春日景色。唐 杜甫《陪李梓州等四使君登惠义寺》诗：“莺花随世界，楼阁倚山巅。”

雁户：指流动无定的民户。宋 刘兼《酬勾评事》诗：“才薄只愁安雁户，年高空忆复渔舟。”自注：“夷人内有雁户，盖徙移不定之故也。”

忝：辱，有愧于。

澨陬：指僻远处，犹言天涯海角。

春泽斋

品汇逢春复起枯，感叨天泽普涵濡。
枝柯展拓惠风畅，根本滋培甘雨敷。
暖沼浮青虚叠绮，柔莎衬碧润含酥。
嘉生繁衍盈原隰，茂对心欣斋额符。

原隰：广平与低湿之地。亦泛指原野。《国语·周语上》："犹其原隰之有衍沃也。"韦昭注："广平曰原，下湿曰隰。"

水心榭

回廊四面绕芳浔，虚榭空明界水心。
挹润遍看浃洽继，含薰远屏暑炎侵。
池波潋滟通青渚，阶荫玲珑布碧林。
静度小年煮新茗，清风两腋畅披襟。

水心榭

畅霁初秋气清朗，披襟虚榭午风清。
柳敷密荫廊阴满，荷送遥芬槛外盈。
爽挹一庭去烦溽，静观庶汇总舒荣。
停桡小住探真赏，习字拈吟自课程。

畅惠轩

昼永几闲偶豫游，飞廊缓步涉芳洲。
帘疏隔牖延飔爽，波浅开奁蘸柳柔。
夭矫苍松临渚健，间关翠鸟出林悠。
遍孚惠泽怀斯畅，揽景溪崖意岂留。

夭矫：形容姿态的伸展屈曲而有气势。《史记·司马相如列传》："长啸哀鸣，翩幡互经，夭蟜枝格，偃蹇杪颠。"

间关：形容宛转的鸟鸣声。

嘉庆十四年

水心榭

长夏宜虚敞，波心庭榭宽。
柳深蝉未隐，花落鸟争餐。
云过千林暗，风来五月寒。
披襟纳润景，爽气溢罗纨。

罗纨：泛指精美的丝织品。

畅惠轩

碧池波静午风清，不系扁舟槛外横。
偶步庭心观蝶舞，时临廊际听蝉鸣。
青连虚榭松涛漾，绿蘸漪澜柳线萦。
惠泽何时能畅布，小轩即目愧题名。

嘉庆十五年

水心榭纳凉

四面回廊虚榭通，匡床坐揽小园中。
披襟烦暑全消涤，爽挹前汀柳送风。

蝉韵悠扬出茂林，石溪泉戛漱瑶琴。
自然天籁闻思静，远胜人间丝竹音。

几暇消闲对碧池，蜀笺书就即吟诗。
寸心寄此贤乎已，宛若芸窗日课时。

嘉庆十六年

畅惠轩

惠风普和畅，快雪喜时晴。
庶汇含膏润，陈根茁土生。
粉凝莎毯薄，青染柳丝轻。
渐觉韶华富，东畴恰始耕。

嘉庆十九年

春泽斋

元为善长应三春，天泽宏敷惠万民。

沟壑自投甘作孽，愧予无德救沉沦。

八字邪言惑众心，逞凶作乱堕迷深。
有生趋赴无生路，洒泪瞻霄赐鉴临。

春泽斋

政治未孚独抱惭，吁天速救众痴憨。
仁风普播民心正，化雨优霑春泽覃。
官必无欺收实效，谏陈有则勿空谈。
感承昊佑弥勤敬，修己及人根本探。

春泽斋

万汇总生春，连番沐膏泽。
雪足雨复深，荡涤螟蝗迹。
畿甸润遍敷，苑囿舒新碧。
土脉既沾濡，东作盈阡陌。
齐豫普优施，迩遐兆收麦。
下民勿怠荒，力田庶有获。

春泽斋

养民承帝命，我泽愿如春。
饬纪先除伪，为君在止仁。
正心由克己，图治首知人。
敬待天慈溥，雨旸九有匀。

九有：九州，此指天下。《诗·商颂·玄鸟》：“方命厥后，奄有九有。”毛传：“九有，九州也。”

嘉庆二十年

春泽斋

上苍德好生，春泽苏万汇。
一犁新雨滋，远胜珠玉贵。
人性养中和，致祥调六气。
感召凛明昭，时刻存敬畏。

明昭：明鉴，指可为借鉴的明显先例。

嘉庆二十二年

春泽斋

一年生计在于春，天泽覃敷养万民。
甘雨膏田添浃洽，和风拂树拓轻匀。
始青弥觉根荄润，众绿渐看枝叶申。
举趾东皋早往岁，屡丰庶可救饥贫。

东皋：水边向阳高地。也泛指田园、原野。三国魏 阮籍《辞蒋太尉辟命奏记》：“方将耕于东皋之阳，输黍稷之税，以避当涂者之路。”

春泽斋对雨

廿日巡畿甸，平畴甘液敷。
春膏连浃洽，夏泽继涵濡。
霡霂广生植，滋培感化枢。
衷祈遍绥屡，乙丙岁功符。

霡霂：小雨。《尔雅·释天》：“小雨谓之霡霂。”

乙丙：指清嘉庆二十年乙亥和二十一年丙子两年间。

嘉庆二十三年

春泽斋

斋名祈副愿，敬待屡丰年。
虔俟三春泽，普滋九宇田。
政由岁是本，民以食为天。
二麦含瑶液，授时东作连。

嘉庆二十四年

春泽斋

今春泽透霑，三白正月节。
直隶及豫齐，千里被瑞雪。
二麦望有收，可补去岁缺。

东作利新耕，积润下尺结。

敬授感昊慈，君民实亲切。

旧欠普蠲除，陬澨胥欢悦。

三白：三度下雪。金 元好问《雪后招邻舍王赞子襄饮》诗：“河南冬来已三白，土膏坟起如蜂房。”

春泽斋

己岁逢花甲，春元凤诏颁。

惟期泽似海，奚用颂如山。

末节宜全屏，旧章未可删。

礼仪合制度，孚惠洽瀛寰①。

① 本年届予六旬正寿之期。仰惟上苍垂佑，年谷屡丰，九有乂安，河流顺轨。正宜加惠黎元，俾寰宇共享盈宁之乐。是以于始和布令，即降谕直省疆臣，查明节年正耗、民欠，及因灾缓征、带征银谷各数。援照旧章，普行蠲免。每见前史所载，如天长仁寿诸名目，皆于诞节特举庆仪。侈礼制之繁奢，胪冈陵之谀颂，不知有孚惠，心勿问元吉。所以迓天庥、绥茂祉者，初不在此末节也。兹因几余莅此，爰述斯义，著之于篇。

己岁：嘉庆帝六旬整寿，在嘉庆廿四年（1819）己卯年。

嘉庆二十五年

春泽斋对雨志喜

初春连仲春，几番沐天泽。

竟夜复及晨，甘膏洽阡陌。

宿润透平畴，远近铺新碧。
民生重农耕，指日茁二麦。
既望喜知时，恰值阁臣择。
六气欣协和，启沃资加益[①]。

① 是日授戴均元文渊阁大学士。

生冬室

生冬室，位于春泽斋池南，是绮春园四序景观之一。该景最早为康熙十三子允祥赐园之核心。乾隆五年（1740），乾隆帝赐额“明善堂”匾，即悬于此处。嘉庆亲政后，该园大规模改建，并易额为“含淳堂”，后复易额为“生冬室”。主殿生冬室，为南向七楹，前后接有抱厦，外悬“生冬室”匾。殿内设有戏台，是道咸时期皇太后园居游乐的主要场所。生冬室东南有南向殿二间，名“菡萏榭”，榭前有池，夏天以荷花为胜。池中小岛上，山石间有北向敞厅三间，前后带廊，外悬“卧云轩”匾，亦称“四面云山”。

嘉庆朝

嘉庆六年

题含淳堂

绮春[1]佳境御园东，别有洞天复道通。
明善旧题念堂构，含淳新额焕檐栊。
抚民感化心中正，莅政敷仁俗美隆。
自爱溪山真雅秀，戒奢崇俭矢予衷。

① 园名。

明善句：明善，即明善堂。乾隆五年正月，乾隆帝赐予怡亲王允祥子弘晓所居交辉园明善堂额。后孝贤皇后弟首席军机大臣傅恒居春和园时，亦沿用此堂额。

嘉庆七年

含淳堂得句

曲沼冰初解，清波印静心。
岸莎新土茁，阶石旧苔侵。
淳化嗟难返，春光看渐深。

萦怀邪未靖，抚字愧君临。

嘉庆八年

含淳堂

临水轩堂敞，虚明接远天。
荷风翻浦荇，竹雾卷溪烟。
延爽回廊曲，来薰复径穿。
只惭政多阙，淳化未能宣。

水榭宜闲眺，招凉四面风。
地幽无暑到，境雅有廊通。
烟幕柳丝绿，露含荷朵红。
偶探长夏景，民瘼每萦衷。

民瘼：指人民的疾苦。《诗·大雅·皇矣》："监视四方，求民之莫。""莫"通"瘼"。

嘉庆十一年

题生冬室

大生阳德始黄钟，来复枢机妙蕴冬。
贞下起元四序顺，杓回运斗八徵从。
旭晖暖挹虚窗朗，松影清含扣砌重。
静体化工观不息，穑成人靖叶时雍。

黄钟：古代为预测节气，将苇膜烧成灰，放在律管内，到某一节气，相应律管内的灰就会自行飞出。黄钟律和冬至相应，时在十一月。汉 蔡邕《独断》："周以十一月为正，八寸为尺，律中黄钟，言阳气踵黄泉而出，故以为正也。"

时雍：天下太平的景象。《尚书·尧典》："百姓昭明，协和万邦，黎民于变时雍。"

嘉庆十二年

生冬室

造物枢机贯四时，一阳来复暗推移。
岁功不息含滋育，乾德至刚妙措施。
主敬存诚理胥协，显仁藏用政咸宜。
寸心处晦观斯朗，室额生冬意在兹。

乾德：上天的恩泽。亦有帝王之德、刚健之德的意思。

主敬存诚：《易·乾》："闲邪存其诚。"《礼记·少仪》："宾客主恭，祭祀主敬。"后用"主敬存诚"谓恪守诚敬的意思。

显仁藏用：语出《周易·系辞上》："显诸仁，藏诸用，鼓万物而不与圣人同忧。"显，指显现；藏，指隐藏；用，指功能。指"道"显现在仁德上，其造化功能则隐藏在各种具体效应之中，不易觉察。

嘉庆十三年

生冬室

碧纱笼牖映芳塘，密树含薰永夏凉。
绿幄萧森戛松韵，赤栏曲折隐荷香。
鱼穿浅藻波心跃，蝉送清音叶底藏。

咸若化机总不息，生冬长夏燮阴阳。

咸若：谓万物皆能顺其性，应其时，得其宜。明 归有光《嘉靖庚子科乡试对策》："古者百姓太和，万物咸若。"

生冬室

初冬气清澄，灏景腾云表。
暖室欣向阳，扆窗面绿沼。
平林阴渐稀，黄叶飞树杪。
玲珑荫旭晖，虚明心境皎。
观生乐天倪，习静息纷扰。
得暇即看书，庶几圣功绍。

天倪：犹天边。唐 高适《宋中遇林虑杨十七山人因而有别》诗："遥见林虑山，苍苍戛天倪。"

庶几：希望，但愿。《诗·小雅·车舝》："虽无旨酒，式饮庶几；虽无嘉肴，式食庶几。"

绍：接续，继承。

生冬室

生冬廿首焕龙章，筑室标题义蕴长。
藏用显仁四和序，启元固本六符昌。
气暄喜值小阳候，天迴欣依爱日光。
河靖年登民乐业，授时不息敕几康。

藏用：潜藏着的功用。语本《易·系辞上》："显诸仁，藏诸用，鼓万物而不与圣人同忧。"

爱日：《左传·文公七年》："赵衰，冬日之日也。"杜预注："冬日可爱。"后因称冬日为爱日。宋 司马光《和秉国芙蓉》："清晓霜华漫自浓，独凭爱日养残红。"

几康：几，将近，希望。康，小康。《诗·大雅·民劳》："民亦劳止，汔可小康。"郑玄笺："汔，几也；康，安也。今周民罢劳矣，王几可以小安之乎？"小康，旧时儒家理想中的所谓政教清明、人民安乐的社会局面。

嘉庆十四年

生冬室

农功冬始收，岁事欣美备。
贞下又起元，茂育咸畅遂。
大生普寰区，不息养群植。
七日气机来，天心蕴精粹。
静体化工覃，乘乾勉图治。
室额意在兹，衍泽箕畴积。

气机：谓天地有规律运行的自然机能。明 王守仁《传习录》卷上："天地气机，元无一息之停。"

乘乾：指登极为帝。唐 骆宾王《为齐州父老请陪封禅表》："伏维陛下乘乾握纪，纂三统之重光。"

箕畴：指《尚书·洪范》之"九畴"。相传"九畴"为箕子所述，故名。"九畴"指传说中天帝赐给禹治理天下的九类大法。亦泛指治理天下的大法。

嘉庆十七年

初冬生冬室

小阳四日律生冬，宴集臣邻庆节逢。
福本自求修德召，寿原无量应心从。
贞元旋转一元运，理气昭融六气雍。
室建绮春永苞茂，斯干攸芋奥区钟。

昭融：谓光大发扬。语出《诗·大雅·既醉》："昭明有融，高朗令终。"毛传："融，长。朗，明也。"唐 韩愈《河中府连理木颂》："天子之光，庶德昭融，神斯降祥。"

嘉庆二十四年

生冬室

绮春书屋额生冬，贞下起元万有宗。
天锡绥和花甲届，身欣康健庆辰逢。
田功告稔正良月，乐律协时合应钟。
追忆三年聆考训，治民勤政凛严恭。

花甲：六十岁雅称。嘉庆二十四年（1819）十月初六，嘉庆帝六十整寿。

应钟：古乐律名，十二律之一。古人以十二律与十二月相配，应钟与十月相应。

嘉庆二十五年

生冬室

六十一年前，我生孟冬月。
周甲值庚辰，岁华度倏忽。
耳目虽未衰，星霜染鬓发。
躬沐考厚恩，感戴洽心骨。
曷敢稍怠荒，立政寸衷竭。
自强修治功，庶几免陨越。

庚辰：庚辰年，即嘉庆二十五年（1820）。

陨越：比喻失败。《左传·僖公九年》："恐陨越于下，以遗天子羞。"

四宜书屋

四宜书屋，位于生冬室之西长河对岸。最早属康熙十三子允祥的交辉园，允祥故后，其子怡亲王弘晓居住。乾隆二十五年（1760），复为乾隆四女和硕和嘉公主下嫁后之赐园，名“和庆堂”。嘉庆亲政后，始大规模改建，成为“绮春园三十景”之一。道光初年，该园东路改为“奉养东朝之所”，该景被圈入东路，成为皇太妃寝所之一。该景南向宫门三间，外悬“四宜书屋”匾。内为垂花门及回廊院，院北为五间前殿，又北为五间后殿，后殿东西各有跨院。宫门正南有六方亭，名“夕霏榭”，此亭倚山而建，为四周揽景胜处。

嘉庆朝

嘉庆十一年

四宜书屋

兰皋启书室，凉燠喜相宜。
牖敞竹筛旭，窗虚松漾飔。
时和花木茂，雨浃物华滋。
延览集清景，天然妙绘披。

兰皋：长兰草的涯岸。《楚辞·离骚》："步余马於兰皋兮，驰椒丘且焉止息。"朱熹集注："泽曲曰皋，其中有兰，故曰兰皋。"

嘉庆十二年

四宜书屋

春①夏②秋③冬④各擅奇，平皋书屋四时宜。
纱橱温室连青琐，细柳名花绕碧池。
茗瀹玉泉甘可味，架储云简古为师。
偶停桂楫暂延览，窗印清晖隙影移。

① 敷春堂。

② 清夏斋。

③ 涵秋馆。

④ 生冬室。

青琐：装饰皇宫门窗的青色连环花纹。《汉书·元后传》：“曲阳侯根骄奢僭上，赤墀青琐。”

嘉庆十三年

四宜书屋

屧窗向暖面清池，冰镜凝辉漾午曦。
径复廊环众景备，室深庭厂四时宜。
韶华静领盆梅缬，春色先舒岸柳枝。
茂对芳园农事近，嘉生品汇待敷滋。

厂：小屋，露舍。《集韵》：“厂，屋无壁也。”

嘉生：茂盛的谷物。古以为祥瑞，《国语·周语下》：“阴阳次序，风雨时至，嘉生繁祉，人民龢利。”

四宜书屋

书室面清池，四时无不宜。
乔松涛响渚，高柳荫敷墀。
纳爽闲庭敞，延薰疏牖披。
静观庶汇茂，嘉澍畅优施。

四宜书屋

清溪净如练，澄澈远空含。
黄菊色方淡，赤枫态益酣。
庭虚延暖旭，窗小纳遥岚。
始肃咸成实，化机静讨探。

始肃：指天地景物开始肃杀，果实成熟。

四宜书屋

赤栏文石绕清涯，面沼依楼结构佳。
灿壁丹枫多画趣，傍篱黄菊引诗怀。
图书静会千秋贯，凉燠咸宜四序谐。
北指璿杓届良月，冲融暖旭上闲阶。

璿杓：指北斗七星。

嘉庆二十年

四宜书屋

临溪书屋四时宜，背倚层楼面碧池。
篱缀绯英灿芳蕊，岸排绿柳飏晴丝。
莎茵映日遮崖角，波縠随风叠水湄。
延赏政闲即命棹，系怀田麦待膏施。

喜雨山房

喜雨山房，位于四宜书屋西北，绮春园西路东北隅，最早应属傅恒春和园。乾隆三十四年（1769）内务府收回后，曾做过小规模修缮。嘉庆中前期，相继建成“喜雨山房”与“烟雨楼”。喜雨山房为北向五楹殿，前后有廊，北接抱厦三间，外悬“喜雨山房”匾。山房隔池北望，有南向楼五楹，倚山面水，名曰“烟雨楼”。喜雨山房隔河西侧院，有门殿三间，额曰“知乐轩”。

嘉庆朝

嘉庆十三年

题烟雨楼

楼额嘉兴西浙疆，御园经始仿山庄。
镜烟孚志参微显，旸雨萦心静较量。
拾级回环出林影，举头高朗接天光。
八窗虚敞延诸景，尚俭屏除丹雘装。

丹雘：可供涂饰的红色颜料。《尚书·梓材》：“若作梓材，既勤朴斲，惟其涂丹雘。”孔颖达疏：“雘是彩色之名，有青色者，有朱色者。”

汀边放棹度苹洲，波影云容下上浮。
爽籁调刁翻远树，晴晖皎洁绚层楼。
南湖绕槛虚岚印，西岭张屏飞翠投。
极目郊原农事毕，所欣万宝遍丰收。

嘉庆十四年

烟雨楼晴望

晚秋日晴霁，一碧衬遥天。
山敛半崖雾，湖澄远岸烟。
菊香透窗外，鸟语哢檐前。
极目郊原迥，登场沐有年。

沐：受润泽。

嘉庆十五年

登烟雨楼即景

碧溪回绕石栏边，弭棹登楼远景延。
花坞迎风漾红雨，松崖绚日幂苍烟。
平湖开鉴亭台印，遥岭张屏村墅连。
旧咏嘉兴总陈迹，乌踆迅度廿余年。

乌踆兔走：指日月运行。乌踆即踆乌，古代传说日中的三足乌，借指太阳。兔，传说中的月中玉兔，借指月亮。

烟雨楼对雨即景书怀　六月初八日

天降甘霖十日符，层楼对景寸心愉。
千条银线垂青砌，万斛骊珠跳碧湖。

暑涤凉生全渗漉，麦登禾长益涵濡。

畿南齐豫方殷盼，愿不崇朝昊泽敷。

渗漉：液体向下滴流。《宋史·河渠志五》："大河源深流长，皆山川膏腴渗漉，故灌溉民田，可以变斥卤而为肥沃。"

登烟雨楼即景

层楼高敞仿嘉兴，舣棹南湖拾级登。

碧树千章新雨润，青山一抹远烟凝。

虚窗风送花香细，曲渚日辉波影澄。

清赏娱心诗志景，仙庄胜境待临凭。

仙庄：指避暑山庄。避暑山庄内亦有烟雨楼一景。

登烟雨楼即目成咏

风急天高届杪秋，欲穷远目必登楼。

御园清景窗中列，塞苑遥岚云外浮。

绿漾平湖映苹蓼，红敷峭壁饱枫楸。

授时已度西成候，千亩欣看多稼收。

嘉庆十六年

春日烟雨楼

缓放兰桡泛碧涟，迟迟旭影丽晴川。

桃开半靥滋红雨，柳拓长条织翠烟。

松坞杏溪别院接，竹篱茅舍远村连。
楼端舒眺春华盎，欣沐新膏润甫田。

烟雨楼

弭棹莎汀拾级登，芳园夏景畅临凭。
千条翠缕轻波蘸，百叠金鳞绮浪腾。
槛接烟岚光晃漾，窗依镜沼影清澄。
鸳湖旧境成陈迹，新爽娱心逸兴乘。

嘉庆十七年

烟雨楼

楼仿鸳湖旧额标，天涯游迹已全消。
岚含雨影云生岫，林飏烟光风过箫。
圆沼花蹊连灿烂，远村柳陌接迢遥。
候临长夏土膏润，欣见郊原庶汇饶。

嘉庆十八年

登烟雨楼远望

楼名沿浙西，仿造朴素尚。
石栏曲渚连，周环绿波漾。
拏舟过板桥，拾级层阶上。

仲夏已及旬，可以远眺望。
暵气益充盈，难寄心目畅。
云容总稀疏，焦思对西嶂。

嘉庆十九年

烟雨楼远眺

层楼开上苑，题额仿嘉兴。
往事飞鸿度，流阴野马腾。
平湖轻縠展，远岭薄云凝。
即境除遐想，惕思记语承。

烟雨楼

楼建南湖右，额沿浙省名。
雨旸欣顺序，稼穑乐观成。
山净如屏展，波澄似镜莹。
吴兴陈迹在，心定绝牵萦。

吴兴：古代吴地“三吴”之一。三国吴甘露二年（266），孙皓取“吴国兴盛”之意改乌程为吴兴，并设吴兴郡，辖地相当于湖州市全境。

嘉庆二十年

烟雨楼

御苑楼名浙郡沿，鸳湖曾泛木兰船。
拈吟揽胜皆陈迹，转瞬流光三十年。

弭棹柳蹊拾级登，上林佳境迈吴兴。
筠帘徐送南薰爽，云影波光翠几层。

嘉庆二十一年

烟雨楼

层楼题额仿嘉兴，弥棹栏前拾级登。
澄澈南湖碧奁展，连绵西岭翠屏凭。
烟含柳渚轻阴羃，雨挹花畦雅馥凝。
获麦耘禾欣茂对，应时暄润验休征。

嘉庆二十二年

烟雨楼

南湖新建仿嘉兴，永昼几余拾级登。
望雨平畴麦苗长，含烟前渚柳丝凝。
空濛山黛云初布，潋滟波光镜近凭。

漫忆甲辰游迹渺，安常保泰素心恒。

甲辰：乾隆四十九年（1784）。

嘉庆二十三年

烟雨楼

五楹楼额旧名沿，尘迹吴兴三十年。
结构漫论真幻境，游观前定去来缘。
飞英红滴杏蹊雨，曳缕青含柳陌烟。
禁苑超凡地雅洁，鸳湖胜概泯萦牵。

嘉庆二十四年

烟雨楼

甲辰春月陟层楼，检点诗编忆旧游。
越绝吴趋标史册，烟衰雨笠付渔舟。
新题御苑境全异，尘迹嘉兴意不留。
尚朴安民崇俭德，心清志定治功修。

越绝：《越绝书》的省称，以春秋末年至战国初期吴越争霸的历史事实为主干，上溯夏禹，下迄两汉，旁及诸侯列国，被誉为“地方志鼻祖”。

吴趋：犹吴门，指吴地。门外曰趋。清 顾炎武《王征君潢具舟城西同楚二沙门小坐栅洪桥下》诗：“仆本吴趋士，雅志陵秋霜。”

登烟雨楼即景

宜烟宜雨亦宜晴，长日登楼景副名。
尺泽优霑畿辅遍，甫田透足黍禾生。
开奁碧渚檐前漾，出沐青山窗外横。
平秩南讹欣茂育，慰衷娱目畅吟情。

南讹：亦作“南为”“南伪”，指夏时耕作及劝农等事。《汉书·王莽传》：“予之南巡，必躬载耨，每县则薅，以劝南伪。”

嘉庆二十五年

烟雨楼

御园仿建浙西楼，境异名同意不留。
雨足四郊春泽洽，悦心娱目渥膏稠。

昔年游迹早销沉，云岫风箫岂系心。
坐照寰区勤庶政，省方盛典寸衷钦。

省方：巡视四方。《易·观》：“先王以省方观民设教。”孔颖达疏：“省视万方，观看民之风俗。”

烟雨楼

西浙北京境迥异，楼名两地偶相同。
经营只令五楹建，结构原无百尺崇。
念切庶民怀陋巷，心存俭朴缅卑宫。

昔年游迹云霄外，一片轻烟细雨中。

喜雨山房即景

季夏中旬及下旬，雨旸时若感苍旻。
朝晴夜沛润暄洽，黍茂禾繁畎亩匀。
高柳含飔飘绿幄，澄波映日叠金鳞。
渐消伏暑除烦溽，泛艇乘凉南浦滨。

季夏：夏季的最末一个月，即农历六月。

烟雨楼

凉风静挹八窗前，百尺垂杨漾绿烟。
暑气全消新爽接，满园清景座中延。

伏金蒸溽早秋时，夜雨朝晴最合宜。
庭敞楼高暑荡涤，郊村湫隘每萦思。

喜雨山房记

喜为七情之首，发而中节，斯能致中和之极焉。人君承天立统，爱育蒸黎。诚能岁美人安，阴阳和，风雨时，可喜在是，而必以兢兢业业为主，勤政不息为先也。雨泽庶物，化洽生成，五谷含滋，百昌蕃庑，万民衣食之源，六气絪缊之始，诚授时念徵之要也。我皇考最重祈雨，创举常雩祀典，万代遵行。躬展大雩，甘霖立沛。祈谢诗文见于圣制集中者，不可数计也。予小子钦承庭训，念切闾阎，殚思雨为和众之端倪、生物之根本。上天资始乾元，后土资生坤德，皆时雨之所敷溉，万汇发育，诚可喜也。命名山房，久未作记。今岁自仲春至仲夏，十旬未沐甘膏，又兼畿南五府、河南四郡、山东兖曹一带，均欠霑被，旱象已深，忧莫大焉。敬举三坛，虔祀社稷，靡神不举，有求罔应。予自知愆咎日深，抱忧日甚，敬遣守土之臣，虔诣岱宗代予申祝。感荷触石而生，不崇朝而青齐被泽，禾黍播种，运河通顺矣。序临夏至，敬求方泽，次日即沛渥膏，夜以继昼，酣足深浓。京畿三辅，皆同浃洽，大田可植，久旱逢甘，诚可喜也。而畿南豫省，尚未普霑，是喜在近京，忧在远郡。近京之万姓同喜甘膏，远郡之群黎仍忧亢旱，而予之忧，实不能解也。奉天治世，皆吾赤子，一夫不获，一人之责。若耽目前之小喜，必贻日后之大忧。在臣民或有可喜之时，人君终鲜忘忧之日也。遇灾而惧，灾可为祥，念及蒸黎，实难膜视。近畿农功有望，实可喜也。自正定至开封，赤地千里，贫民嗷嗷待哺。虽蠲缓截漕，多方拯救，恐未能遍及。转于沟壑者，不知凡几矣。予奉考命抚有函夏，惟期雨旸时若，海宇乂安。一隅荒歉，心抱忧惭，是先天下之忧而忧，终无已时，而后天下之乐而乐，未知何日也。敬俟天恩普锡大有，农庆三登，泽敷九寓，福被苍生，喜同臣庶。喜雨山房之额，名副其实矣。岂同苏轼《喜雨亭》一郡之喜，遂欣然自作记乎。

延寿寺 清夏斋

延寿寺与清夏斋，位于绮春园西路，是东西并列的两所庭院，西为清夏斋，东为延寿寺。此地最早可追溯到顺治帝次子裕亲王福全的“萼辉园”，约建成于康熙二十六年（1687）。雍正三年（1725），该处成为康熙十三子允祥“交辉园”的一部分。大约乾隆二十四年（1759），该处又成为大学士傅恒“春和园”的一部分。三十三年（1768）前后，傅恒及其子福隆安迁出，原春和园改称御园“绮春园”。三十八年（1773），乾隆复将此处赐予十一子永瑆，时称“西爽村”。嘉庆四年（1799），永瑆迁出。该处重归绮春园。

延寿寺为寺庙园林，原称双寿寺，是傅恒为给乾隆帝和皇太后祝寿而创建的寺庙。嘉庆亲政后改称“竹林院”，为《绮春园三十景》之一。延寿寺南门为方形三间山门，外悬“延寿寺”，门内有前殿三楹，外悬“吉祥云海”匾。后殿五楹，进深两间，前后有廊，内悬“妙观察智”匾。延寿寺后山门为石刻匾，名曰“竹林院”。

清夏斋主殿为南向七楹工字大殿，中连穿堂殿三间，前殿外悬“清夏斋”匾，内额“阶云观妙”。此处原额为“凤麟洲”，嘉庆九年（1804）易本名。后殿内额“兰皋荐爽”，咸丰时为如皇贵太妃（嘉庆帝如妃）的寝宫。清夏斋前殿之东，有重檐十字亭，名“天临海镜”。后殿之东，有南向硬山殿三间，名曰“镜虹馆”。清夏斋有西宫门三间，门悬“悦心园”匾。宫门以南前池西岸，还有一座宫门，亦为三间西向。门内东南有方形“寄情咸畅”流杯亭，与清夏斋隔池相望。

同治晚期，清夏斋拟重点修复，作为东太后慈安的寝宫，并更名为“清夏堂”。后因财力不足而作罢。

嘉庆朝

嘉庆九年

题清夏斋

书斋新创建，旧额凤麟洲。
佳境宜清夏，良时及素秋。
竹松始苞茂，棣萼昔歌游[①]。
绿嶂绚红叶，赤栏绕碧流。
菊香别院聚，雁影远林浮。
玩味兰池上，芸编细讨求。

① 是斋在西爽村，原额曰凤麟洲，本非宸翰所题，曾经皇考赐成亲王居此。予在潜邸时，常至斯地吟射燕游，叙友于之乐。今成亲王别赐园居，西爽村已归入绮春园，禁籞之内，即其地置书斋，额曰清夏，几闲涉趣，略志其梗概如此。

棣萼：比喻兄弟。唐 杜甫《至后》诗：“梅花一开不自觉，棣萼一别永相望。”仇兆鳌注：“棣萼，以比兄弟也。”

镜虹馆

碧溪一带镜秋光，曲折阑干接复廊。
蛰伏阶阴传逸韵，菊舒篱外送清香。
几闲偶涉词章趣，心静还探菽苑芳。

文馆新成欣小住，兰舟缓放泛池塘。

蓺：古同“艺”。

嘉庆十年

清夏斋

斋额虽清夏，四时无不宜。
含光迎日牖，鉴影印冰池。
和煦坐春昼，虚明对午曦。
韶华方骀荡，玉漏倍舒迟。
绿染陂塘草，青拖杨柳枝。
几闲领佳妙，得句写吟思。

韶华：指美好的时光，常指春光。唐 戴叔伦《暮春感怀》诗：“东皇去后韶华尽，老圃寒香别有秋。”

玉漏：古代计时器漏壶的美称。宋 杨万里《病中夜坐》诗：“玉漏听来更二点，烛花剪了晕重开。”

镜虹馆

庶汇芸生妙化工，冰开曲沼漾长虹。
锦漪风盛千层绿，浅浪日含万叠红。
披拂柳丝抽岸北，微茫草色过桥东。
窗中静玩阳和溥，农事将兴验岁功。

首夏清夏斋

斋颜清夏夏真宜，竹簟纱疏接玉墀。
林影扶疏绕圆峤，波光荡漾汇方池。
迟迟缓度三阶旭，习习虚延四座飔。
旷览层霄怀抚字，达聪明目蕴深思。

玉墀：宫殿前的石阶。唐 王维《扶南曲歌词》之四：“拂曙朝前殿，玉墀多佩声。”

三阶：三层台阶。《管子·君臣上》：“立三阶之上。”尹知章注：“君之路寝前有三阶。”

清夏斋

我爱书斋景清旷，虚庭宏敞印长空。
疏林铺荫三阶静，纳爽徐来帘外风。

碧纱笼雾午飔凉，缓送垆薰领妙香。
洗涤心源澄万虑，治人修己守前章。

泛舟至镜虹馆

回溪解缆小舟横，树色波光相映清。
翠幄翻风欣飒爽，金鳞漾日倍晶莹。
窥帘驯雀寻轻藓，穿藻游鱼唼落英。
庶汇滋蕃宜茂对，授时化育届长赢。

长赢：亦作“长嬴”，夏天的别称。《乐府诗集·隋五郊歌·徵音》：“长嬴开序，炎上为德。”

镜虹馆

清溪曲抱石栏东，放棹凤园一水通。
林荫扶疏笼绣甸，波光滉漾印晴空。
迟迟缓度檐端旭，习习徐来帘外风。
静验时和自修省，养心如镜气如虹。

清夏斋

前溪弭棹步回廊，静挹南薰广厦凉。
八牖遍开元障蔽，四门洞启乐堂皇。
碧池波定帘浮影，金鸭风微室聚香。
题额斋楣具精义，大清中夏永繁昌。

八牖：古时明堂有九室，每室有八牖。牖，窗。
四门：指明堂四方的门。《尚书·舜典》：“宾于四门，四门穆穆。”
中夏：即中国。《文选·班固·东都赋》：“目中夏而布德，瞰四裔而抗稜。”

清夏斋

清夏斋中秋倍清，候过闰月觉凉生。
芳园欣接千章茂，大路待观万宝荣。
岂恋溪山畅游豫，敬思辽沈举巡行。
寸衷积慕已多岁，旅吉占符协雨晴。

敬思句：此指嘉庆帝赴盛京恭谒祖陵。盛京，即今辽宁省沈阳市。

嘉庆十一年

清夏斋

斋临碧沼印清流，玉镜初开新水浮。
柳带欲舒前浦外，桃华将绽曲溪头。
轻飔乍起松涛细，暖旭徐筛竹影幽。
静憩午窗爱韶景，关心穑事遍田畴。

清夏斋

四通八达敞纱窗，静憩藤床万虑降。
小燕窥帘来对对，闲鸥浴渚泛双双。
临阶古树铺佳荫，漱濑流泉涌急泷。
取义额楣清九夏，诞敷政治勉经邦。

九夏：夏季，夏天。唐太宗《赋得夏首启节》：“北阙三春晚，南荣九夏初。”

镜虹馆

高宇畅晴印碧溪，庭槐绕砌緑阴齐。
窗中图画斋前树，波面鲛绡汀外堤。
嘒嘒鸣蝉栖树密，双双戏蝶抱花低。
达观生物具真性，动静飞潜见箢倪。

嘒嘒：形容小声或清脆的声音。

嘉庆十二年

镜虹馆

造物气机不暂缓，三阳启律调玉琯。
栽培发育遍群生，春光展拓郊园满。
偶乘政暇泛小舟，弭棹坐我临溪馆。
山桃含萼若画图，林鸟流音胜丝管。
和飔披拂入帘徐，丽日冲融印窗暖。
清波对影鉴须眉，涵养心源务安坦。

须眉：指胡须和眉毛。古时男子以胡须眉毛稠秀为美，故为男子代称。

清夏斋

庶汇逢春生趣多，临窗晤对爱暄和。
碧钗高缀苍松盖，新线初抽旧柳柯。
漾日竹溪一奁净，激湍石濑万珠搓。
天成画本蕴佳妙，驯雀忘机啄嫩莎。

清夏斋

春光温煦届清和，渐觉闲庭丽景多。
溶漾波纹澄曲沼，浅深草色遍前坡。
流泉溅石翻青藻，修竹临窗接碧萝。
东作甫田普生意，授时玉律转南讹。

清夏斋

夏暑全过秋气清，泬寥层宇喜时晴。
芳园遍挹溪山秀，广甸畅观禾黍盈。
石濑漱泉戛逸调，苔阶植卉发新英。
虚窗延爽心安适，静体璇玑转玉衡。

璇玑：指北斗前四星，也叫“魁”。

玉衡：北斗七星之一，又名北斗五，位于斗柄与斗勺连接处，即斗柄的第一颗星。

嘉庆十三年

清夏斋

长养功敷品汇恢，书斋纳景八窗开。
波心潜鲤穿芳藻，篱脚驯禽啄嫩苔。
步砌静看花舞去，卷帘时有燕飞来。
达观物外游心淡，不息天机往复回。

清夏斋

窗镜印绿沼，帘纹飐碧林。
竹鼎烟细袅，越瓯茗缓斟。
坐此虚明室，养我淡泊心。
室虚爽可挹，心淡暑不侵。
清波漾阶曲，浅濑漱玉琴。

户牖皆洞启，延薰畅披襟。

越瓯：指越窑所产的茶瓯。唐 韩偓《横塘》诗：“蜀纸麝煤沾笔兴，越瓯犀液发茶香。”

嘉庆十四年

清夏斋

朱明继青阳，众植得其养。

甘雨时若滋，良苗浡然长。

元亨嘉会孚，观生惬俯仰。

禾黍日茂蕃，筹农望丰穰。

炎暑应气机，招凉大厦广。

斋额意在兹，不为延清赏。

朱明：夏季。《尸子·卷上》：“春为青阳，夏为朱明，秋为白藏，冬为玄英。”

元亨：犹言大通，大吉。《易·大有》：“其德刚健而文明，应乎天而时行，是以元亨。”

镜虹馆

纱窗印绿溪，波光相荡漾。

赤栏连曲阶，碧林互环向。

清荫布中庭，甘霖乐酣畅。

漱石幽泉鸣，栖叶芳禽唱。

天籁聆自然，心神寄高旷。

尺度勿少踰，兆庶所瞻望。

嘉庆十五年

清夏斋

土润风轻佳日多，书斋纳景正清和。
松翻高籁下层坂，石激幽泉响曲阿。
时有游鳞唼池藻，偶来好鸟啄庭莎。
生机咸若孚飞跃，顺性无须政令苛。

清夏斋

林静波澄夏景清，观生怡性验长嬴。
窗前文石玲珑立，池角流泉淅沥鸣。
从樾蝉吟音断续，疏荷鱼戏影纵横。
暑消爽纳心神谧，尺宅安和百度贞。

百度贞：即百度惟贞。语出《尚书·周书·旅獒》："不役耳目，百度惟贞。"意为不被耳朵和眼睛等感官欲望所役使，百事的处理就会适当。

嘉庆十六年

清夏斋

西巡始旋跸，畿甸畅观生。
倍觉韶华富，欣看夏景清。

呢喃翔幕燕，睍睆转林莺。
万柳临风舞，百花向日荣。
绿阴随岸布，碧縠衬波明。
凭眺心怡悦，诗因佳境成。

睍睆：形容鸟声清和圆转。《诗·邶风·凯风》：“睍睆黄鸟，载好其音。”

嘉庆十八年

清夏斋

斋临绿沼印空明，永夏屯膏气未清。
高柳千丝苔坂挂，流泉几叠石矶鸣。
草枯绿砌苔痕浅，池涸停桡藻影轻。
身坐卷阿心会远，违时旱暵悯苍生。

嘉庆十九年

清夏斋

书斋面碧溪，蜃窗含旭影。
静思致治源，惕若自修省。
官常甚懈疲，民俗多顽梗。
正路总不循，相率邪慝逞。
在上实惭惶，何计救陷阱。
浊流难挽回，旧章心引领。

邪慝：邪恶。《孟子·尽心下》：“经正，则庶民兴；庶民兴，斯无邪慝矣。”

清夏斋

三春倏度候清和，即目写心寄咏歌。
图治首先筹教养，临民最要去烦苛。
授时厌览莺花丽，养正欣耽典籍罗。
昨岁事诚从未有，省躬修己挽颓波。

嘉庆二十一年

清夏斋

嘉生茂豫正长赢，砖影舒徐夏景清。
高柳梳风拖旧缕，好花浥露发新英。
一瓯馥郁初调茗，百粒匀圆已荐樱。
习字摛吟消半刻，泛舟曲岸碧溪横。

馥郁：形容香气浓厚。

嘉庆二十二年

清夏斋

斋临碧溆印虚明，境静日长夏景清。
柳荫庭中影茂密，泉流石罅韵瑽琤。

暖波漾绿鸥新浴，乔木萦青蜩始鸣。
庶汇敷荣待甘泽，授时育物畅观生。

璁琤：金属撞击发出的声音。亦形容水声。

嘉庆二十三年

清夏斋

曲溪环翠崖，岸角赤栏架。
竹径出流泉，琴筑璁琤泻。
汀前白石栏，高敞开庭榭。
清风涤尘襟，佳泽缺长夏。
庶汇待敷荣，麦歉盼秋稼。
时和方慰怀，散闷趁几暇。

嘉庆二十四年

清夏斋

书斋临绿沼，永夏最相宜。
清荫三阶密，轻风四座披。
薄茵铺扣砌，细縠叠芳池。
溅石泉琴奏，璁琤汇岸湄。

竹林院

南海普陀紫竹林，随缘应感去来今。
妙观察智敷寰宇，欲上慈航自问心。

慈航：佛教语。谓佛、菩萨以慈悲之心度人，如航船之济众，使脱离生死苦海。

镜虹馆

清溪驾虹桥，虚窗镜素影。
潋艳印澄波，金鳞叠百顷。
岸柳蘸长条，游鱼互引领。
沐甘众植苏，坐爱小年永。
遇闰益敷荣，池馆皆佳境。
临流涤尘襟，颐和养恬静。

嘉庆二十五年

清夏斋

玉律转朱明，心希九夏清。
恢台苏庶汇，茂豫畅群生。
众植皆舒荫，甫田已遍耕。
三耘依序作，百谷顺时荣。
观候宜蕃育，念征协雨晴。

北成南复缺，盼信盱宵萦。

恢台：亦作“恢炱”。旺盛貌，广大貌。《楚辞·九辩》：“收恢台之孟夏兮，然欿傺而沉臧。”王夫之通释：“恢台，盛大而润悦也。”

茂豫：犹茂育。豫，通“育”。繁荣滋长。《汉书·礼乐志》：“桐生茂豫，靡有所诎。”

清夏斋

屡逢时雨复时晴，今夏斋前景倍清。
松幄荫庭舒籁浩，泉琴溅石映晖莹。
修篁引凤猗猗舞，密柳栖蝉嘒嘒鸣。
平秩南讹庶征协，观生茂对度三庚。

清夏斋

清斋永夏度三庚，茂对芳园庶汇荣。
松牖日暄绿幄密，花汀烟敛碧波平。
壁间蟋蟀微传韵，林际蝉蜩相竞鸣。
暑退凉生境高敞，中庭爽籁满檐楹。

道光朝

道光三年

清夏斋

弭棹高斋夏气清，几余憩览近南荣。
环阶碧沼飞泉漱，绕屋乔林爽籁生。
诡石奇峰苍藓积，青萍翠荇锦波平。
超然胜境浑忘暑，勿尚安闲戒满盈。

南荣：房屋的南檐。荣，屋檐两头翘起的部分。唐 李白《登瓦官阁》诗：“钟山对北户，淮水入南荣。”

道光四年

清夏斋

柳阴深处好停舟，豁达轩窗六月秋。
岸角苔痕新浪叠，阶前竹荫碧烟浮。
奇峰古柏蹁跹鹤，远水青蒲浩荡鸥。
习习南薰畅襟袖，芳园景象镇清幽。

蹁跹：蹁跹形容旋转舞动。唐 元稹《代曲江老人》诗：“掉荡云门发，蹁跹鹭羽振。”

含辉楼

含辉楼，位于绮春园西路，北邻清夏斋与延英论道。该区最早也可追溯到康雍时期，但具体内情不详。约乾隆三十八年，该处赐予皇八子永璇，名“含晖园”。嘉庆六年（1801），此园成为庄敬和硕公主下嫁的赐园。十六年（1811），公主病逝，赐园重归御园，改称“南园”。并将原西爽村的联辉楼，移建园内，改称“含辉楼”。道光八年（1828），奉旨：“嗣后南园着即归为绮春园名目，不必再写南园字样。”

主殿含辉楼，为南向两层，上下各七楹，前后有廊，外悬“含辉楼”匾，内额有“山静云闲”“淳风肄式”及“思恩室”。含辉楼后院有东西配殿各五间，楼前有月台，东西两侧各设值房两座十间。此楼之南，是清帝燕游骑射之处，建有“撤马道”，东侧墙外山凹里亦曾建有“鹿圈”。楼西南河池中有小岛，岛上有南向敞厅五间，名“招凉榭”。含辉楼为“绮春园三十景”之一，四围建有墙垣，东门称“环翠”，南门为城关，南北各有嘉庆帝御书石刻“护松扉”“排青幌”匾。

嘉庆朝

嘉庆七年

含光楼

联辉旧额易含光[1]，往迹追寻物我忘。
嘉荫扶疏怀老干，新波荡漾满方塘。
境随心转心原静，景逐春生春正长。
乘暇偶来仍问政，奚能镇日步回廊。

① 西爽村联辉楼，向为十一兄成亲王所居。今易额曰含光。

镇日：整天，从早到晚。

嘉庆十七年

题含辉楼

芳春度节始京畿，临沼南楼接太微。
吉爆千村传畅达，华灯五夜灿光辉。
冰含玉镜平湖展，雪积银葩远岭巍。
和蔼韶年时序早，农功将举切民依。

太微：指朝廷或皇帝之居。宋 沉遘《谢两府三启》："抱椠怀铅，出入乎承明之署；荷囊持橐，上下乎太微之廷。"

含辉楼远眺

庭南楼北接长垣，结构经营总一园。
明庶风调昭化育，晶莹旭暖遍和暄。
波光叠绿连前渚，草色含青到远村。
凝眺西山列翠嶂，霞辉灿绮峭崖翻。

明庶风：《说文》："风，八风也。东方曰明庶风，东南曰清明风，南方曰景风，西南曰凉风，西方曰阊阖风，西北曰不周风，北方曰广莫风，东北曰融风。风动虫生，故虫八日而化。"

化育：滋养，养育。

含辉楼远望

别墅初开生面新，绮春旧境迹仍陈。
迁乔欣接飞鸿影①，厘降怆飘野马尘②。
眺览秋原舒远目，登临杰宇契前因。
清辉皎洁寥天一，心镜含虚斡化钧。

① 绮春园内之西南偏，旧以缭墙别界一区，名曰含晖园。又横界一区，名曰西爽村。中有联辉楼，为成亲王寓园憩止之所。予经帷之暇，亦常拈吟较射于其中。后成亲王经予别赐园宅，迁移已逾十稔矣。

② 嗣以庄敬和硕公主下降，亦曾赐居含晖园。去岁，公主病逝，复经额驸索特那木多布斋呈缴。因命园庭司事臣工，即其地葺治倾颓，疏剔淤滞，移建是楼。虽规制稍事改观，而境地非有增辟，藉舒远目，聊写吟怀。

斡化钧：斡，古同"管"，掌管。化钧，教化普及。南朝梁 刘勰《文心雕龙·时序》："昔在陶唐，德盛化钧，野老吐何力之谈，郊童含不识之歌。"周振甫注："化钧；化均，教化普遍，指风俗淳朴，有不教而化的意思。"

嘉庆十八年

招凉榭

楼南射圃绿阴长，虚榭空明竹榻凉。
碧毯遥连桥略彴，鸣蝉嘒嘒树千章。

沼澄林静景清寥，坐挹凉飔不待招。
翠盖亭亭擎净植，欣看君子具丰标。

丰标：风度，仪态。宋 陈亮《祭王天若父母文》：“虽不睹其丰标，而审其平生，敬其吉德。”此处指荷花。

嘉庆十九年

含辉楼

步陟层楼上，芳园眼界开。
旭辉平渚灿，云净远峰嵬。
德洽能移俗，心清可息埃。
甫田又望泽，孟夏愿宏恢。

嘉庆二十年

含辉楼

可爱冬窗日，暖辉楼遍含。

菊盆香益淡，枫砌色仍酣。
烟敛山飞翠，光澄霄滴蓝。
吟成消片刻，茗事问都篮。

都篮：亦作“都蓝”，木竹篮，用以盛茶具或酒具。唐 陆羽《茶经·都篮》：“都篮设诸器而名之。”

嘉庆二十一年

招凉榭

楼西地高敞，虚榭临陂塘。
檐楹遍通达，木榻依砌长。
四面来爽籁，雨足气候凉。
密荫铺岸柳，碧线薰风扬。
坐观庶汇茂，弥觉农务忙。
心惬肃乂顺，治协由年康。

嘉庆二十二年

含辉楼自箴

绮春园境广，修治通墙垣。
营建发内帑，淳朴如乡村。
屋舍皆雅洁，全无雕绘痕。
楼临绿荷沼，时有香风翻。

含薰几席爽，午辉窗牖暄。
工作不宜数，峻宇古训存。
罢役息民力，服畴固本原。
先圣卑宫室，尚俭习俗敦。

服畴：谓从事农活。清 王士禛《溪村早起》诗："比屋尽耕稼，服畴皆弟昆。"

嘉庆二十四年

含辉楼

绮春园接含辉楼，苑墙连属门径由。
试启纱疏舒远目，云外西山一碧浮。
栏前荷渚平桥畔，又见田田满陂岸。
水芳涵泽根蒂深，转瞬千枝霞锦灿。
肩舆徐度绿杨蹊，密荫相联内外堤。
宛似余杭标胜概，昔年游迹印尘泥。

肩舆：轿子。

嘉庆二十五年

招凉榭

菜畦花圃绕楼前，虚榭空明爽气延。
东沼荷香遥岸送，西山林影远村连。

润含心境一瓯茗，静悟闻思众木蝉。
序入新秋消伏暑，生生不息四时旋。

道光朝

道光三年

恭侍皇太后含辉楼观灯喜成

昔年马射沐恩隆，今岁今宵事岂同。
疏柳清池仍此地，华灯鼓乐触予衷。
承欢伊始层楼畅，因便何妨御苑东。
灿烂鱼龙争曼衍，欣看月上不生风①。

① 含辉楼者，昔年马射之地也。元夕后一日张灯陈戏，恭侍安舆。是日午前多风，入座之后，遂尔恬息，慈颜怡悦，朕亦欣慰。

曼衍：连绵不绝。《汉书·晁错传》："土山丘陵，曼衍相属。"颜师古注："曼衍，犹联延也。"此处指舞龙灯。

含辉楼马射连中六矢喜成

好是春园芳草地，玉骢纵辔绮楼前。
旗飘金埒三侯树，月满琱弓六矢连。
率旧几余不忘武，乘时兴到喜成篇。
对堋自诮心还痒，较胜争标忆昔年。

金埒：借指豪奢的骑射场。唐 李端《赠郭驸马》诗："新开金埒看调马，旧赐铜山许铸钱。"

三侯：以熊、虎、豹皮为饰的三种射靶。《周礼·夏官·射人》："王以六耦射三侯。"

琱弓：有雕饰的弓，亦为弓的美称。北周 庾信《周大将军司马裔神道碑》："藏松宝剑，射柳琱弓。"琱同"雕"。

孟冬含辉楼马射

禁园恰值小阳时，挟矢调弓骑射宜。
木落高峰晴旭丽，草枯长埒薄霜披。
矢能连中由慈训，身莫忘劳守旧规。
电掣青骢欣惬意，几余肄武一驱驰。

青骢：毛色青白相杂的骏马。

道光五年

季春含辉楼马射

绮春胜境御园南，电掣青骢驰骤谙。
金埒鸣鞭矢中六，琼楼载咏月逢三。
柳垂碧线晴烟罨，草展文茵晓露含。
缅忆当年承渥泽，时光迁易意何堪。

咸丰朝

咸丰六年

登含辉楼即景恭和皇祖元韵

绮春[①]胜景御园南，三月风光正可探。
我值余闲舒远目，云如有意衬晴岚。
披襟北牖欣延爽，举趾东畴待沃甘。
试马习枪勤缵武，登楼诗思静中含。

① 园名。

咸丰八年

招凉榭观荷

虚榭楼南绿影长，森森夏木印方塘。
锦云翠盖标清兴，盈沼芙蕖一槛香。

清兴：清雅的兴致。唐 王勃《山亭夜宴》诗："清兴殊未阑，林端照初景。"

畅和堂

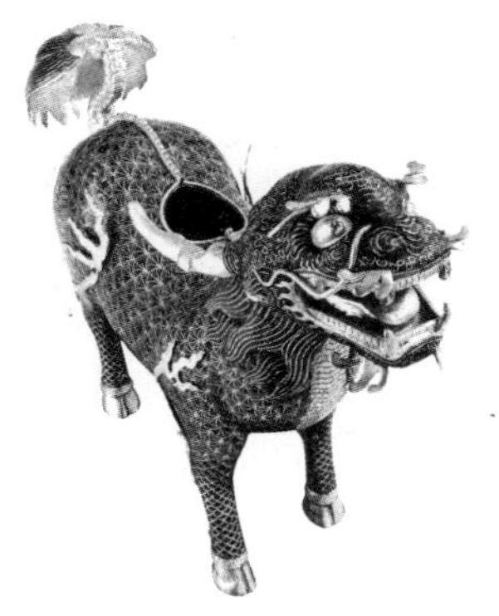

畅和堂，位于绮春园西南隅，西墙外即是翰林花园澄怀园。该园最早可追溯到雍正十年（1732），大学士鄂尔泰的“晚香园”。鄂尔泰卒后，乾隆三十年（1765），复成为大学士尹继善的“寻春园”。三十五年（1770），尹继善卒，此园荒废。嘉庆十八年（1813）重建，有宫门三间，周围带廊，外悬“松路花龛”匾。主殿南向五楹，两卷悬山式大殿，前后带廊，外悬“畅和堂”匾，内额“写曙涵春”。堂前有西配殿三间，两卷悬山式，名“澄霞宇”。堂后亦有西配殿三间，名“开襟馆”。宫门西南临溪高台处，有一座四方亭，名“森翠”。

嘉庆朝

嘉庆十九年

题畅和堂

神祠专建祝淮河，堂构墙阴近曲阿。
永靖波澜朝海顺，畅调风雨愿时和。
心殷民物三江盛，志辑修防百卷多。
一日万几此最要，馆臣敬事慎毋讹[①]。

① 东南腴壤相接，民物殷阗，淮扬尤称繁阜。惟濒夹河淮，长川巨浸，时虞泛溢。国家不惜数千百万帑金，为之堤防疏浚。且念虑时萦，形诸宵旰。年前，曾命馆臣修辑《治河方略》，屡经申谕诸臣，务期详慎赅备。以此乃经国之书，用垂久远，非缀辑辞章可比。兹堂正当新建河神祠之后，升香小憩，因述予缱绻之思焉。

三江：指太湖附近的松江、钱塘江、浦阳江。

绮春胜境御园南，显晦因时理可参。
开泰四和咸畅达，化民九寓遍周覃。
日辉东牖明遥渚，云出西山酿远岚。
甲坼勾芒生品汇，土膏新润待深含。

开泰：亨通安泰。《魏书·高闾传》："今天下开泰，四方无虞，岂宜盛世，干戈妄动。"

甲坼：草木发芽时种子外皮裂开。《易·解》："天地解而雷雨作，雷雨作而百果草木皆甲坼。"

澄霞宇

初韶春骀荡，西岭灿明霞。
澄洁虚岚表，斒斓远岸涯。
灯楼映遥霭，蓂砌吐新华。
玉镜冰床碾，水关径不賖。

斒斓：颜色驳杂，灿烂多彩。

畅和堂

人和庶绩熙，政协天心畅。
德化惭未敷，顽民竞罔上。
邪慝煽妖言，悖逆兼谬妄。
竭力肃官箴，旋转俟昊贶①。

① 自古图治之要，首在人和。虞书言，庶尹允谐，九功惟叙，亦归之于和而已。天以春生万物，其德在和，故能群生咸畅。人君以人法天，亦当使上下休和，则民气恬熙，而眚沴自消，邪慝何由而作。去岁，禁城忽有教匪构乱之事。固由顽民不逞，妄煽妖言。无知乡愚，甘蹈刑辟。然我君臣，平日敷宣德化，尚有未至，因致此意外之警。幸邪氛以次殄除。新岁，人心渐觉安定，连得瑞雪，遍被春田。可知以和召和，乃天地自然之理。旋转之柄，实在人为。予惟有刻思自励，董正百官，不敢谓昊贶优隆，稍弛敬修之愿。偶陟斯堂，用抒予胸臆以志焉。

澄霞宇

水绕汀洲两岸斜，依依新柳织晴霞。

趁闲偶放兰舟过，仍盼春膏布迩遐。

任重仔肩凛克承，去邪以正用才能。
德凉难使民从化，何日方欣宇宙澄。

畅和堂

惠风扬暖律，气畅景舒和。
碧染临池柳，青敷绿砌莎。
高堂御园敞，佳日闰春多。
冲澹天怀永，卷阿叶有那。

畅和堂

临水书堂淑景延，惠风和畅暮春天。
授时岂慕禊游侣，御世勤求佐治贤。
事勿因循政斯布，俗偏浇薄化难宣。
恐成锢疾增乾惕，静俟昊恩默转旋。

禊游：农历三月三日禊祭之游。宋 张元幹《瑞鹤仙·寿》词："把铜壶，缓浮金杯，禊游行乐。"

浇薄：指社会风气浮薄。《后汉书·朱穆传》："常感时浇薄，慕尚敦笃。"

澄霞宇

高宇辉秋日，天容共水长。
泬寥净柳岸，澄洁滴荷塘。

景咏绮春苑，神游避暑庄。
舒眸望北岭，霞影远林飏。

开襟馆

寺北杨堤直，窗临碧渚浔。
秋云如绮叠，午茗助诗斟。
帘静蛩传语，阶空泉漱音。
凉风起檐外，飒爽偶开襟。

畅和堂

天地絪缊物咸畅，受生感召气中和。
良知有本正途守，外诱无形邪径多。
利薮迷津勿干涉，礼门义路不差讹。
共遵王道化浇薄，政协年康除细苛。

畅和堂

天施地生品汇多，均调玉烛四时和。
溪山是处皆如画，松竹从来不改柯。
北陆乘权协律琯，西成告稔茂田禾。
清晖坐挹小阳煦，近水书堂册府罗。

均调：均衡协调，均匀和谐。《庄子·天道》："所以均调天下，与人和者也。"成玄英疏："均平调顺也。"

玉烛：谓四时之气和畅，形容太平盛世。《尔雅·释天》："四气和谓之玉烛。"

北陆：指夏历十二月或冬天。

澄霞宇

堤畔窗临敞，阶凭溪水涯。
林中缀红叶，帘下绚黄花。
暖爱南轩旭，辉腾西岭霞。
澄心治寰宇，以四海为家。

嘉庆二十年

畅和堂

书堂朗洁俯澄波，孟月覃敷雪泽多。
小院暖留午旭畅，回廊轻度惠风和。
浅黄高染庭前柳，淡碧平铺堤外莎。
茂对心殷东作始，虔祈甘雨兆嘉禾。

孟月：一年分春夏秋冬四季，每一个季节的第一个月即为孟月。

澄霞宇听泉

西窗对长堤，韶光满绿野。
引来墙外泉，伏流土堰下。
东溪地势低，溅石清波泻。
天然韵琮琤，元音自淡雅。

伏流：指在地下洞穴中或岩层裂缝中流动的水，或潜伏地下的水流。唐戴叔伦《下鼻淳泷》诗：“因随伏流出，忽与跳波隔。”

畅和堂

堂开景舒畅，节候正清和。
暖日辉纱牖，惠风漾绮波。
细青梳岸柳，浅碧展庭莎。
静验流阴转，南荣茂育多。

开襟馆

略彴平桥跨碧浔，停桡徐步曲廊阴。
风来水面层波叠，日映庭心密荫深。
西岭辉霞欣入画，南窗荐爽乐开襟。
纱幮静度筠帘影，堤畔悠扬漱玉琴。

澄霞宇

西风卷宿雾，澄宇旭晶莹。
透润四郊洽，畅晴百谷荣。
时和逢上稔，潦退利行程。
敬授弥钦若，殚心望治平。

畅和堂

百谷用成万宝多，六符畅达四时和。
君临敬授衷怀慰，近水书堂偶一过。

旭蔼芳庭绚绮疏，暖晖和煦满阶除。

窗明几净披章奏，求实先须识见虚。

嘉庆二十一年

畅和堂

世情虽浅薄，治道守中和。
欲使俗淳厚，先须自琢磨。
从风必有感，养正慎毋颇。
驯致物咸畅，泰交善政多。

颇：偏，不正。《尚书·洪范》：“无偏无颇，遵王之义。”

驯致：亦作“驯至”。指逐渐达到。语出《易·坤》：“履霜坚冰，阴始凝也；驯致其道，至坚冰也。”

泰交：语出《易·泰》：“天地交，泰。”谓天地之气相交，物得大通。后以“泰交”谓上下不隔，互通声气。

开襟馆

夏闰暑犹溽，招凉别馆寻。
清阴欣满牖，爽籁觉开襟。
松韵淡盈耳，泉声净洗心。
悠然乐真趣，世态未能侵。

嘉庆二十三年

畅和堂

淑气蔼芳圃，仲春佳日多。
拂帘惠风畅，映牖午晖和。
淡淡柳阴漾，迟迟砖影过。
游心于静穆，随笔咏卷阿。

淑气：温和之气。唐 柳道伦《赋得春风扇微和》："青阳初入律，淑气应春风。"

畅和堂

昨宵阵雨助湖波，尤愿透滋益畅和。
石激流泉音戛击，汀连高柳影婆娑。
苍松荫砌笼青藓，红药当阶趁碧莎。
长养授时待甘泽，云生遥宇隐岩阿。

嘉庆二十四年

畅和堂

兰坂堂开曲水环，堤边泉注响潺湲。
纱疏试启风来爽，胜概都收十笏间。

日长旭暖气清和，畅达生机品汇多。

静憩北窗政少暇，全唐文籍细研磨。

嘉庆二十五年

畅和堂

惠风和畅后，丽景满书堂。
悦目皆图绘，娱心尽缥缃。
柳阴犹浅淡，砖影渐舒长。
庶汇郊原普，繁滋品物昌。

畅和堂

雨旸调孟夏，宣畅气清和。
接垅将收麦，连塍已种禾。
万民皆乐岁，一己独愁河。
元后仔肩钜，心忧何太多。

孟夏：初夏，指农历四月。

连塍：田埂相连，谓田地成片。宋 戴复古《美巡检秦君祷雨有感》诗："吾乡岸海地势高，连塍想见禾苗焦。"

元后：指天子。汉 刘桢《赠五官中郎将》诗："昔我从元后，整驾至南乡。"

道光朝

道光三年

畅和堂

季秋旸雨顺，玉宇畅晴和。
晚卉盈芳沚，轻云映锦波。
竹窗清韵满，松径绿阴多。
午憩停兰棹，凉飔拂槛过。

咸丰朝

咸丰八年

畅和堂岸右维舟即景

堂在绮春园西南隅，再西即澄怀园，为两书房值庐，故末语及之。

桃艳杨荑春已深，宜人天气半晴阴。
堤平草嫩茸铺毯，石瘦泉清韵泻琴。
濯浪金鳞看活泼，凌虚画槛倚嵚崟。
墙西柳密花繁处，雅集应知有翰林。

嵚崟：高大；险峻。唐 骆宾王《帝京篇》：“桂殿嵚崟对玉楼，椒房窈窕连金屋。”

雅集：指文人雅士吟咏诗文，议论学问的集会。

惠济祠

惠济祠、河神庙，居绮春园西南隅。始建于嘉庆十八年（1813），系园内祭祀庙宇，每年春秋致祭，届时南府按例派中和乐伺候。“惠济祠”山门殿三间，四围有廊，主殿外悬“宅神天沼”匾，内额为“德施功溥”“恬波昭贶”“安流锡祜”。殿中一龛，供天后神牌，陈设与昆明湖龙神祠同。祠之西为“河神庙”，山门亦三间，主殿外悬“朝宗广运”，内额为“镜清寰宇”“永佑安澜”。殿中三龛，中龛供淮渎神牌，左龛供金龙四大王神牌，右龛供黄大王神牌。清帝以此祈求普天之下，万水恬波，国泰民安。

咸丰十年（1860）圆明园罹劫时，该寺庙幸免于难。由园户值宿坐更，并于朔望供干果素烛。后终毁于八国联军战乱。

嘉庆朝

嘉庆十九年

惠济祠河神庙瞻礼述事

东南财赋区，亿万民生置。
转漕靖河淮，国家之钜事。
遥仰惠济祠，大典举非易。
御园致敬诚，绘像命疆吏。
赫奕悬宝龛，如莅清江地。
从兹永安澜，神恩普荫庇①。

① 清江浦，为河淮交汇之处。濒河郡邑，亿万民生，视水势为安危。而七省全漕，皆由此转运。是以国家置设重臣及文武员弁，专司修防疏浚之事，督臣时复履视而董率之。康熙、乾隆年间，屡经亲临相度，指示机宜。河壖崇建河神庙，向称惠济祠，屡显灵佑。予于甲辰年恭随皇考南巡，曾侍升香瞻礼。当年巡方举典，所重在民生俾乂也。惟是典巨费繁，举行不易。我皇考尝制《南巡记》，有云南巡之事，所为宜迟而莫速者。又云河工，关系民命，未深知而谬定之。庸碌者，惟遵旨而谬行之。其害可胜言哉？盖极言南巡之不可轻举也。因思神祇歆格，惟在诚恪感通，原不限于疆域。爰于御园之南，肇建祠宇，崇奉河神，并命江南督臣恭照原像摹绘，供设祠内。兹择吉于正月十一日开光，洁诚瞻礼，不殊亲莅河干。现在河淮兴举要工，惟祈明神护佑，迅速合龙。安澜共庆，则永承神贶于无极矣。

赫奕：光辉炫耀貌。《文选·何晏》："故其华表则镐镐铄铄，赫奕章灼，若日月之丽天也。"

九月十九日，敬诣惠济祠拈香，诗以述志

诹吉睢工举，神祠告祭虔。
若临祈福被，如在致诚专。
敬愿波澜靖，速成堤堰坚。
合龙待冬仲，应祷昊慈宣。

诹吉：选择吉日。清 唐孙华《进呈御览诗一百韵》："黄道方诹吉，青阳正放晴。"

嘉庆二十年

惠济祠河神庙瞻礼敬述

神像绘南省，迎来禁苑中。
三江众水汇，千里一诚通。
永沐安澜庆，常叨惠泽隆。
国家最要政，叩祝竭微衷。

嘉庆二十一年

惠济祠河神庙瞻礼敬纪

建祠申素志，从此沐安澜。
河底日深畅，海门岁展宽。
惟神宏佑厚，鉴我寸诚殚。
千里一心应，敬勤勖庶官。

惠济祠河神庙谢恩瞻礼敬述

建祠御苑感居歆，连岁安澜慰寸心。

河道畅通永恬静，海门刷涤日宽深。

黄淮相济平成庆，扬豫全消昏垫侵。

诚谢神恩惠亿兆，瓣香升鼎致予忱。

昏垫：语出《尚书·益稷》：“洪水滔天，浩浩怀山襄陵，下民昏垫。”孔颖达疏引郑玄注：“昏，没也；垫，陷也。禹言洪水之时，人有没陷之害。”

瓣香：喻崇敬的心意。

嘉庆二十二年

惠济祠河神庙瞻礼敬述

诚敬感通速，建祠沐泽鸿。

堤工益巩固，海口倍深通。

顺轨全河畅，安澜三省同。

升香致虔谢，福佑锡绥丰。

嘉庆二十四年

惠济祠河神庙拈香敬述

建祠祈妥佑，数载沐神恩。

恬浪固河堰，安澜达海门。

承天施渥泽，率土靖黎元。

永戴平成德，感衷诚述言[①]。

① 御园之南，惠济祠河神庙，建于癸酉秋间，所以妥侑明神，时致亲祈，俾东南亿万民生，同登衽席者也。自创建以来，深荷神祇昭格，堤堰盘安，河流悉臻轨顺，转漕亦迅速如期。此皆仰赖天泽频施，神庥垂佑，故得长庆安澜，永戴平成之德。升香展礼，诚感难名。

惠济祠河神庙瞻礼敬纪

瞻礼祭如在，灵衹下宝坛。

九河大海纳，千里寸诚殚。

巩固黄淮顺，平成黎庶欢。

连年沐恩佑，自此永安澜。

九河：禹时黄河的九条支流。近人多认为是古代黄河下游许多支流的总称。亦泛指黄河。

嘉庆二十五年

惠济祠河神庙拈香敬述

连岁安澜报，洪波盛昨秋。

堤开由武陟，潦积遍中州。

黎庶罹昏垫，咎愆敢怨尤。

祈神速赐佑，顺轨靖黄流。

武陟：地处豫北怀川平原，位于河南省西北部，黄河北岸，与郑州隔河相望。
中州：河南省的古称。

澄心堂

澄心堂，居绮春园西路之南湖岛上，旧称“竹园”，疑系原乾隆三女固伦和敬公主赐园。嘉庆二十年（1815）重新修建，主殿澄心堂为南向两卷五楹大殿，前接歇山抱厦三间，殿之左右各接套殿四间，套殿外侧折而北向，各接卷棚硬山七间。大殿外悬“澄心堂”匾，堂西套殿北悬“垂虹榭”匾，堂东套殿北悬“绮旭轩”匾。堂后有东西配殿各五间。堂之东北小岛上，有南向敞厅三间带围廊，名“湛清轩”。堂之前湖西南对岸，另有北向敞厅三间，名“凌虚亭”，高踞山岗，为四周赏景佳处。

嘉庆朝

嘉庆二十年

澄心堂八韵

疏濬南湖滓，书堂构五楹。
波宽轻縠叠，堤直小桥平。
境雅一园备，心澄众景清。
商飔来飒爽，皎旭印虚明。
密荫柳汀布，远香荷浦萦。
授时宜畅霁，观候验嘉生。
政顺群黎洽，年康百谷荣。
新秋纪佳胜，对育俟西成。

湛清轩

挹爽轩庭灏景赊，四围水木湛清华。
芰荷香远汀前漾，杨柳阴浓堤畔遮。
波静槛边印明镜，山连楼角写余霞。
南湖佳境天然具，试放轻舟溯岸涯。

澄心堂

舟泛南湖弭棹登，堂开秋渚印心澄。
凉飔送爽波纹叠，皎日含辉鉴影凭。
碧荫玲珑松岛合，绿阴茂密柳堤凝。
静观神会寥天一，身在蓬山最上层。

嘉庆二十一年

澄心堂

南湖新浚泛漪澜，暖漾晴波百顷宽。
堂广窗明喜高朗，目澄心静畅临观。
岸边绿柳笼平甸，苑外朱霞绘远峦。
西牖含光益清洁，吟成试瀹小龙团。

小龙团：即龙凤团。宋时制茶为圆饼形，上印龙凤图案，岁贡皇帝饮用。宋 张舜民《墁画录》卷一：“先丁晋公（丁谓）为福建运转使，始制为凤团，后为龙团，贡不过四十饼，专拟上贡，虽近臣之家，徒闻之而未尝见也。”

澄心堂

放棹南湖度水关，书堂四面碧漪环。
霞光灿烂辉高宇，鉴影微茫印远山。
波叠绮纹衬岸角，风含新爽送溪湾。
澄怀无欲观其妙，万事全基方寸间。

澄心堂

碧波四岸环，御园清虚境。
心与秋宇澄，志定物欲屏。
言易而行难，慎修时思永。
随遇乐真常，佳辰堪引领。
风停松寂音，云去山无影。
动静待其来，养性毋自逞。

真常：真实常在，也指真如本性。与无常相对。

澄心堂

堂临碧沼境虚明，坐挹水天一色清。
旭展波农趁鱼影，风开柳幄送蝉声。
翠堤界渚初秋爽，绿屿环桥活画呈。
静憩西窗观物理，澄心养志惠苍生。

澄心堂

孟秋启跸季秋回，堂挹澄心高宇恢。
日映虚窗延爽籁，波环曲槛净纤埃。
林消绿叶依汀薄，菊有黄华照座开。
典葳时巡欣省敛，连村积谷百千堆。

省敛：古代帝王巡视秋收。《孟子·梁惠王下》："春省耕而补不足，秋省敛而助不给。"

澄心堂

舟泛南湖溯碧浔，书堂澄景契予心。
层霄皎日辉前浦，几叠明霞绘远岑。
玉鉴光摇连曲渚，锦屏绚彩趁寒林。
怡情岂在卷阿胜，岁稔人和慰愿深。

垂虹榭

西堤界渚若垂虹，映带清波曲槛笼。
景擅南湖分内外，畅和[①]寻胜一舟通。

① 堂名。

绮旭轩

可爱冬霄绮旭辉，黄绵温袄映书帏。
窗明几净清光满，照我澄心理万几。

书帏：犹书斋。唐 杜甫《雨》诗之二：“高轩当滟滪，润色静书帏。”

嘉庆二十二年

澄心堂

南湖虚朗结轻冰，堂抱空明素镜澄。
粉萼舒梅暗香送，银塘练玉净辉凝。
授时用锡三春泽，度节亦陈五夜灯。

岁美人安真至乐，瞻云望雪积鳞塍。

鳞塍：密集的田垄。清冯桂芬《怿园记》：“墙外鳞塍雉堞，一目数里。”

澄心堂

三篙新水漾轻冰，玉镜初开百顷澄。
叠叠浪花青縠展，依依柳线翠绦凝。
柔莎浅淡如烟羃，远岫连延若画凭。
静赏韶华多美富，阳春生物以心征。

绮旭轩

新晴迎绮旭，欣沐雨如丝。
霡霂甘膏洽，冲融淑霭熙。
敷暄丽扣砌，含煦普彤墀。
心慕光明德，照临岂有私。

霡霂：小雨。《尔雅·释天》：“小雨谓之霡霂。”
彤墀：即丹墀。古时宫殿前的石阶，因其以红色涂饰，故名丹墀。

澄心堂

放棹南湖花屿过，时临初夏气清和。
波莅叠碧连前渚，莎毯铺青度远坡。
日照蹊英犹灿烂，风摇岸柳益婆娑。
西窗静憩澄心目，霞衬晴霄滴翠螺。

垂虹榭

洞启纱疏印碧空，柳堤一带若垂虹。
高低岚影层波里，内外湖光明镜中。
松盖舒阴依槛翠，榴盆吐艳倚阶红。
披熏纳爽小年永，长养敷华乐棣通。

棣通：通达，贯通。《宋书·礼志三》：“训深劭农，政高刑厝，万物棣通，百神荐祉。”

澄心堂

凝命统寰中，建极正君位
澄心戒妄为，无欲免牵累。
知人斯安民，艰哉在察吏。
尧舜岳牧资，如身之使臂。
才德虽兼该，误用每偾事。
源洁末流清，效法臻郅治。

凝命：谓使教令严整。《易·鼎》：“鼎，君子以正位凝命。”王弼注：“凝者，严整之貌也……凝命者，以成教命之严也。”

岳牧：传说为尧舜时四岳十二牧的省称。语本《尚书·周官》：“曰唐虞稽古，建官惟百，内有百揆四岳，外有州牧侯伯。”后用“岳牧”泛称封疆大吏。

嘉庆二十三年

澄心堂

弭节桥东石磴傍，步寻韶景到书堂。
始青映日莎裀浅，嫩碧牵风柳线长。
观水鉴民防泛滥，澄心图治本缣缃。
寸衷敬愿化群莠，正道率由庶事康。

缣缃：指书册。唐 骆宾王《上兖州刺史启》：“颇游简素，少阅缣缃。”

垂虹榭

一湖界内外，堤束若垂虹。
锦浪萦文槛，漪澜映画栊。
砌英晴日绚，汀柳午烟笼。
可以处台榭，南讹阳德充。

阳德：指阳光。唐 韩愈《送惠师》诗：“大哉阳德盛，荣茂恒留春。”

澄心堂

柳堤一带翠阴敷，宛似余杭内外湖。
小渚依崖石峭拔，平林环榭径萦纡。
澄心游豫得真境，留意流连走别途。
容膝身安适可止，卑宫克俭守嘉谟。

嘉谟：嘉谋。汉 扬雄《法言·孝至》：“或问忠言嘉谟，曰：‘言合稷契谓之忠，谟合皋陶谓之嘉。’”

澄心堂

天命民依躬诞膺，万几都本一心澄。
衷无欲则政无舛，言有物而行有恒。
虚受谋猷资治理，敬承统绪凛渊冰。
志存澹泊苍生养，保泰持盈勉继绳[①]。

① 语云：天君泰然，则百体从令。又曰：见其大则心泰。盖所谓泰者，非澄之以清其源不可也。人君日理万几，非澄心则无以坐照。而澄心，则又自无欲始。予惟澹泊宁静，以冀保泰持盈，勉思继绳焉耳。

诞膺：承受天命或帝位。《尚书·武成》：“我文考文王，克成厥勋，诞膺天命，以抚方夏。”

凌虚亭

方亭小山上，纳景境凌虚。
林影葱茏荫，湖光潋艳舒。
一峰欣揽胜，十笏可安居。
廊左石蹊接，扁舟度碧渠。

嘉庆二十四年

澄心堂自箴

读书受益多，幼龄即问字。
研炼六十年，尚未明奥义。

奚可自怠荒，时敏吾素志。
临轩御臣民，一日万几至。
心昧恐偏攲，心澄图政治。
谟训载简编，勤修庶不匮。

谟训：谋略和训诲。《尚书·胤征》：“圣有谟训，明徵定保。”孔传：“圣人所谋之教训，为世明证，所以定国安家。”

澄心堂

兰舟解缆泛南湖，棹过水关佳境殊。
绕岸亭台碧交映，峙波岛屿翠云敷。
高低栏接堂三面，内外堤环柳百株。
游目澄心观物妙，六桥十景若披图。

六桥：指杭州西湖外湖苏堤上之六桥：映波、锁澜、望山、压堤、东浦、跨虹。亦指西湖里湖之六桥：环璧、流金、卧龙、隐秀、景行、濬源。

十景：指西湖及其周边的十处风景：灵隐禅踪、六和听涛、杨堤景行、万松书缘、岳墓栖霞、梅坞春早、湖滨晴雨、北街梦寻、三台云水、钱祠表忠。

澄心堂

皎日悬光灏景凭，西山晴碧远霞凝。
波涵遥浦净如练，云散高空薄似缯。
岂乐园林多胜概，最欣旸雨叶休征。
寿辰渐近来疆吏，祝嘏纷敷心自澄。

祝嘏：祝贺寿辰，多用于皇室贵族等。《清史稿·德宗纪一》：“谕本年万寿毋庸告祭，停升殿礼，免各省文武大员来京祝嘏。”

澄心堂

庆节逢年典有恒，四方来贺愧躬承。
庶民安乐予之福，受禄于天凛诞膺。

尚俭化奢罢繁缛，修身易俗理宜忱。
协时养福昭悠久，达妙存神澄寸心。

养福：谓保持幸福。语本《左传·成公十三年》："能者养之以福。"

嘉庆二十五年

澄心堂

开奁玉镜碾冰床，旋转捷轻度曲塘。
暖旭扬辉春昼永，条风拂宇午霞翔。
心澄志定观其妙，政简仁孚彰厥常。
令节灯花岂耽乐，思艰图易刻难忘。

澄心堂

南湖春水放兰舟，弭棹花汀临碧流。
韶景冲融敷上苑，虚堂朗洁畅遨游。

阳和宣律觉春深，天宇澄清最悦心。
农事初兴趁宿润，欣看云气结遥岑。

垂虹榭

长堤一带若垂虹，虚榭空明舟可通。
柳岸含飓舒线绿，桃蹊映日绽苞红。
静知品汇滋荣鬯，总沐化工雨露融。
敬授人时正东作，农家生计望年丰。

绮旭轩

青阳宣暖律，彩旭影迟迟。
山霭几层衬，林霞百叠披。
晴晖盈渚屿，绮荫满阶墀。
宇宙清光溥，无私照海涯。

伏日澄心堂作

溽暑蒸炎热，气机已伏金。
温风偶披拂，时雨倏晴阴。
蛩韵传幽砌，蝉声出密林。
三庚司律暂，百谷沐膏深。
望稔民同乐，翕河念独钦。
长嬴欣对育，广厦坐澄心①。

① 现交初伏，正土润溽暑，大雨时行之候。天气炎热，极合时令。每日间得涷雨一阵，旋即畅晴。大田禾稼，既时被甘霖，复得时旸暄曝，勃发芸生，稔收自可预必。惟长河大汛届临，殷盼涨势轻减，远水安流，使闾阎咸乐盈宁，沮洳共登康乂。深居茂对，抚序弥钦。

长嬴：亦作“长赢”，夏天的别称。北齐 刘昼《新论·履信》：“夏之得炎。炎不信，则卉木不长；卉木不长，则长嬴之德废。”

澄心堂

放棹南湖曲岸浔，秋高旭朗喜澄心。

晴霞灿烂波涵浦，爽籁飘箫叶舞林。

涛响松颠翻逸韵，泉流石罅戛清音。

白藏司律暑全涤，指日山庄六御临。

白藏：指秋天。秋于五色为白，序属归藏，故称。唐 魏徵《五郊乐章·白帝商音》：“白藏应节，天高气清，岁功既阜，庶类收成。”

指日山庄句：山庄，即承德避暑山庄。六御：亦作“六驭”。指天子的车驾。语出《易·乾》：“时乘六龙以御天。”该年七月十八日，嘉庆帝自圆明园起銮，赴山庄避暑。廿五日，病逝于山庄烟波致爽殿。

道光朝

道光三年

澄心堂

心心澄澈理须参，云敛高峰月在潭。

静憩虚堂观众妙，平临碧沼映层岚。

飞潜总协环中化，流峙都从镜里涵。

洗濯灵台消俗虑，娱人简册喜频探。

飞潜：指鸟和鱼。宋 沈括《熙宁十年谢早出表》：“陛下德同天地，施及飞潜。”

环中：圆环的中心，庄子用以比喻无是非境地。《旧唐书·李德裕传》论：“泯是非于度外，齐彼我于环中。”

灵台：位于额头，古代修仙之人把此处称为灵台。

澄心堂

弭棹杨堤拾级登，轩堂秋景飒然增。
林开八面金风爽，云净长空玉镜澄。
潋艳波光看渺渺，茏葱峰影望层层。
心神莹澈参微妙，仁智同归至道凝。

澄心堂

秋仲天光净，仙园景倍清。
绿阴连岸远，浅浪送舟平。
野鹜依蒲浴，幽蛩傍砌鸣。
开轩延爽籁，鉴止澈心情。

道光四年

澄心堂

晴波鼓棹转溪湾，谁向仙源觅往还。
绿映含风四围水，青分过雨半房山。
依稀雁字层云外，隐约莺梭密柳间。
久坐虚堂知静妙，绮春春色隔尘寰。

澄心堂

问景南湖画舫停，澄清颢气豁苍冥。
云容映水开仍合，树影笼山碧间青。
远岸疏蝉声一一，危崖叠瀑韵泠泠。
虚堂坐爱秋光迥，四望空明涤性灵。

苍冥：苍天。宋 文天祥《正气歌》："于人曰浩然，沛乎塞苍冥。"

咸丰朝

咸丰八年

垂虹榭恭依皇祖戊寅诗韵

长堤界湖右，夹镜落晴虹。
草色萦芳沚，松声韵绮栊。
几行新柳外，一带碧烟笼。
对物观其妙，澄心仁扩充。

绮栊：雕绘美丽的窗户。《文选·张协·七命》："兰宫秘宇，雕堂绮栊。"

澄心堂敬依皇考甲申元韵

俯瞰回环碧玉湾，栖林鸦雀暮飞还。
依依岸角千条柳，隐隐檐端数点山。

矧际风光春仲末，平收景况夕霏间。
文轩静憩澄心虑，愿溥和温遍海寰。

垂虹榭恭依皇祖庚辰诗韵

画桥映沼影如虹，水槛山窗处处通。
丝亸杨堤蘸波绿，旭含松嶂隔林红。
几番风到韶光老，百啭莺催午梦融。
廑念东皋力田亩，广敷泽膏豫占丰。

澄心堂记

绮春园西南隅旧有隙地，名“竹园”。亭台池沼，坍废淤塞。荆榛丛杂，草木荒芜。偶一经临，实难寓目。爰发内帑，命修治之。疏通堙塞，不日成工。引墙外之新泉，注园中之旧沼，汪洋浩瀚，滉瀁沧茫。中岛建堂五楹，不雕不绘，朴素精洁，四围环绕文石。平桥略彴，缓步可通，泛舟溯洄，雅娱怀抱。额曰“澄心”，岂因佳境而言哉。

予承大统，抚育多方，一日万几，一心普照，仔肩至钜也。尧舜心传，周孔心法，垂诸后世。帝王果能奉行不怠，则天下乂安矣。正朝廷以正百官，正百官以正万民，絜钜之本也。心澄心浊，皆近取诸身也。盖道德仁义，澄心之功；声色货利，浊心之物也。尧舜禹汤心至澄，桀纣幽厉心极浊。皋夔稷契，飞廉恶来，亦犹是也。心澄之君臣流芳百世，不待言矣。彼心浊者，岂甘遗臭万年乎。盖为气禀所拘，物欲所蔽，不自觉悟，亦犹平日不得澄心之道也。君以民为心，民以君为体。如保赤子，心诚求之，成己成物，观感兴起，理不爽也。予洗心藏密，涵育苍生，省躬责己，惩忿窒欲，非为空言，期诸实政。愿尔百辟合志同心，居仁由义，进思尽忠，退思补过。上下泰交，赞襄治道，使九宇烝黎，从风易俗，弃邪归正。君为臣源，臣为民源，日用饮食胥同，岂可独擅其利。未有源澄而流浊之理，亦未有源浊而流澄之道也。以水喻心，益切要焉。江淮河汉以及池沼沟渠，澄则通，浊则滞。澄变浊甚易，既浊而使澄，则极难矣。所谓从善如登，从恶如崩，可不大可畏乎。澄吾一心以应庶政，大公无我之谓也。无我者无私也，公必澄，私必浊，理极明而人易惑者何，不能克己也。克己之功用在心，不可测度，惟视所行之事，奚能欺人乎。庶人自澄其心，绝无犯上越礼之举。官吏自澄其心，岂有坏法乱纪之政。上行下效，自予始基之也。堂额之义在此，故申言自警，或可挽回汙俗，洗涤浊流。惟强勉前修而不敢期，其必系以铭曰：

危微精一，古圣心传。丕基克绍，佛时仔肩。抚有九宇，基兹寸田。浚源澄洁，莅政任贤。民胞物与，勿忽颠连。清心寡欲，三德日宣。臣僚思义，不为利牵。公事竭力，俗务胥蠲。先养后教，善化渐迁。烝黎繁庶，穷困应怜。只图衣食，罔恤罪愆。日流日下，沉溺浊渊。趋邪远正，怙僻益坚。内外官吏，几及万员。民风至此，其谁使然。予澄心念，守成绍前，凡百有位，涤志寅虔。时雍俗美，国祚永延。

云漪馆

云漪馆，居澄心堂北侧湖之对岸，西邻含辉楼。建于嘉庆朝晚期，主殿云漪馆，为南向五楹两卷殿，西接曲尺形套殿，后廊折而东，亦有三间南向殿宇。馆之西南有重檐四方亭。

嘉庆朝

嘉庆二十三年

云漪馆

沿湖缀景开文馆，岸近虚窗映碧纹。
廊接方亭连石径，清阴茂密护松云。

偶来寄兴纪新词，曷敢流连几务疲。
容膝身安适可止，素心尚俭印澄漪。

澄漪：清波。宋 梅尧臣《清池》诗：“竟此长科斗，凌乱满澄漪。”

嘉庆二十四年

云漪馆

云容聚散映川湄，倒影晴光印绿漪。
依砌花丛红灼灼，临汀柳线碧垂垂。
蕙香静领和风转，麦色还祈甘雨滋。
长养敷荣生庶汇，仰观辰角见龙时[①]。

①《左氏传》："龙见而雩。"盖观象天文，念勤农务，古圣王所以对时育物也。予恪遵前典，每岁抚序展禋，不敢少懈。兹于月之望日，举行雩坛大祀。先期进宫，致斋三日。今年雪泽优沾，雨膏渐润。直隶通省，以及山东、河南，皆已普被涵濡。现在二麦结实，更得渥滋甘澍，收成定可十分。凭临轩馆，川影云容，不徒游目骋怀，闲供吟眺。仰苍宿之移躔，验敷荣于庶汇。斋心将事，吁望正无涯尔。

辰角：星宿名，即角宿。《国语·周语中》："夫辰角见而雨毕。"韦昭注："辰角，大辰苍龙之角。角，星名也。"

云漪馆

南湖一碧漾清漪，云影天光合远涯。
百顷风潭波浩浩，千章夏木日迟迟。
甫田渴待沾濡畅，品汇方临长养时。
对育观生稽物候，居门古礼亦难随[①]。

① 周官太史正，岁年以序事，颁之于官府及都鄙，颁告朔于邦国。闰月，诏王居门，终月注门，谓路寝门也。郑司农云：月令十二月，分在青阳。明堂总章，元堂左右之位。惟闰月，无所居，居于门，故于文王在门，谓之闰疏。明堂、路寝及宗庙，皆有五室、十二堂、四门。十二月，听朔于十二堂。闰月，各于时之门，故太史诏告，王居路寝门。若在明堂，告事之时，立行祭礼，无居坐之处。若在路寝堂与门听事之时，各居一月。故云，居门终月。按《戴记·玉藻》云：闰月，则阖门左扉，立于其中，不云居，又不云终月，与周礼义不相合。即使成周古礼，闰月实居门中，后世亦未闻有沿袭之者。况置闰始于尧典，尔时天子并无王号，则所云"于文王在门为闰"之说，亦附会而不足以为据也。

云漪馆

雨助溪崖秀，晴云印翠漪。
薰风叠罗绮，霁日漾琉璃。
堤柳青连岫，庭松绿满陂。
观生咸长养，普荷渥膏施。

南湖放舟至云漪馆即景

放棹平湖度水关，石梁横跨碧溪湾。
林疏林密画中画，云去云来山外山。
柳隐鸣蝉音断续，泉流低涧韵潺湲。
新秋灏景芳园敞，点笔欣于几务闲。

嘉庆二十五年

云漪馆

韶华溥艳阳，春水满池塘。
叠叠云浮影，溶溶波印光。
漪澜连远草，锦缆系垂杨。
萦念届桃汛，长堤慎守防。

桃汛：即“桃花汛”。指每年三四月间，黄河上游冰凌消融形成春汛。当其流至下游时，恰逢沿岸山桃花盛开，故被称为“桃花汛”。

云漪馆

南湖秋水浩，云影印清漪。
皎日辉前浦，晴霞衬远湄。
蝉声出丛樾，蛩语透疏篱。
坦荡襟怀敞，欧阳识见卑。

道光朝

道光四年

云漪馆

漠漠云光卷复舒，平矼弭棹午风徐。
数丛翠筱侵幽径，一树红桃映绮疏。
润积林岚春欲暮，烟遮池馆境凌虚。
几闲染翰思农政，绥抚民艰倍惕予。

绥抚：安定抚慰。《汉书·翟方进传》：“是以广立王侯，并建曾玄，俾屏我京师，绥抚宇内。”

春熙院

春熙院，位于长春园西洋楼以北，原康熙二十四子允祕的淑春园。允祕卒后，赐园收回。乾隆四十五年（1780），清廷于此设官管理，开始按御园规制，添建宫门与朝房，并全面修建园内殿宇楼台，桥梁阁榭。四十七年（1872）正月，奉旨改称“春熙院”。是月中元节过后，乾隆帝即幸园游观，吟咏诗句。春熙院主殿为春润堂，其他景观主要有“鹤来轩”“雅涵堂”“融绿堂”“真赏室”“茂远亭”“静娟斋”“凝芳轩”“静香阁”“披霞榭”“月宜室”等。嘉庆七年（1802），上谕：“春熙院著赏给庄敬固伦公主居住”。由此，盛时圆明五园中的春熙院，仅仅存在了二十三年。

乾隆朝

乾隆四十七年

戏题鹤来轩

名曰胎仙岂实胎，误因禹锡笑渊材。
不笼无事放之去，傍砌有时招亦来。
刷羽悠然栖古柏，鸣阴戛尔觑春梅。
孤山处士前年约，许汝翩投御苑陪。

禹锡、渊材：禹锡，即唐朝文学家、诗人刘禹锡。渊材，指北宋末年儒生彭渊材。传说渊材相信鹤能胎产，对客夸曰："此仙禽也。凡禽卵生，此禽胎生"，语未竟，园丁报曰："此鹤夜产一卵，大如梨。"渊材呵斥："敢谤鹤耶？"不久，鹤展颈伏地，复诞以卵。渊材叹曰："鹤亦败道，吾乃为刘禹锡《嘉话》所误。"

刷羽：禽鸟类以喙整刷、梳理羽毛，以便奋飞。

孤山处士：宋人林逋隐居杭州西湖孤山，二十年不入城市，终身不娶，以种梅养鹤自娱。后人以林逋德才兼备，隐居孤山，故称。

题春熙院

万物到春熙，何当院擅奇。
由来一以贯，讵是此为私。
自舞花如笑，能言鸟亦怡。

登台吾夙愿，可尽被民斯。

融绿堂口号

树方舒叶水生波，染翠浮青景色和。
春气一融无不被，发宣任彼绿婆娑。

凝芳轩

节过仲春初，春光来以徐。
景看犹有待，机发自成舒。
欲告昌昌者，谓云款款如。
凭轩吟五字，称物忆三闾。

三闾：战国楚屈原曾任三闾大夫，后以三闾指称屈原。

静香阁

层楼构溪上，称朴不称昂。
俯景足幽趣，与名曰静香。
月来松际影，风度卉边芳。
古佛一龛寂，天花不落床。

披霞榭

溪榭正向西，斜阳蒸霞起。
日夕山气佳，而更润以水。

澄淡映紫碧，波縠含云绮。
因思泉明句，得半而已耳。
倚栏揽其全，生面别开此。

波縠：古称质地轻薄纤细透亮、表面起绉的平纹丝织物为縠。诗人常用其比喻水波纹。

泉明：即陶渊明，唐高祖名李渊，唐人讳“渊”，故称渊明为泉明。

月宜室口号

月自宜人人入室，如何虚室独当之。
却疑生白者致语，恒此银蟾宜合谁。

虚室生白：道家用语。“虚室”即空室，指心灵，“白”指道。言心灵空虚，则能悟道。

银蟾：即玉蟾蜍，借指月亮。传说月中有蟾蜍，为月中之精，故代称。

题春润堂

冬季春之孟，骈填雪泽加。
润情欣土脉，韶景助年华。
律暖近融治，园芳益郒嘉。
尚思膏雨继，毋乃望过奢。

骈填：犹骈田，连属聚集，形容多。

律：指季节与气候，“大地回春律”。

静娟斋

几个修篁一弯月，偶来恰值映虚斋。

拈毫对彼娟娟者，起爱都因与静皆。

修篁：即修竹、长竹。

雅涵堂有会

山水带乎外，图书贮乎里。
相映胥一雅，而堂涵于此。
堂涵弗自言，在人识其美。
雅者文之宗，文者道之旨。
优游得真诠，玩愒失正理。

玩愒：纵情玩乐，贪欲无度。

真赏室

天高地下供俯仰，云在水流识止行。
真赏个中乐无闷，扒扒岂系色和声。

乾隆四十八年

鹤来轩口号

园丞妥贴种盆梅，举首轩名曰鹤来。
蓦尔设逢林处士，应嗤何用此重佁。

重佁：形容重复、模仿。

题春熙院

寻春春未熙，然自有熙候。
佳在其酝酿，富媪慢骋富。
千林亦突兀，万芳亦逗遛。
跃冶讵迟哉，会当看错绣。
更思熙之义，有近泰之蔟。
泰而贵弗骄，况我为元后。

熙：光明、兴盛的意思。古同“禧”，意幸福、吉祥。

富媪：地神。

骋：放开、展开。

跃冶：比喻自以为能，急于求用。明 汤显祖《大司马新城王公祖德赋》：“异海蜃之幻物，岂跃冶而为人。”

泰：平安、安定。

蔟：聚集的意思。

元后：即天子。此处为乾隆帝自称。

融绿堂

墀阳苔微青，檐阴土犹冻。
绿情实未融，首春未临仲。
然而百昌意，已醒元冥梦。
不识与不知，色色形形贡。
造物乃无心，夫何有功用。

元冥：即“玄冥”，太空深远幽寂，故以之代称太空。

静香阁

曰香原在六尘中，美恶纷然扰鼻丛。
一静消他美恶观，安心竟矣匪神通。

六尘：佛教名词，指色、声、香、味、触、法。

乾隆五十一年

融绿堂

坂意林光未润时，始青欲发故迟迟。
纽芽却以无言喻，融绿何妨自有期。

坂：山坡，斜坡。

题春熙院

万物到春来，无不具熙意。
此院独擅名，享帚因名字。
然吾此偶临，弗喜以愁对。
向隅古有言，况向隅奚啻。
湖北及安徽，淮扬遭旱匮。
清口倒灌黄，以致淤去岁。
虽亟力赈蠲，讵普蒙实惠。
吾民岂尽熙，顾名廑弗置。

擅名：享有名声。
享帚：比喻物虽微劣，而自视为宝。

戏题鹤来轩

养鹤虽高致，恐去翦双羽。
是乃拂其性，未惬鹤心所。
弗翦任自然，非图省粱黍。
翼长旋能飞，碧空听盘翥。
初去仍还来，名轩以嘉许。
久之去弗来，我初未负汝。

高致：清高雅致。
翥：鸟向上飞。

乾隆五十三年

融绿堂

绿趣虽未表，绿意则渐融。
融为始酝意，欲发而待充。
形形色色初，大哉造化工。

鹤来轩

翦羽拂鹤性，其义向频言。
长翼任去来，是乃全其天。

胎仙固适矣，园吏却怅然。
养鹤饲稻粱，其间取与便。
放鹤罢此供，人禽失利缘。
而况瞻题额，殊觉孤斯轩。
一利有一弊，两得鲜兼全。
体物慎有遗，笑以成斯篇。

胎仙：此指仙鹤。

附录

胤禛皇子诗——《雍邸集》

夜坐

独坐幽园里，窗开竹影斜。
稀闻更转漏，但听野鸣蛙。
活活泉流玉，溶溶月照沙。
悠然怡静境，把卷待烹茶。

月下独酌

春月娟娟映水清，一斟一酌听泉声。
微风暗拂花枝动，几点残红扑酒罂。

雨霁

节届清和春未赊，看山不厌半云遮。
微风扇暖蒸新雨，为我催开后院花。

暮春

春暮饶佳景，闲行踏碧苔。
落花浮水面，戏蝶舞墙隈。
风拂兰丛暖，阴移竹影回。
流光将入夏，更有牡丹开。

立夏

熏风吹水绿于苔，羲驭徐催朱夏来。
堤畔龙鳞皴古柏，庭前兔目绽新槐。

晓晴

晓起浮窗日色明，苔痕滋碧露光莹。
绕阶几树看花发，对岸一声听鸟鸣。
泼剌游鱼翻浪急，低徊舞蝶傍帘轻。
春云漠漠寒偏峭，默乞天公十日晴。

临流

脉脉清渠绕舍流，移床就柳坐溪头。
镜涵霁影浮斜日，波映寒光报早秋。
村畔砧声听渐暝，林端蝉翼噪逾幽。
此中偃息容疏懒，底用乘槎海上游。

立秋日怡情亭

亭引微风暑气蠲，碧空如洗净云烟。
地饶佳景供清赏，节送新凉称午眠。
几处蝉鸣啁积翠，数行鱼队乐漪涟。
谁云秋色多萧瑟，无限青山入目妍。

园居

十分春色属清明，翠积岚光媚晓晴。
帘幙争飞村社燕，池台巧啭上林莺。
青丝摇曳萦烟槛，红雨霏微扑绣楹。
赋罢小诗清昼永，闲随白鹤柳边行。

小园讌集

小园觞饮罢，闲步碧溪头。
岚秀秋增色，林深晚更幽。
同吟今夜月，回忆旧年游。
风景真堪赏，相携逐鹭鸥。

溪水碧于草

傍涧寻花去，沿堤步翠行。
谁将芳草色，染得碧溪明。
衫縠风中绉，眉痕镜里生。
红颜云易改，可似水常清。

幽居

小筑幽居爱近郊，夜迟月色隐林梢。
寒侵珠箔灯光淡，风动纱窗竹影交。
野外钟声闻断续，案头诗律费推敲。
翛然兀坐情空尽，识得原无物可淆。

七夕

万里碧空净，仙桥鹊驾成。
天孙犹有约，人世那无情。
弦月穿针节，花阴滴漏声。
夜凉徙倚处，河汉正盈盈。

春日闲行

清旭笼云暖气含，远山如黛水如蓝。
蹄鸠到处青桑陇，乳鸭谁家碧柳潭。
公子醉鞭金勒骑，佳人笑摘野花簪。
春光骀荡东风缓，蜂蝶悠扬晚更憨。

园居二首

晴晖荡林翠，芳岫映春漪。
燕怯飞还歇，鸥驯信可期。
异书探古字，真迹辨藏碑，
晚更携兰棹，溯洄月上迟。

其二

懒问浮沉事，闲娱花柳朝。
吴儿调凤曲，越女按鸾箫。
道许山僧访，碁将野叟招。
漆园非所慕，适志即逍遥。

池边

斋居读书暇，晚向池边步。
水面落花浮，水底行云度。
山色从西来，泉声日东注。
静观物何闲，超然得妙悟。

花前

小园目眩揽群芳，红紫成帷锦绣张。
次第迎风争献笑，参差向日各分香。
无名也自矜韶节，入品方堪逞艳阳。
抱蕊攒英蜂与蝶，何曾解得惜春光。

湖亭观荷

馆宇清幽晓气凉，更宜澹荡对烟光。
湖平水色涵天色，风过荷香带叶香。
戏泳金鳞依密荇，低飞银练贴芳塘。
兰桡折取怜双蒂，殊胜陈隋巧样妆。

河灯

月涌湖心白，灯燃湖面红。
琪花开色界，电彩灿虚空。
棹泛明河里，人游列宿中。
兰舠鸣梵呗，飘入藕花风。

亭上

幽亭临玉沼，芳草带金塘。
石叠玲珑巧，花飘荏苒香。
油云翻湿影，丝雨溅虚凉。
倚槛纡流览，天容荡水光。

闰中秋

一年最是中秋好，八月欣逢两度过。
彩耀桂轮前夕满，凉生玉露此时多[①]。
入帘喜若重来客，照席欢宜续旧歌。
自笑闲情谁得似，漏深更恋赏金波。

① 是日交节。

月夜泛舟

堤柳阴分举画桡，数声呕轧荡轻舠。
芙蓉馆北香浮沼，桑柘村西月满桥。

雪鸟冲烟孤鹭起，金鳞破浪巨鱼跳。
溯洄一片清光里，心会南华秋水谣。

秋夕

初月明楼角，微风动树条。
夜凉虫语细，秋老雁声骄。
息虑徽神爽，忘怀觉境超。
阴阴深竹里，时见一萤飘。

临轩寓目

绮窗罢抚紫琼琴，香烬金炉鹤梦沉。
多事草偏名醒醉，可人花解结同心。
风翻曲沼千层碧，云过重檐一霎阴。
栏外有情双蛱蝶，翩翩飞入海棠深。

三春景物滋

阳春百物向荣时，况复郊原雨露滋。
黍绿禾青麻翳陇，桃红李白杏交枝。
游蜂舞蝶纷纷戏，乳燕鸣鸠处处宜。
幸际圣皇熙皞世，佳辰若负便为痴。

睡起

小斋岑寂漏声迟，书卷香炉得自怡。

花不识愁工巧笑，柳恒如醉类情痴。
梦回窗隙风翻帙，光动帘钩月映池。
静里陶然清兴剧，苔笺石墨坐题诗。

柳絮

楝花风过雪霏霏，万点沾衣不湿衣。
轻逐东西香毂转，狂随来去马蹄飞。
河桥漠漠迷渔艇，村店纷纷扑酒旗。
巧入疏帘如有意，拂琴飘卷伴书帏。

春深闲居

长日惬幽栖，轩窗面小溪。
云开徐自敛，鸟歇又重啼。
爱水频垂钓，看花偶一题。
坐怜春已暮，望里绿阴齐。

咏牡丹

酣艳枝枝五色妆，难将兰麝与论量。
欲留春住舒奇彩，独擅娇多领众芳。
天女霞冠簪宝髻，仙姝玉佩曳霓裳。
琼浆饮罢瑶池宴，双颊潮红腻粉光。

新绿

昨树花多叶，今看叶胜花。
翠含新色嫩，绿重午阴斜。
霁景鸣乾鹊，烟光乱乳鸦。
最宜初夏候，掩映碧窗纱。

寓目

漠漠云无际，茸茸草渐齐。
花繁从径窄，溪涨觉桥低。
捎蝶巢梁燕，衔鱼没浪鹈。
偶来松下坐，斜倚看浇畦。

池上待月

水含夕籁静，余亦澹怀空。
星彩低穿树，花香暗度风。
初看幽径白，渐露小桥红。
行到天心处，清光更不同。

雨后园亭即景

玉溪宛转云流镜。翠巘参差黛扫屏。
堤树风翻深浅叶，径苔雨染淡浓青。
鸣琴遥和岩头瀑，凉箔齐钩水面亭。
最是夜初群籁寂，临轩坐拥一湖星。

荷花

袅袅摇波碧，亭亭映日红。
芳能消暑气，秀独占薰风。
叶翠遮尘盖，茎香劝酒筒。
仙姿时一挹，清洁与心通。

夏日楼前

柳布浓阴覆钓矶，楼前翠嶂绿成围。
骤过白雨长虹见，点破青天一鸟飞。
闲处方知尘事扰。静中始悟道机微。
不烦驱暑摇团扇，水面风生透葛衣。

七夕

沉李浮瓜乞巧筵，银河今夜渡仙軿。
鸳鸯楼看霞成锦，翡翠屏开月上弦。
滴露梧桐秋影薄，凌波菡萏晚香鲜。
彩盘针线年年事，一瞬欢期万劫缘。

喜晴

阴翳看销尽，晴光喜满扃。
云归天湛碧，雨过树余青。
痴蝶深藏蕊，游鱼戏逐萍。
无尘怜净几，偶一阅金经。

秋夕泛舟

芙蓉吐艳溥清露，杨柳垂条曳晚烟。
几点凫鹥惊画桨，一湖风月载兰船。
枣悬硕果心皆赤，芡劈香包实本圆。
揽得秋光游兴剧，清宵景物倍鲜妍。

中秋

云敛星疏净碧穹，月圆今夕正秋中。
十分明照三垣彻，一片光含万象同。
樽泛金波凉滟滟，花浮玉露湿濛濛。
恍疑夜半闻仙乐，满院香飘桂子风。

园景十二咏

深柳读书堂

郁郁千株柳，阴阴覆草堂。
飘丝拂砚石，飞絮点琴床。
莺啭春枝暖，蝉鸣秋叶凉。
夜来窗月影，掩映简编香。

竹子院

深院溪流转，回廊竹径通。
珊珊鸣碎玉，袅袅弄清风。
香气侵书帙，凉阴护绮栊。

便娟苍秀色，偏茂岁寒中。

梧桐院

棹泛湾湾水，桥通院院门。
吟风过翠屋，待月坐桐轩。
秋叶催诗落，春花应节繁。
只应金井畔，好借凤凰骞。

葡萄院

纡回深树里，一水暗通舟。
乳汁香兼润，冰丸滑欲流。
阴铺青叶护，架络翠藤稠。
西域传奇种，园丁献早秋。

桃花坞

水南通曲港，水北入回溪。
绛雪侵衣艳，赪霞绕屋低。
影迷栖栋燕，声杳隔林鸡。
槛外风微起，飘零锦坠泥。

耕织轩

轩亭开面面，原隰对畇畇。
禾稼迎窗绿，桑麻窣地新。
檐星窥织火，渠水界田畛。
辛苦农蚕事，歌诗可系豳。

菜圃

凿地新开圃，因川曲引泉。
碧畦一雨过，青壤百蔬妍。
洁爱沾晨露，鲜宜润晚烟。
倚亭闲伫览，生意用忻然。

牡丹台

叠云层石秀，曲水绕台斜。
天下无双品，人间第一花。
艳宜金谷赏，名重洛阳夸。
国色谁堪并，仙裳锦作霞。

金鱼池

甃地成卍字，注水蓄文鱼。
藻映十分翠，栏围四面虚。
泳游溪涨后，泼刺月明初。
物性悠然适，临观意亦舒。

壶中天

峰峻疑无路，云深却有扉。
鹤闲时独唳，花静不轻飞。
洞里春长驻，壶中月更辉。
一潭空似镜，碧色动帘衣。

涧阁

平桥依麓转，一带接垂杨。

阁峻横云影，栏虚漾水光。
度香花外厦，挹翠树西廓。
倚槛看飞鸟，披襟引兴长。

莲花池

云锦溥新露，纷披映柳塘。
浅深分照水，馥郁共飘香。
姿美天然洁，波清分外凉。
折花休采叶，留使荫鸳鸯。

上元

玉宇沉沉夜，花阴皓魄升。
画栏凝瑞霭，绮席上春灯。
笛引歌声叠，衣翻舞袖层。
任教莲漏促，莫负酒如渑。

清明

春云蔼蔼罨重城，二月天容逗嫩晴。
雪尽柳条青可折，寒消桃蕊缝初成。
谁家新燕低飞影，何处归鸿晚度声。
窗外好风罇内酒，钻榆取火又清明。

春日

独有东风擅剪裁，朱朱白白后先开。
鸟因枝密潜身隐，蝶为香多作队来。
紫陌笙歌喧陆海，青郊车马动春雷。
更欹晓枕寻残梦，何事林鸠故故催。

弘历皇子诗——《乐善堂全集》

三月十三日，随皇父驾幸圆明园得诗六首

春园初见百花开，日午欣随御辇来。
缬锦蒸霞呈丽景，东皇雨露好栽培。

最是蓬莱浩荡春，东风如剪物华新。
裙腰草合平于毯，滑笏溪流色似银。

迩来甘雨润苗新，走马天街绝点尘。
试策金鞭回望处，翠条如染拂行人。

黄伞当中映午暾，太平天子幸春园。
灵台灵沼同民乐，夹道齐呼万岁尊。

寒食常年桃已谢，今年寒食正开花。
天工有意供宸赏，特教东君驻物华。

御炉香煖惠风晴，日映墀头唤上卿。
不是物华供玩少，殿颜勤政意分明。

二月八日，随皇父驾幸圆明园恭纪五首

金舆赤羽凤城隈，上苑宸游向日开。
最是东皇偏有信，都于此日送春来。

和风披拂物华研，细泛松篁胜管弦。
绿野阴浓供胜览，紫骝一路不须鞭。

韶光先已到枫宸，芳蘂迎阳景倍新。
圣德体元七字里[①]，由来化育即皇仁。

① 是日御联有“节届仲春欣长养”之句。

柳堤冉冉才舒绿，桃坞菲菲已吐红。
从识御园春信早，不关二十四番风。

平湖解冻泛龙舸，打桨中流一字过。
谩忆荷塘红十里，且看春涨绿千波。

御园从耕恭纪六韵

上苑土泉滋，躬耕膏壤肥。
礼因加帝耤，心是念民依。
水暖流塍细，光融向午晖。
省耕廑圣虑，终亩沐恩辉。

种布珠尘坠，犁翻玉屑飞。
农劳诚可念，丰稔愿无违。

夏日园居即事

园有山为郭，斋因树作墙。
开轩惟欲敞，引径不嫌长。
淡月梧桐影，轻风萝薜香。
无心潇洒客，胜地足徜徉。

消闲凭笔墨，无虑即渔樵。
为爱尘氛远，宁耽景物饶。
清风满襟袖，夜雨听芭蕉。
好谢缑山客，烟霞不可招。

宿雨润新葩，红蒸一片霞。
看云闲藉草，爱客缓烹茶。
坐弄流泉洁，眠当皓月斜。
子西得意句，分付与山家。

绿竹令人远，青松迥出群。
山明眉乍画，溪暗带如分。
古帖闲来拓，名香手自焚。
晚凉急雨过，星汉淡微云。

为有披襟者，林风拂面来。

芙蓉碧沼丽，杨柳夏亭开。
爱鹤闲移榻，呼僮净洗杯。
往来依石径，半为爱苍苔。

板桥波上跨，步屧似乘船。
绿水平铺掌，青杨暗锁烟。
鱼多原不钓，花落自相怜。
一幅江乡画，凭将俗虑捐。

催荷清籁急，挂树夕阳低。
信步过桥北，乘凉到水西。
添丁鹤生子，营户燕衔泥。
更拟扶筇去，裙腰翠欲迷。

梧竹影纵横，轩窗倍觉清。
草青阶砌合，荷放镜池平。
洗砚临流碧，摊书卧月明。
谁家弹百衲，流水一声声。

夏日园居即事

为爱林泉入座清，临溪结屋敞轩楹。
枝头闲弄笙簧奏，阶下平调水石声。
苔渍云根成古篆，鸥闲沙浦结前盟。
午余底事寻庄蝶，恁逐晴莎信步行。

绿苔满径竹梢檐，午静薰风扑画帘。
鹿柴间开知客到，鱼苗新涨识丁添。
藤床恍带三秋爽，竹簟浑忘六月炎。
晚凭栏干闲极目，红霞犹绕数峰尖。

镜浦轻飔漾碧涟，池亭霁景正澄鲜。
蝶依芳草能寻路，鹤习茶铛不避烟。
任去任来几点鹭，半开半落数枝莲。
晚来弄棹无人畔，水满清溪月满船。

古香斋伴几枝桐，百尺扶疏翠色笼。
杖策每缘寻胜景，披襟半为纳清风。
篆烟结细帘方静，棋局敲残日已中。
不住吟哦缘底事，会心原与物偕同。

颙琰皇子诗——《味余书室全集》

恩赐淳化轩重镌淳化阁帖恭和御制元韵

澄心堂纸廷珪墨，几阅淳熙元祐年。
三古法书精鉴朗，百朋秘宝艺林全[①]。
兰亭岂得夸唐室，枣板空教订昔贤。
却愧明窗摹写拙，凡将才究学童篇。

① 恩赐自王公大臣以下，并内廷翰林及翰林院、庶常馆、国子监，均予颁赉。

元宵前一日赐宴恭纪

宴开慈惠紫微宫，惇叙彝伦饫赐同。
一室肆筵传粉荔，三阶舞字列花丛。
献春彩胜风初转，迎望灯轮月满空。
欢洽载吟行苇什，万年景福庆绥丰。

春园晓月

芳园佳景爱清晨，月色平分曙色匀。
光透乔林惊宿鸟，影横细路认行人。
金波遥让曈昽日，玉宇偏宜淡荡春。
正是披帷循诵处，映窗犹见挂冰轮。

十月二十一日，自圆明园回书房恩赐御馔恭纪

冬温玉辇度林皋，膝下承欢异数叨。
珍馆归鞍闻宠命，经帷举箸沐丰膏。
甘凝陪鼎舒凫翠，粉腻加笾赤枣[illegible]。
逮下幸分尊养馂，孝慈敬仰纪银毫。

恭和御制上元前一日小宴宗亲，即席成什元韵

嘉节将临曲宴开，示慈春殿幸趋陪。
阶前彩炬千枝灿，徼外红旌一道来。
芳脍分甘擎露碗，清醪戒旨酌云罍。
天章赓和惭芜陋，末学惟祈圣学裁。

回圆明园书房

郊原凌晓破轻烟，一带秋光拂马鞯。
驿路行来归锦辔，书斋又喜坐青毡。
三旬佳景随时得，九月寒葩入望妍。
丛竹亭亭犹待我，几株静对琐窗前。

晓自黑龙潭回园途次口占

烟岚凌晓重，拂曙指归途。
柳陌风来爽，山田路转纡。
云容初叆叇，麦色向干枯。
伫望甘霖降，沾濡草木苏。

北望山村小，茅茨远市嚣。
一峰云乍合，廿里路非遥。
策骑沿村舍，关情念黍苗。
祇希离毕候，为雨不崇朝。

恭和御制上元前夕曲宴宗亲元韵

宴启元宵吉事骈，天家乐典例仍前。
和风入座宜佳日，瑞雪盈畴兆稔年。
彩胜献春悬焕若，灯轮迎望景昭然。
载歌行苇惭芜陋，敬仰宸章播舜弦。

大东门外水田刈获既毕，稻把堆积于以见丰稔有秋且以征圣世重农之意，爰赋刈获词八章

人时敬授重民天，勤布农功王政先。
御苑东偏开百顷，泉甘土沃辟良田。

滋蕃嘉稻泽优含，福锡苍生仁惠覃。
漫说江乡农事好，郊畿风物胜江南。

最喜三秋全刈获，京坻积累遍平坰。
丰年好景欣如绘，恰值銮回跸路经。

稼收平野见山多，上苑声传乐岁歌。
百顷水田方罫画，龙旗影里玉麟过。

关外山田曾踏雪，今看晚稻熟京畿。
即兹景象丰登溥，鸡犬闲闲静掩扉。

黄云夹道满平原，又见千畦茁稻孙。
葱蒨生机欣不息，冲波鸭鸭雪翎翻。

秋风千里故园莼，近水家家鱼鸟邻。
莫道诗中多画趣，畦边行处画中人。

万宝收成群报祀，年登大有荷皇慈。
村农饱暖闲无事，自唱承平刈获词。

恭和御制上元前夕曲宴宗亲元韵

御园曲宴例相循，惇叙彝伦示笃亲。
粉荔团栾欣应节，唐花馥郁正宜春。

平开火树华灯灿，跪进霞觞眉寿申。
百室盈宁昭有道，爱民勤政训犹频。

春园百卉开

天上花期第几番，人间百卉绽春园。
蕊含乍接清香淡，枝拓徐开生意繁。
客对琴樽偏有韵，蹊成桃李自无言。
等闲风雨无相妒，好为殷勤护绣幡。

四月二十三日，随驾回圆明园恭纪

彩旭腾辉耀帝京，回銮甘雨喜时晴。
惠敷山左酬民愿，泽沛江干洽众情。
圣德同天咸喜气，洪恩匝地尽欢声。
史臣载笔书编简，六度南巡大典成。

西园即景

东皇花信已连番，探取韶华到禁园。
岭展翠屏佳画叠，冰开春水暖泉翻。
堆盘芳果传柑子，铺砌新苔弄竹孙。
检点图书迟日永，三天对榻话重论。

坐领风光随处安，南窗暖旭避春寒。
桃符影焕祥光迴，爆竹声腾瑞气攒。
三素云扶明月灿，九华彩结宝螭蟠。
太平节物年年设，同乐臣民得畅观。

恭和御制上元前夕曲宴亲藩元韵

庆乐元宵月彩联，赐筵前夕湛恩传。
光风乍转当佳节，瑞雪还祈兆稔年。
锡福已欣遍臣庶，示慈初见侍曾元。
祥开五代叨天贶，钦奉三无仰穆然。

瀛洲玉尘

三山上瀛洲，中有白玉楼。
瑶草琪花糁阶砌，仙尘不扫凝丹邱。
精莹虎盐味殊绝，万片鲛绡缨络结。
愿祈九斛之玉尘，散作九州之瑞雪。
银液琼浆浸麦田，甘膏仰挹神欣然。
橘中象博二老戏，台上云书三素先。

瑶台雪中鹤

登昆仑兮望瑶台，长空飞雪兮色皑皑。
清韵戛兮何处群，鹤翔舞兮交毰毸。
乍敛翮兮素云霭，啄玉蕊兮眠仙苔。
六花点兮丰皓翼，三芝衔兮光徘徊。
真仙乘兮藐姑射，降瑞霙兮帝阙来。

初十日至福园书室即景

福地转光风，芳园即事同。
日钲悬好树，冰镜印长空。
柳线春凝绿，桃符户贴红。
亭台韶景满，身在画图中。

书室三冬别，初来气味新。
帘栊风缓漾，册府几重陈。
花信香犹涩，山容雪尚皴。
即看辉不夜，宝月涌灯轮。

观竞渡

五日芳湖盏水嬉，九龙竞渡各探奇。
翻波撇漩分霞帜，戏浪捎濆点绿漪。
朱雾乱腾黄琥珀，白云飞卷黑玻璃。
升平福海敷天泽，漫忆骚人问楚词。

御园初冬

候届元冥律转冬，园中清景畅游踪。
丹枫绚烂风前景，黄菊萧疏雨后容。
恰对小山开北牖，待看积雪满西峰。
舒眸是处皆幽淡，较胜三春紫翠浓。

雪后园林才半树

昨宵玉蕊糁园林，点缀南枝渐可寻。
萼破才看逢半面，诗成差得慰初心。
欲凭六出参真幻，好向重台画浅深。
几处疏英芳意透，十分香色待春斟。

恭和御制五福堂对玉兰花二十韵元韵

有嘉德斯有嘉树，燕喜千春荷天顾。
一草一木被滋培，生之长之邀遭遇。
卷阿恺悌乐来游，肩舆看花为小留。
大块文章萃生意，矢音掞藻新诗酬。
忆昨江南花下待，虎邱溪畔歌欸乃。
以彼凡卉视名葩，迥隔人天千亿倍。
东风披拂不相欺，万蕊含英启睿思。
龙飞瑞兆古稀上，曰富曰寿曰颐期。
仰睹天章蕴精义，璇题肇自仁皇赐。
即今圣治洽寰区，五代同堂五福备。
弥性纯常德润身，此花应运栽培真。
风日暄妍枝挺玉，雨露长养围如囷。
层城十二白玉朵，宝光流雪纷婀娜。
清香蓊郁散雕栏，茂矣苞矣同许可。
栽者培之斯诚然，已沐恩晖五十年。
策添大衍算无量，花亦如年容更妍。

对育殷怀孝思则，曾侍含饴近颜色。
堂中此日抱元孙，树人树木罔不克。
天家敷锡陈箕畴，大地都消六极忧。
根深末茂垂远荫，清芬万载承鸿庥。

恭和御制上元前夕曲宴宗亲元韵

令节承恩锡福多，筵开惇叙乐时和。
笙歌韵叶箫韶古，几席香浮绮卉罗。
畿辅雪敷欣渥此，海疆烽息伫宁他。
瑞符灯月交辉候，一道红旗万目哦。

二月廿四日出福园门启程

卖饧天气近清明，路指渔阳纪首程。
春露关心随雁序，时风拂面听莺鸣[①]。
柳丝淡绾朝暾暖，云脚平拖远岭横。
石陌鸣鞭韶景富，迢迢塔影水边城。

① 去年，随十一兄偕十七弟。今岁，则随八兄偕三侄同行。

恭和御制五福堂对玉兰花叠去岁韵元韵

授时别殿抚嘉树，岁岁逢春蒙眷顾。
百年雨露久滋培，得气欣荣庆遭遇。
卷阿来咏肩舆游，几暇赏心花下留。
白毫光现众香国，千春摛藻新歌酬。

天桃繁李时相待，上品名葩谁似乃。
寿齐松竹兼苞茂，回视凡花亿万倍。
东皇催发不相欺，素艳凝辉启藻思。
曾经栽植三朝泽，兰芬玉色同心期。
捧睹奎章含妙义，嘉名肇锡同天赐。
即今海澨静风尘，圣化覃敷五者备。
德基福致康强身，此花应运全天真。
宝珠光满广寒界，好如仙桂围轮囷。
涌现吉祥花万朵，清华四照翩婀娜。
攸宁佳节乐攸跻，晏坐挥毫无不可。
讬根得地理诚然，长挹恩辉祝大年。
无量花征无量寿，寿人寿世春台妍。
对育殷怀孝思则，缅忆堂中近颜色。
恰欣五代同一堂，祭则受福战则克。
祯符敷锡陈箕畴，不将后乐纾先忧。
万年远荫垂寰宇，共登寿域承天庥。

恭和御制上元前夕曲宴宗亲元韵

瑞雪敷滋庆节联，礼成祈谷跸初传。
三阶积玉逢辛日，五世同堂自酉年。
御座含饴示慈惠，丰貂被体逮曾元。
尽登寿域春祺普，大德光昭巍焕然。

春园雪霁

连朝花雪敷，园林盈尺计。
渗漉透荄萌，庶汇资普济。
晓来扇和风，云收天宇霁。
弥望润景佳，亭台增清丽。
竹含粉箨轻，柳曳银柯细。
平湖澄碧纹，远岭露青髻。
岂徒胜概幽，更溥春膏惠。
遗蝗尽消除，恰值新耕际。
三农荷深仁，兆姓均乐岁。

恭和御制五福堂对玉兰花叠旧作韵元韵

春回绮砌滋琼树，扬芬吐景邀天顾。
讬根得地非人间，万卉谁能觏兹遇。
忆昨茂蔚娱宸游，几暇寻诗步辇留。
二十四番风遍度，雅什又喜重赓酬。
神姿绰约如相待，尧情豈豫心嘉乃。
荚阶松栋甚光华，高压唐昌真万倍。
福以德致诚不欺，仰睹璇题惬睿思。
敛时五福根枝大，恰逢五代蕃昌期。
树木可通树人义，旸雨无私笃天赐。
实衍庭闱瓜瓞绵，泽浃埏纮珍应备。
八征来叙萃一身，呼吸元气朝群真。

四和酝酿信赍若，南山十有看轮囷。
即今玉殿茁瑶朵，素娥千队争袅娜。
底羡南湖烟雨楼，香艳迎人风景可。
临轩静对心怡然，清赏还应胜去年。
天工解随人意好，珊珊环珮新妆妍。
六龙时御见天则，扶桑若木皆生色。
堂构尤殷世德求，来仍益见包蒙克。
惟皇建极协九畴，与民锡福先乐忧。
愿依长松荫葛藟，蟠根奕叶凝皇庥。

随驾至圆明园恭纪

法驾凌晨出，御园廿里遥。
灯悬初旭丽，旗飐惠风调。
柳陌青犹勒，冰池影渐消。
群藩王会集，佳节灿星桥。

恭和御制新正幸御园即事有作元韵

翠葆凌晨发禁闉，旭含朝彩耀鱼鳞。
得辛祥继壬辰日[①]，上寿征环甲子旬。
彰厥有常惟法祖，所其无逸总勤民。
韶光和蔼敷寰宇，九有欢承凤诏新。

① 十一日壬辰。

恭和御制上元前夕小宴宗亲元韵

春仁昭品汇，大德体乾元。
惇叙一堂聚，本支百祀存。
八征恩普被，万国觐频繁。
岁岁珠灯灿，含饴奕叶孙。

上元

上元令节物华新，日暖风和静陌尘。
火树辉煌西苑朗，鳌山璀璨禁门陈。
金吾不夜千家乐，玉烛常调四海春。
果是帝京真富丽，太平景象福黎民。

恭和御制上元前夕小宴宗亲元韵

瑞雪纷敷当令节，瑶葩五出缀帘钩。
曾元绕膝一堂聚，果饵堆盘三爵酬。
西苑芳华悬彩燕，东郊新润利耕牛。
八旬海宇同称祝，膺受天恩福自求。

恭和御制喜雪八韵元韵

令节当前夕，三阶瑞雪盈。
田功庆民乐，天眷答皇诚。
片片飘银屑，霏霏糁玉霙。

缀林如蕊绽，逐马似杯倾。
隐雾添疏密，随风若送迎。
东郊青颖透，西岭素屏横。
乐奏升平象，筵开惇叙情。
八旬多上瑞，大有岁相并。

恭和御制御园雪中即景元韵

玉树银葩上苑稠，荆关粉本画中游。
花开五出清辉灿，瑞见初番佳节酬。

诗纪祯祥饮昊贶，衢歌丰稔解农忧。
元宵正届灯光映，皎洁芳华豁远眸。

恭和御制同乐园得句元韵

同乐春台品汇舒，六花相映景清虚。
来牟大有天贻我，稼穑先知众惬予。
点缀园林真沃若，滋培畎亩验膏如。
箫韶九奏升平曲，畅发青阳令节初。

立春日随驾至圆明园即景

春盎鸿钧转，韶华迓御园。
凤城排紫轪，龙阁启金根。
候应和风布，云开彩旭温。

敷天同庆乐，帝德遍孳蕃。

恭和御制上元前夕宴中得句元韵

祥开五代同堂庆，锡宴节先一日行。
灯耀西园增丽景，玉含南亩益舒荣。
绥怀番部劳宸念，曲直天心鉴众评。
指顾功成安藏卫，漫夸雪岭势峥嵘。

仲春园居四咏

入夜寒云酿，朝来五出凝。
林疏银霰缀，冰解玉壶澄。
画展西峰净，耕先南亩兴。
书帷临快雪，积素景堪凭。【雪】

冰开新水活，一色碧波恬。
百顷晴晖彻，三篙夜雨添。
溶溶风漾縠，淡淡月渟奁。
好泛兰桡去，沂雩雅致兼。【水】

阳和生意透，庶卉渐滋蕃。
香散三千界，风来廿四番。
杏林红绽蕊，柳陌碧舒痕。
共约寻佳处，追陪桃李园。【花】

路转赤栏外，迂回过小山。
新花萦曲径，细𧄼叠清湾。
崖谷知难尽，坡陀若可攀。
西峰穷远目，仿佛五云间。【山】

回至圆明园书房

仙苑言归乍解骖，迎人松菊径开三。
阶临曲沼清流活，窗纳西山翠黛含。
几簟无尘情自适，诗书有味趣常谙。
回思永夏颐和室，清梦依然入远岚。

深秋园居即景

庭树萧疏秋已深，书帷趁暖畅清吟。
雁横白蓼舒遥信，菊有黄华结素心。
飒爽风高翻桂坞，凄清霜重点枫林。
却思揽辔千峰表，对景依然意不禁。

随驾至圆明园即景成什

日丽风和春孟天，凌晨法驾拂云连。
镜呈太液冰初活，画罨西郊柳欲绵。
同乐箫韶增悦豫，御园花鸟助新妍。
上元灯夕欢中外，雪岭陪臣仰焕然。

恭和御制上元前夕曲宴宗亲元韵

上元前日华筵启，惇叙联情示后昆。
宝月珠灯腾瑞彩，广庭绮席接欢言。
仁孚九有来殊域，武纪十全布众藩。
恩洽宗亲歌湛露，曾元伫喜又生孙。

春园即景

雨过亭台润，芳园散步宜。
红开桃万点，绿染柳千丝。
最喜田畴沃，还欣卉木滋。
晚来更延瞩，放棹泛华池。

至圆明园书房

轻寒轻暖雨余天，塞上归来启讲筵。
花坞露零迟见菊，柳蹊风软尚闻蝉。
櫜鞬且待明秋约，书史还寻邃古编。
极目滁阳二千里，南鸿翘首已三年。

恭和御制新正幸圆明园元韵

春生大地先人日，諏吉凌晨御苑临。
韶景无涯风乍暖，雪期应候信堪谌。
三阳肇岁皇仁溥，四德推元昊眷深。

耕作东郊看渥泽，琼葩玉蕊满园林。

恭和御制上元前夕曲宴宗亲元韵

宴开前夕圣恩覃，五代同堂古未谈。
绮席团圞盈粉荔，金盘馥郁灿黄柑。
灯辉星月歌声接，云酿峰峦雪意含。
伫喜元宵飘玉蕊，皇仁天泽共流甘。

回至圆明园书房

言归避暑苑，屈指夏秋旬。
吟射还仍旧，经书又日新。
溪山欣在目，鸥鸟自依人。
乘兴观鱼乐，拏舟曲水滨。

新正至圆明园即景

法驾排神武，凌晨下帝廷。
和鸾城外接，仙乐马前听。
北阙云为盖，西山玉作屏。
园林多喜气，春入草芽青。

上元日立春

青阳珠斗运，令节应佳辰。
灯火千家月，楼台满苑春。

勾萌方拓甲，卉木正怀新。
圣泽敷寰宇，生生体至仁。

恭和御制上元后一日家宴王公及曾元成句元韵

上元春启斗杓移，气畅阳和品汇知。
殿敞需云恩宴渥，甸滋瑞雪始耕宜。
箕畴赅备征全福，羲卦光华纪睿辞。
勤政孜孜六十载，化成久道治无为。

至圆明园书房

塞山返辔薄言归，绛帐风光四月违。
砌下寒英余静馥，窗前皎日透清晖。
蒹葭极目长波送，逵陆关心旅雁飞。
最喜得瞻师范近，课程函丈乐相依。

深秋园居杂咏

令节近重阳，东篱菊蕊芳。
映阶多静态，迎客有清香。
冷序风霜急，素心云水茫。
翻思彭泽乐，晤对坐相忘。

往岁天门表，登高纪壮游。
丹枫出云际，黄叶舞崖头。

诗咏小园景，情余塞岭秋。
长空试翘首，一雁过南楼。

乾隆乙卯九月三日，蒙天恩晋封皇太子感激涕零成诗恭纪

天光下贲到臣身，秩晋青宫恩命申。
一己愚衷频战栗，千秋金鉴凛遵循。
谦恭作则钦先训，胞与为怀体圣仁。
自愧凡材何以报，趋庭昕夕侍君亲。

旻宁皇子诗——《养正书屋全集》

恭和御制至后天不老书房作元韵

芸窗风日永，典学忆当年。
逊志希先哲，崇文重昔贤。
来游宸藻丽，惇叙圣恩全。
庆洽春韶普，承欢岁月绵。

恭和御制灯花元韵

玉烛宵来吐艳花，如乘春暖茁芳芽。
三冬喜共双趺萼，一瞬欣开四照葩。
密蕊有根还有蒂，琼姿宜整亦宜斜。
常明几畔邀宸赏，红焰光摇傍茜纱。

恭和御制御园季秋元韵

御园景象转秋风，几树青葱几树红。
近甸数州虽泛溢，他方五谷报绥丰。
熊兵伫待佳音速，余匪难逋贼势穷。
节物从兹调燮顺，垂裳政治仰庞鸿。

恭和御制上元前夕曲宴亲藩元韵

上元灯火映清虚，御宴新张礼自初。
大地晴和春意洽，一堂惇叙圣情舒。

谊联同气因怀尔，诚感天心克相予。
速转红旌来奏凯，不劳宵旰望邮书。

恭和御制启跸幸避暑山庄感赋元韵

诘戎正值新秋令，晓发长途侍辇行。
纵辔频瞻风日美，扬鞭近挹水泉清。
黔黎饱德群称庆，秫稻含滋竞向荣。
是处蠲租恩普遍，永遵家法仰精诚。

恭和御制同乐园茶宴诸王大学士及内廷翰林，用平定三省教匪联句复成诗二首元韵

荡平蠢贼展联吟，三省绥和慰圣心。
天藻敬瞻嘉惠降，电旌驰报早春临。

抚矜众庶邪氛靖，懋赏勋臣渥泽深。
烽息尘消清晏世，梯航毕至仰宸襟。

芸生畅育靖秦川，快睹咸韶雪庆年。
良帅符谋歼草窃，天兵整队剿妖禅。
园林岸畔舒琼树，殿阁檐端漾翠莲。
珥笔御筵同乐与，儒臣次第喜随肩。

恭和御制上元日曲宴亲藩即席成什元韵

雨花令节运乾元，政治垂裳道德藩。
共庆春熙宣广乐，咸钦皇极诞敷言。
筵开愿进松年寿，律转欣回黍谷温。
惇叙宗亲承世泽，明昭盛典颂长存。

恭和御制端午日召诸王观龙舟竞渡诗以志事元韵

天中节启瑞光垂，水面游龙五彩施。
桨荡中流晨日丽，旗飘空碧晓烟滋。
泛舟应候原从俗，行令乘时匪为嬉。
惇叙一堂承泽永，皇清亿祀固宗支。

恭和御制启跸幸避暑山庄即事成什元韵

巡方卜吉正新秋，遐迩臣民仰帝猷。
拂面清风来气爽，霑襟细雨散丝柔。

乘时肄武车徒启，侍辇赓吟典籍搜。
岭际白云娱远目，嘉禾夹道碧烟浮。

恭和御制上元前一日曲宴亲藩元韵

欣逢宠宴近天颜，黾勉赓吟愧仰攀。
隔夕上元烟火报，当春令节御筵颁。
辉煌殿阁灯为月，皎洁阶除雪作山。
示训宗亲非玩物，宸衷宵旰念惟艰。

恭和御制启跸幸避暑山庄即事成什元韵

圣圣相承家法谆，木兰秋狝万年循。
千官扈从天光近，六幕来庭王道遵。
夹路垂杨阴绾地，满田嘉谷兆盈囷。
飞龙正仰乾行健，雨施云行卷复伸。

恭和御制上元前一日曲宴亲藩元韵

甲子循环秋复冬，芳春曲宴又欣逢。
灯光四照祥烟绕，雪意遥连瑞霭重。
惇叙一堂怀德永，睦亲九族荷恩浓。
皇清万祀瓜绵瓞，承训趋庭矢敬共。

恭和御制端阳日，召诸王大学士及内廷翰林等至澄虚榭观龙舟，即事成什元韵

午日常邀赉锡丰，欣观竞渡御园中。
波恬好藉清风拂，树茂因霑时雨功。
敦睦宗亲承泽厚，明良赞辅荷恩隆。
几余偶赏非耽景，亿载欢腾此节同。

恭和御制上元前夕曲宴亲藩元韵

令节前朝叨宴赉，天潢惇叙永承欢。
筵开行苇常称寿，乐奏周南始舞干。
恩洽宗亲一堂庆，政成立达万方安。
钦瞻肯构不无逸，宵旰时廑稼穑难。

恭和御制仲夏朔日，命诸王大学士及内廷翰林内务府大臣等至澄虚榭观龙舟，诗以志事元韵

节逮天中荷惠慈，先时庆赏礼从宜。
波平沼面飞凫竞，嶂矗云端夏景滋。
往复游龙欣眺望，赓飏睿藻勉吟思。
灵符彩缕占荆俗，固本惟凭道德基。

恭和御制上元前夕曲宴亲藩元韵

前期令节庆芳春，缵绪鸿猷大孝伸。
圣德咸瞻情睦族，皇恩普被谊惇亲。

光明宝炬新韶畅，献酢华筵旧典循。

醉饱还赓宸藻丽，弟昆亿祀奉天仁。

恭和御制上元前夕曲宴亲藩元韵

节近元宵望不赊，恩荣未可极津涯。

阶除霁雪留辉丽，殿阁春灯绚彩华。

陋彼裁桐诩周室，欣兹行苇庆皇家。

明禋祈岁至诚感，绥履还胜纪瑞瓜。

恭和御制端阳日，命诸王御前侍卫内务府大臣南书房翰林等至澄虚榭观龙舟，诗以志事元韵

嘉辰侍从荷恩慈，应令宸游绍世规。

画桨摇同天上泛，锦标夺向水中嬉。

波环蓬岛晴光丽，峰拱瀛洲夏景宜。

睿虑维殷勤厥政，治同悠久仰无移。

恭和御制上元令节曲宴亲藩元韵

元宵今岁喜开筵，泽洽河山巩万年。

灼烁灯光盈殿内，辉煌月色满檐前。

帝庭锡惠趋昆弟，虞陛来仪庆地天。

斗柄东回呈寿宇，无疆有象一时宣。

恭和御制启跸幸避暑山庄即事成什元韵

会觐藩臣拜庆年，巡方端为展华筵。
晓开彩仗群趋步，远集旃裘共比肩。
大典及时爰顺动，覃恩无外暨蕃宣。
恰逢宿雨清尘路，飒爽西风拂玉鞯。

恭和御制正大光明大宴诸王外藩来使及大学士尚书各省将军总督巡抚提督庆典礼成，诗以志事元韵

遐龄早迈八千春，宴赐班联远近臣。
向曙称觞歌帝德，逢时效祝乐尧民。
祥钟瓜瓞斑衣舞，瑞应箾韶彩仗陈。
曼寿天开一人庆，同风敷锡际斯淳。

恭和御制上元前夕曲宴亲藩元韵

前期佳节宴宗亲，绍衣鸿猷仰至仁。
不夜城中饶物象，惇雍席上畅韶钧。
林犹积雪三春丽，苑正张灯旧典循。
愿挹琼浆斟北斗，无疆圣寿颂斯民。

恭和御制澹怀堂元韵

胜境当春春更佳，时逢几暇畅宸怀。
云封曲径滋青藓，风拂高松落古钗。

远寺钟声传碧汉，晴栏花韵映瑶阶。
皇衷澹泊惟钦若，感召和甘玉律谐。

恭和御制上元前一日曲宴亲藩元韵

宠宴欣看上苑春，一堂承泽仰惇亲。
云韶叶律云容灿，宝炬增辉宝焰新。
行苇吟时歌既翕，本支庆处惠无垠。
赓飏愿献南山颂，拜舞称觞玉食陈。

恭和御制上元前夕曲宴亲藩元韵

元宵宴赉正春暄，雪霁光融庆满园。
瓜瓞成吟联棣萼，蓼萧式燕巩根源。
一堂惇叙承恩永，合殿辉煌映烛繁。
泽洽宗亲麟趾盛，年年应祝喜添孙。

恭和御制上元前夕曲宴亲藩元韵

禁殿开筵圣泽覃，亲亲惇叙乐分柑。
称觞共沐恩荣渥，入座同瞻礼数谙。
梅蕊迎春香气馥，松髯映雪翠光涵。
天颜有喜芳辰好，明月扬辉正五三。

恭和御制启跸幸避暑山庄即事成什元韵

清秋气爽候惟良，跸启园东典有常。

密柳阴阴欣夹路，嘉禾处处兆登场。
迎銮童叟歌深泽，入画云山送晓凉。
行狝时巡舒茂对，大哉乾德与天长。

恭和御制上元前夕曲宴亲藩元韵

宴展春园令节前，韶光明媚迩遐延。
梅香入座和风拂，竹爆穿林霁景宣。
礼载内亲维翰永，诗传公族本支绵。
天潢自此增麟趾，圣泽惇宗亿祀连。

恭和御制延清堂元韵

思艰图易一人肩，溥邕新祺庆闰年。
宣布阳和春有脚，纷敷瑞雪序无愆。
戡邦敉乱襜仁圣，佑德垂庥答昊天。
自此八埏歌郅治，临轩愿祝亿龄延。

恭和御制端阳日，召诸王内廷诸臣观龙舟，诗以志事元韵

御园五日泛龙舟，无限风光眼底收。
队队牙旗杨岸过，双双画舫苇洲游。
树垂密荫遮青嶂，水叠微波映碧流。
顺序雨旸宵旰悦，仔肩大业仰勤修。

恭和御制启跸幸避暑山庄即事成什元韵

长途坦坦净无尘，泽惠先颁悦兆民。
跸启高秋初荐爽，恩覃薄海尽来宾。
天边日映林光碧，岭外云流霁色新。
永绍鸿谟昭奕祀，习劳绥远旧章循。

恭和御制上元前夕曲宴亲藩元韵

禁籞称觞令节前，一堂惇睦万斯年。
月逢三五琼轮满，泽衍京垓宝祚传。
歌叶蓼萧千祀永，喜征瓜瓞本支延。
维屏维翰承仁德，宴赉春光丽彩櫋。

恭和御制涵虚堂对雨元韵

园林茂对总含滋，圣德昭天天贶施。
入画青峰朝霭合，沿堤碧柳湿烟垂。
平湖新涨三篙水，嘉谷初成万顷陂。
曰雨曰旸歌盛世，盈宁薄海颂仁慈。

恭和御制上元前夕曲宴亲藩元韵

皇仁敦叙斡乾元，衍庆天潢祖泽存。
秀木葱葱森殿阁，惠风习习遍郊原。
春光淡宕园林景，宸翰昭回道德藩。

行苇歌中欣侍从，乘时行庆启千门。

恭和御制上元日喜雪元韵

紫极敷猷赞化元，年来锡宴惠屏藩。
凌晨粉缬飘时密，应候琼葩洒处繁。
共喜来牟培渥泽，仍欣草木沐春暄。
灯光雪色相辉处，令节承颜荷圣恩。

恭和御制启跸幸避暑山庄即事成什元韵

省方怀远以时修，扈圣鸣鞭控紫骝。
广陌无尘杨柳碧，良田多稼黍禾稠。
烟开林外排千骑，日映峰头焕九斿。
会有甘霖歌既渥，迎眸遥岭密云浮。

恭和御制上元前夕曲宴亲藩即席成什元韵

金支芬树乐悬张，宴赉钦瞻肃雁行。
莲矩辉煌光上下，蕙风骀荡日舒长。
同堂雍穆邀天眖，侠陛跄趋晋寿觞。
敬绎宸章陈祖烈，本原亿载念无忘。

恭和御制新正幸圆明园欣逢瑞雪即景成吟元韵

连朝瑞雪知盈尺，即目琼葩洒碧空。
一路纷霏看皎洁，千门景象兆登丰。

春郊素萼铺长亩，御苑祥霙罥绮栊。
正值开韶欣侍辇，西峰积玉澹烟笼。

恭和御制上元前夕曲宴亲藩元韵

圣德惇亲例启筵，前期二日庆华年。
瑞呈瓜瓞千龄衍，祥集螽斯奕世宣。
玉殿初春迎日暖，琼田余雪映花妍。
覃敷闿泽欣渐被，亿载承恩寿宇延。

恭和御制甘雨既足天中应候，命诸王及内廷蒙古王贝勒满汉诸臣至澄虚榭观龙舟竞渡，诗以志事元韵

五日蓬莱传竞渡，升平令序睿诗酬。
紫岚浓合藏仙阙，翠浪轻翻送画舟。
旗飏波心华彩灿，歌回岸角庆云浮。
早欣嘉澍方畴遍，施惠乘时旧典修。

恭和御制望瀛洲歌元韵

蓬瀛竞侈谈，缥缈何人到。
安期与羡门，海峤空诱导。
垂裳远屏不经词，轩榭楼台聊试为。
清波万顷涵上下，景光涨漫纹沦漪。
福海之中树金阙，轻风吹浪看滂渤。
遥峰倒映漠漠云，平林低蘸亭亭月。

空明镜澈四面环，始信神山在世间。
圣人几闲舒茂对，中流放櫂超尘寰。
仁智娱情亦云偶，观澜察理挹谦受。
泽润生民寿宇恢，丰稔盈宁欢九有。

恭和御制启跸幸避暑山庄即事成什元韵

飞云冉冉移丹阙，天仗森森出禁垣。
典重躬巡勤远略，歌传时迈辑群藩。
龙光燕语情文洽，阴羽凫旌礼数存。
賨绍前谟敷庆祉，封圻供亿永无繁。

恭和御制上元前夕曲宴亲藩元韵

三五前宵仰睦亲，一堂惇叙宴初陈。
蓼萧燕誉逢佳日，瓜瓞祥绵及令辰。
灯舞禁园华焰灿，雪余西岭瑞光新。
传柑共沐恩仁溥，拜蹈称觞葵藿伸。

偕三弟自福园门启程作

西风下平皋，飒爽欣秋仲。
并辔历长途，蹀躞青骢控。
年来上塞过，笑语常相共。
山川入画图，赏心由此众。
禾稼有丰盈，闾阎无聚讼。

一带列青峦，游目时时纵。
霮䨴束山腰，云浓如结冻。
行行秋景清，好倩新诗送。

上元后招三弟四弟小集养正书屋喜成

岁岁启芳筵，怡怡兄与弟。
酬唱绮灯前，谈笑春风里。
炉香袅袅烟，梅榦层层蕊。
书斋足清虚，适意屏侈靡。
昨朝雪若银，今夕月如水。
松籁响翠涛，竹韵奏清征。
共酌庆韶华，金缸泻玉醴。
相对心莫逆，超然尘虑洗。
竹爆聒阶除，烂漫儿童喜。
高吟棣华诗，诚式相好矣。

颐和书屋即事寄十一兄

西风飒飒八月凉，凌晨爽气侵书堂。
秋阳杲杲长空净，松涛谡谡菊花黄。
况当上塞饶清景，闲来鹤鹿隔我墙。
挥毫偶欲申雅意，翻然掷笔生愁思。
吾兄相离咫尺间，安得共赏风光际。
兄才磊落久不群，美富词藻心纯粹。

自古稀逢知己人，邂逅婉若阳春至。

葑菲不弃喜即来，畅怀得与欢娱陪。

秋夜颐和书屋即景

书堂经岁久，习静养颐和。

启户清光入，盈阶绿荫罗。

野禽栖树杪，仙鹤警岩阿。

湛露松间落，凉飔柳外过。

当秋瞻玉兔，亘塞仰银河。

坐对情无已，闲吟意若何。

烟香增杳霭，卷帙任编摩。

三载訢重莅，承恩锡庆多。

御园对雪叠壬戌韵

好称飞絮似，漫笑撒盐如。

久坐心俱静，频看性自虚。

飘梅枝共艳，著柳影同疏。

虽觉寒光逼，还訢生气舒。

仲夏朔奉命偕三弟，诣绮春园惠济祠河神庙拈香，并赐游观览恭纪

稽古严祈报，珠宫轮奂新。

怀柔先务本，绥佑协崇禋。

加号咸钦圣，凝庥更赖神。
安澜利千祀，下济溥吾民。

别有仙源好，舟移曲折通。
天光涵上下，峰影辨西东。
野鸟鸣芳树，幽花灿碧丛。
层楼临绿水，都入画图中。

系舟芳草岸，散步绿阴清。
夏景天中启，诗篇雨后成。
红榴当槛烂，碧藻映波平。
指点武陵路，苍茫淡霭横。

扈驾自大东门启行恭纪

爽气澄秋宇，鸣鞭趁晓晴。
弟昆欣侍从，风景喜逢迎。
薄雾峰腰束，轻烟村外横。
时巡修狝典，就日沐恩荣。

颐和书屋即事

兰室清幽荫碧柯，承恩避暑养颐和。
阶前众卉迎秋茂，槛外香风拂研过。
堆案图书娱目浅，亲人鱼鸟会心多。
芸窗昼永陈编展，逊志还须在琢磨。

颐和书屋对松有会

严寒塞外望群峰，众木凋残特见松。
百尺霜根弥劲健，千年翠叶更葱茏。
乔枝自抱凌云势，独秀还为晚岁容。
斜倚山腰栖白鹤，遥空微度隔林钟。

偕三弟自园启程作

颢气澄光满目清，徂东晓发喜新晴。
娱人淡冶天兼水，并辔追随弟与兄。
积潦尽消舒睿虑，秋禾有获惬农情。
后期侍辇趋云陛，七驿程为五日行。

书斋对雨

园中试望碧森森，恰喜平明雨脚临。
曲沼忽添新涨绿，密林犹听野禽吟。
濡毫抽思研风景，开卷凝神证古今。
静倚轩窗清气满，弟昆师友共娱心。

五月十三日，奉命往长春仙馆佛楼拈香恭纪

御园夏日足清幽，况是移舟过雨游。
新绿含滋萦岸角，轻烟和雾罥波头。
一层碧嶂遮仙馆，几曲回溪接佛楼。
东望长林朝旭丽，鸣榔玩景片时留。

出入贤良门前射布靶三弟获中四支诗以志贺

四鏃叠中技超然，校射承欢禁籞前。
早是精娴邀宠渥，都缘审固用工专。
高标有裕欣连袂，同学无能愧比肩。
自此更应增勉励，莫教一篑少攻研。

二月二十八日，奉命绮春园马射得中五支，蒙恩赏玉搬指荷包恭纪

朝烟淡荡罥春林，金埒倭迟草色侵。
画的标三看屹屹，风翎中五载骎骎。
勉司末技期无忝，喜荷殊恩锡更深。
武事自应遵法守，宝韘磐控惬余心。

福园门起程作

天澄气爽近秋中，晓发长途御苑东。
夹路高杨蝉断续，连村绿亩稼滋丰。
稀微湿草含朝露，迢递征鸿趁好风。
既济清河双眼豁，年来出塞景相同。

夏日园居即景

即目芳园景物滋，寻凉散步俯清池。
轻阴远岫云横处，淡碧长天雨过时。

隔岸采莲歌乍起，凌波载酒舫初移。
开襟领得闲中趣，好倩诗人写妙词。

偕三弟自福园门起程作

芳原尘净喜时晴，卅里鸣鞭憩幔城。[①]
一带高峰青霭合，几村朝爨野烟生。
毡庐共话思秋塞，易水初传展旅程。[②]
为问桑乾渡头柳，春光几许引人行。

① 蒙恩旨途次歇顿支搭黄布城蒙古包。

② 奉旨致祭之日，回住半壁店，路程较远，命展程添宿秋澜。

闰二月二十五日，奉命含辉楼马射得中五矢，蒙恩赐玉鞢玉佩伽楠香手珠恭纪

别开仙境御园东，复道浮梁曲折通。
入画琼楼环碧柳，如弦金埒骋青骢。
三正连中风生箭，一骥初驰月满弓。
武事自应循旧制，频叨珍锡沐恩隆。

仲秋二日，奉命含辉楼马射得中六矢，三弟得中五矢，蒙恩赐玉鞢佩囊恭纪

仙园常占四时春，秋仲风光霁色新。
金埒如弦良骥骋，画正叠中薄才伸。
平林疏密遮青嶂，野卉芬芳达碧津。

永绍前徽勤武事，弟昆连骑沐恩频。

新正十有八日，招三弟四弟小集养正书屋即席赋答

春光淡宕雪霏微，春色招吟兴莫违。
唱答诗篇成例事，览观典册景前徽。
唐花艳冶呈芬馥，火树辉煌散玉玑。
小酌刚过三五夜，炉烟袅袅透书帏。

季春廿日喜至养正书屋

小别芳园系我思，归来正及暮春时。
幽溪曲径行行好，古籍珍图事事宜。
恰喜余寒花信晚，更逢新暖柳丝垂。
南窗日午多清趣，次第拈题好赋诗。

偕四弟自福园门起程作

树色山光一番新，弟昆并辔度城闉。
轻寒欲酿峰头雪，细雨全消陌上尘。
麦秀田畴添绿缛，桃开篱落倍精神。
郊原路熟征蹄稳，卅里桑乾又问津。

四月九日，奉命含辉楼马射得中五矢，恩赐玉韘佩囊恭纪

首夏芳园武事修，楼前亲阅驻辰斿。

分曹并试长楸埒，受诏先驰玉腕骝。

勒控乍调方电蹑，镞飞叠中拟星流。

敬承家法偕吾弟，拜赐同叨渥泽稠。

赐游澹怀堂

朝雾平开山半堂，危栏曲榭足清凉。

绯桃映日花如锦，古柏临阶色更苍。

高敞最宜舒远日，崎岖不碍引游韁。

个中冲淡襟怀畅，静里风光逸兴长。

孟春廿有七日，招三弟四弟小集养正书屋即席赋之

书斋乘暇喜开筵，棣萼联情乐静便。

竹影当窗筛旭日，梅芳映座带晴烟。

春回小院风光永，气暖闲庭草色妍。

读画敲吟摅雅思，好将新茗试新泉。

仲春廿又五日，回程抵园偕三弟同宿书斋，喜而有作

芳郊分袂共鸣珂，驻马欢言兴趣多。
红杏枝繁连曲岸，青萍影细点微波。
园中景象添新丽，蓟北风光入咏歌。
翦烛春宵情不尽，趋朝应问夜如何。

季春廿七日，子臣同四弟奉命含辉楼马射各中六矢，蒙恩赐玉韘玉佩恭纪

骑射承先仰圣衷，几余较阅御园中。
驰驱向埒三春候，昆弟连镳六中同。
碧草平铺滋宿雨，垂杨斜亸引微风。
薄才更荷恩慈渥，共拜温纶宠锡隆。

御园雨中晓泛

晓光淡淡晓波凉，晓泛中流兴更长。
万顷渺茫涵上下，遥遥蓬岛水中央。
入望湖山是处青，时行甘雨几番经。
迎秋已觉凉风爽，归櫂荷花十里馨。

新正随驾至御园作

翠葆徐行万象含，宴陪令节庆传柑。
春光何处先娱目，郭外西峰积翠岚。

郁葱佳气霭离宫，辇驻贤良晓旭东。
槛外碧池冰乍泮，待将弱柳舞春风。

四月朔日，自南苑回圆明园作

猎骑旋来春已归，小斋景物夏初时。
杨花飘尽榆钱落，留得牡丹三两枝。

纱幮半卷净无尘，指点阶前野卉新。
柳渐成阴桑渐绿，移床煮茗畅心神。

双燕翩翾绕屋斜，疏帘微卷树阴遮。
堂坳宿润添深翠，夕照林端散晚霞。

恭跋御制绮春园三十景诗

臣闻鸿钧斡运，发生之德昭焉；凤律潜移，蕃茂之机畅焉。盖斗杓东指，而海宇知春，冠四时之首，肇一岁之功。王者以是布闿，履端繁厘普锡，抚化工之鼓荡，推元气之细缊，由斯谊也。洪惟我皇父德备中和，功隆位育，体乾健而仁溥寰瀛，乘泰运而泽周蠉动。财成辅相，调幕迎禧。阴阳和而五韪征，府事修而兆民阜。玉烛炳于昌期，金瓯巩乎寿宇。所谓众人熙熙如登春台者，皆我皇父君临抚御，养之如春之所致也。粤稽太皞之德，乘震执规，其于干枝也，则引于寅，冒于卯，振于辰，遭衍其气焉。其于律吕也，则太簇达之，夹钟聚之，姑洗濯之，迭宣其均焉。其于易卦也，则和于泰，盛于大壮，辨于夬，驯著其象焉。若夫东陆为九道之宗，木德为五行之纪，验农祥者菖叶杏花，占蚕候者鸣鸠戴胜，春之时用大矣哉。且万物棣通三微，成著四时，阳气皆萌于春，春发而出之，三时受而成之。故大哉乾元，四德赅备，而体仁长人，实苞含夫三德，则一岁中无时而非春也。是以圣人握符阐珍，启三元，和四序，调六琯，正九垓。而恭遇万寿昌辰，适届小春令月，祥云瑞雪，淑景条风，丽金铺，漾玉戺，丰穰叠庆，福禄来崇。凡所以抚辰而凝绩者，实仰见至诚之，尽人性尽物性，而膺昊穹之宝命于亿万年也，曷胜欢欣抃舞之至。